張羽為何煮海？孟姜女因何哭倒長城？為什麼喜鵲要為牛郎織女搭橋？……

跳脫傳統故事的框架，新演繹神話細節

白羽 著 壹登，眼鏡设 插圖

U0078550

神與人，仙與凡 神話傳說奇譚

大禹治水、牛郎織女、孟姜女、白娘子與許仙、
梁山伯與祝英台、劈山救母、張羽煮海、弄玉引鳳、
稟君與鹽水女神、歌仙……

对故事進行重構與顛覆，演繹出全新的故事，
充有傳統故事的框架，但又有新演繹的細節。

目錄

序言

　　這本書總共收錄了 17 篇作品，最早的一篇〈化虎記〉創作於 2019 年 12 月，也就是疫情開始的時候。我對神話傳說一直充滿熱情，渴望寫這樣一本書，以神話傳說為母體，重構屬於自己的文字。這可能與童年記憶不無關係，四五歲時，母親開始講各種神話與傳說給我聽，印象最深的是《劈山救母》、《白蛇傳》、《孟姜女哭長城》，成年後我在古典文獻中查閱過上述故事的早期文字，然而與母親講述的內容相比，這些文字都缺乏與生活相連繫的情感力量。母親的故事，與她生活的土地，與土地上生活的人都血脈相連，其中相當多的故事被地方戲劇反覆演繹。戲劇本身充滿了強烈的煙火氣，故事藉此而活著。

　　母親愛看戲，年輕的時候尤其熱衷，幾乎是逮到什麼看什麼。民間戲劇的範疇並不大，英雄美人、忠臣孝子、才子佳人、神魔精靈，就是舞臺的全部了。對於四五歲的小孩來說，咿咿呀呀的國劇，不論是京劇，還是秦腔我都不知所云，好在有母親給我講解劇情。母親究竟看過多少戲，我沒有向她求證過，我跟她看過的就有《鍘美案》、《遊龜山》、《櫃中緣》、《寶娥冤》、《卷席筒》、《十五貫》、《長坂坡》、《五典坡》、《玉堂春》、《打漁殺家》、《三滴血》、《周仁回府》、《三娘教子》、《轅門斬子》、《天門陣》、《四郎探母》（原諒我羅列這些劇名，這是我小時候跟著母親看戲的記憶）等四五十部，另外還有一些摺子戲，名字大多已不記得了。普通戲團隊無力演全本的戲，經常出演摺子戲，有時候逢廟會或者別的節日，大

劇團表演整部的大戲，則有萬人空巷之勢。她在廚房做飯的時候，偶爾會清唱部分戲劇片段，至於唱的是什麼戲，我大抵早已忘了，或許是《玉堂春》中的「蘇三起解」那一折。我至今仍然聽不懂京戲，對於秦腔則略懂幾個片段，倒是對粵劇能聽個差不離。有一次，鄰居不知從哪裡搞來完整的《鍘美案》錄影帶，放學歸來的我便蹲在一邊跟著看，母親破例沒讓我早睡，結果看完已是凌晨十二點，第二天上學遲到了。在所有童年的「戲單」中，我最喜歡的是《寶蓮燈》、《悟空盜扇》等充滿神話色彩的內容。某種意義上來說，母親是我的文學引路人。

除了母親的「戲單」外，父親曾給我講過直接源自文學作品的故事，比如《西遊記》一類。此外，我二叔在童年的月夜說過《嫦娥奔月》和《牛郎織女》的故事，我的祖父則講過一些流傳於鄉村的、沒有文字來源的傳說，這些故事在講述時被不同的人增加了新的細節，按照自己的喜好增加或改動情節，從而提供了無數個不同版本，一方面使得故事情節更加飽滿，另一方面提供了反思的可能。比如《五典坡》，講的是窮小子和富家小姐的故事，貧窮的青年薛平貴和宰相家的小姐王寶釧相愛了，他們衝破阻撓生活在了一起，他們的居所是個苦寒的窯洞。後來，懷有大志的薛平貴出去闖蕩，王寶釧則棲居寒窯，在山中挖掘苦苦菜果腹。很多年後，薛平貴功成名就，並且成了西涼國的駙馬，來尋找自己的妻子。《紅鬃烈馬》這個片段就是他尋妻的故事，他遇到妻子後，對她一番言語戲弄，得知她就是自己的妻子，並且確信一直在等待自己，才有了一個大團圓的結局。這是一個流傳非常廣泛的故事，在我的家鄉可以說是人盡皆知，但我的父親和母親認為這是編劇為了安慰觀眾改了結局，他們左一句，右一句合起來給我講了另一個版本：薛平貴從西涼國回到年輕時居住的窯洞，發

現妻子早已餓死，洞中只有一具枯骨，眼眶裡已經長出了草。故事就在此處結束了。與舞臺上大團圓的結局相比，這個結局更加逼近真實，它呈現了一種真正的民間故事的斬釘截鐵，具有強烈的感染力，而不是調和的、軟綿綿的。

與《五典坡》的故事一樣，我兒時聽過的《孟姜女哭長城》故事也與通行版本有別。大部分故事講孟姜女的丈夫萬喜良被抓去修築長城，死後砌進了長城裡，她萬里尋夫，到了長城下，縱聲一哭，長城倒塌了，露出了他丈夫的骨骸。始皇帝見她十分美麗，想娶她為妃，她要求安葬丈夫，始皇帝滿足了她的要求，之後她蹈海自殺了。這是一個符合古代節烈觀的悲慘女性故事。但另一個版本裡，故事並未到此結束。孟姜女跳海時正懷著孕，落水後並沒有死，而是被海浪推著一直漂流，醒來後在水中生下了一個嬰兒，她咬斷臍帶，用盡最後一口氣將這個孩子托出水面，自己便沉入了水底。這時飛來一群水鳥，牠們將這個孩子用翅膀托著，為了害怕他受凍著涼，一些鳥兒還脫落羽毛，蓋在他身上。水鳥們圍攏著孩子順水漂流，被一個漁父看到了。漁父是楚國貴族項燕的後代，名叫項梁，他看到這個孩子滿身羽毛，覺得十分神異，就收養了他，取名項羽，並謊稱是自己的姪兒。剩下的故事大家都知道了，項羽少年聰敏，文武兼備，後來推翻了秦帝國，為父母報了仇。這個故事為「孟姜女」的故事增加了一個「彩蛋」，展現了中國民間樸素的反抗精神。成年後讀了《史記》，當然知道這個故事與史書記載不符。我很懷疑這出自《拾遺記》一類的古代筆記小說，因而遍讀收錄有漢魏六朝小說的「筆記小說大觀」，但一無所獲。仔細研究，不難發現這個故事上累積著其他故事的影子，比如鳥兒們托著孟姜女之子，用羽毛來保護他，與「姜嫄拋棄後稷」、鳥兒保護冰上棄兒

的情節很相似。另一方面，史書中關於項羽的身分記載非常簡單，只說他是楚國大將項燕之後、秦末楚人項梁的姪子，關於他的父母卻沒有任何記載，可靠的譜系也鮮見，這就為民間故事與歷史進行銜接提供了一個完美的接口，堪稱絕佳的演繹。

我尋找「孟姜女」故事來源這件事後來發生了一個新的轉機，友人於善偉告訴我山東地區流傳類似的故事，並告訴我在某書中收錄了當地農民的口述，我找到那本書，發現與我聽過的版本十分相似。由此可見，「項羽是孟姜女之子」的故事絕非一地之傳說，而是在廣大的地域流傳。回憶起兒時每年寒食節，母親都會提起「孟姜女」，差不多將這個故事再回憶一遍，她說寒食節是紀念萬喜良的 ——「麻腐包兒送寒食」。

我們擁有深厚的「講故事」傳統，每一次講述都是一次新的詮釋。我下決心寫這本書，是因為有些故事在我的腦子裡已經存在了很多年，它們就像植根於大腦深處的花木，不斷開放，也不斷凋零。故事本身具有生命，如果你不寫下來，遲早有一天它會自己飛走。

早期的故事文字像天空的星辰一樣，神祕而幽遠，那些記錄（或者說撰寫）故事的人，他們的頭腦裡究竟在想什麼？換一種說法，他們認為這些奇幻的故事是真實的嗎？我們深知神話傳說源自一代又一代人的口口相傳，但也不排除某個人的靈感乍現。事實上，不同民族神話的傳播，與那些對故事重新講述的人有莫大的關係，比如德國學者古斯塔夫·施瓦布（Gustav Schwab）整理的《希臘神話與傳說》，法國人類學家讓-皮埃爾·韋爾南（Jean-Pierre Vernant）所著的《希臘神話》，對希臘神話的流傳產生了重大且直接的影響，成為神話定型的範本，他們的作品不但被歐洲各國翻譯成本土語言，而且成為全球創作者們的靈感來源。

在我們的文學敘述傳統中，神話主題從未中斷過。即便是像司馬遷的《史記》這樣的純粹歷史文字，也是從神話開始，在信史時代之前，人們依賴神話保存祖先的訊息，就像人在成為理性的成年人之前，有過充滿幻想的童年。童年時代，是支撐我們擁有幸福一生的基礎。沒有想像力的童年，是蒼白的。JK 羅琳為了讓孩子們重新回到閱讀的桌前，創作了《哈利波特》，這可真是一本令人為之喝采的作品，書中的很多元素並非獨創，而是有著各民族神話與精靈傳說的原型。此外，近年來流行的奇幻文學《納尼亞傳奇》、《魔戒》同樣受到過北歐神話和精靈故事的深刻影響，尤其是托爾金的《魔戒》，可以看到《瘋狂奧蘭多》、《貝奧武夫》、《尼伯龍根的指環》的影子。

當我發心要寫這本書，而不只是在靈感驅使下寫幾個零散的故事時，我給自己定下了一個簡單的原則：無論如何，每天晚上必須寫夠一千字。按照這個計畫，我在第一個星期結束時完成了一篇作品，總共六千多字。我非常好的掌控一條原則，寫你想寫的故事，但不要用力過猛，以免扯斷了靈感的線。

寫作讓我從紛繁瑣碎的現實中抽離出來，獲得了一種生命豐富性的訴求。也可以這樣說，這是我十幾年來堅持寫作的內在動力。我深刻的意識到，有一種急切的東西在錘擊著我的內心，就好像樂曲中的鼓聲，清晰而響亮。我猜，我肯定能夠按計畫完成。就像海明威說的那樣，保持堅持的習慣，別亂了節奏。

現在，我可以確定，我已經寫完了這本書。是為序。

治水記

大洪水在中原肆虐，浮天無岸，巨魚橫奔，大地盡成澤國，堯帝的都城陶唐也未能倖免，成了水下世界，他不得不率領大臣們西遷到了平陽墟，將宮廷臨時設在半山腰上。

洪水淹沒了大片的村落，城裡的宗廟、官廨、街市、穀倉也都被波濤席捲而去，還有很多人失去了生命。這使得堯帝的君位危若累卵，他命令內官傳召最信任的大臣來開會，他們是管理四方的羲仲、羲叔、和仲、和叔（即「四嶽」）；管理農耕的木正句芒，保管火種的火正祝融、管理刑獄的金正蓐收，管理百姓生計的土正后土，五正之中，只有管水利的水正玄冥沒有來，此時的他，正忙得焦頭爛額。宮廷會議持續了整整一天，直到掌燈十分，才有了結果，臣僚們一致推薦有崇氏的部族君長鯀為治水大臣。鯀是顓頊大帝的後裔，出生時他的母親夢見大魚入懷，視為瑞兆，因而取名為鯀。鯀與他的祖先一樣，生而有神通，能夠驅策虎豹為己所用，會說鳥獸的語言，還能隨雲氣上下漂浮。

堯帝接受了大臣們的建議，立刻派使者去鯀的部落宣詔，使者尋找了半個月，也沒找到這位傳奇人物的行蹤。自從大洪水來了後，人們都逃離了原來生活的土地，鯀和他的族人也不例外，洪水還隔斷了各部落的往

來，人們喪失了聯繫。為了完成使命，使者只好讓船伕在大河流域划著船遊蕩，向每一個遇見的人打聽。有一天晚暮時，他看到有個女子划著獨木舟，她身著藍裙紅袍，頭上的髮飾用樹杈做成鹿角的樣子，模樣十分俏皮，他趕緊上前施禮，恭敬的詢問芳名，並打聽有崇氏部落的所在地。

藍裙女子上下打量了一番使者，嬌滴滴的說：「叫我雀女就好了，你找我家主人有什麼事嗎？」

使者大喜，趕緊把堯帝召見鯀的事告訴了她。

雀女笑笑，讓使者跟上自己，隨即揮動竹篙，獨木舟在水面上滑行如飛。使者一再督促自己的槳手，才勉強跟得上。

獨木舟到了河流的上游，對面的高山彷彿一座巨大的屏風，攔住了去路。雀女縱身一躍，足尖剛一沾水，水花噴湧如泉，將她穩穩的託在空中，她雙手朝高山揮動，那座山一分為二，無數白鳥從中飛了出來，圍著她上下鳴叫。

兩山高聳，對峙如門，中間現出狹窄的水道，水面透明，輕塵不飛，纖蘿不動，舟船宛若懸空。雀女將獨木舟丟棄在峽谷裡，踩著水花，如履平地，使者唯恐跟丟了，不停的督促船伕加把勁。他看見山兩側有巨型雕像，高達數千尺高，隨口問道：「石像是何人？」

雀女笑嘻嘻的說：「我不曉得。」

使者雖有些驚訝，但也不再多問。

片刻間，船進入峽谷內部，兩側的石壁如同刀切斧劈，石壁上有數百個大小不一的洞，密密麻麻，彷彿蜂巢，洞與洞之間有棧道與懸梯相連，隱隱約約能看見洞中的人影。進入山谷深處，有棧橋從岸上延伸入水，雀女躍上棧橋，將使者的船繫在木樁上，爾後撮口長嘯，清越的聲音在四山

間迴盪。懸崖上也有嘯聲回應，很快垂下一個用繩子吊著的大木籠，雀女進了木籠，示意使者入內。使者戰戰兢兢的鑽了進去，發覺木籠被人拽著向上移動，眨眼間四下懸空，雲霧瀰漫。木籠被拉上半崖的棧道，棧道通往巨型石洞，洞穴門口盤踞著兩條水桶般粗的赤練蛇，張著大嘴，吐著信子，使者臉色大變，雀女則視若無睹，直管往洞裡走去，使者兩股顫顫，懷著忐忑的心情緊緊跟了進去。洞穴內的地上鋪著厚厚的獸皮，四壁鑲嵌著鵝卵大的明珠，照耀的整個洞穴十分明亮，靠牆石床上坐著個十分粗獷的漢子，腳邊躺著一隻玄豹，豹子看到使者後，一骨碌爬了起來，發出低聲嘶吼。漢子眼皮也沒抬，用手輕輕撫摸豹子的頭，玄豹又安靜的躺下了。

雀女趨向前，向那漢子稽首，稟報了使者的來意。

那漢子正是有崇氏的部族君長 —— 鯀，他微笑著對雀女說：「在外面遊蕩的小鳥回巢了？」

女子臉色一紅，頭低了下去，轉眼變成了一隻小鳥，飛上了鯀的肩頭。

使者深知有崇一族為半神，故而並不驚異。他向鯀傳達了堯帝的旨意，請他乘坐自己的船一起動身。鯀接受了詔令，不過他並未坐使者的大船，而是來到水邊，一邊拍打著水面一邊不停的向水中呼喊。很快，水下便露出一顆大黿的腦袋，這隻黿渾身潔白，黿殼有八九丈方圓，像一座從水下浮出來的小島。兩人爬上了黿背，乘坐著這隻巨獸劈波斬浪，泛海凌山，即便是在陸地上，奔跑速度也猶如奔馬，一天就到達平陽墟。

堯帝的寢殿已搬上了山頂，洪水又漲了不少，淹沒了九層臺階中的底下三階，陳列在宮殿平臺上的鹵簿所用之物，如旗幟、鼓吹、儀仗等物都泡在水裡，宮人們一人拿著一根帶鉤子的長竹竿，正在打撈。鯀不顧勞累，立刻請求陛見堯帝。

連日陰雨，天色幽昧，即便是白晝，堯帝的大殿裡也顯得陰暗，窗外不斷傳來「咣啷咣啷」的響聲，是宮人們撈取東西時竹竿碰在一起的聲音。堯帝沒有理會窗外的嘈雜，他已經顧不上太多了，招手讓鯀靠近些，他雖是盛年，但幾年來的水患侵擾，嚴重損害了他的健康，這個曾經英明神武的部落聯盟共主，已經老眼昏花了。女官辛娥點亮了御座旁的火燭，殿堂亮堂了許多。堯帝這才看清站在階下的鯀，那是一個身高超過兩丈的巨人，一頭赤紅色的長髮虯曲散亂，披散在腰間，黑紅的臉，左耳上穿著金環，右耳朵懸著小蛇，身穿破爛的熊皮袍子，袒露出胸口結實的肌肉。赤著腳，沾了些許泥沙，袍子的下襟也是溼的，正在不停的滴水，在階下這一小會兒，腳下已積了一片水窪。

堯帝清了清嗓子，但他說出來的話依舊是沙啞的，「大臣們說，你善於治水？」

鯀回稟說，「請大王差遣。」

臉色陰了好幾天的堯帝露出了喜色，命女官辛娥端上一塊黑色玉圭，將它賜給了鯀。就這樣，鯀成了新任水正，負責治水的最高官員。

堯帝又問了一些有崇氏族內的事務，召見就結束了。群臣都上前致賀，只有火正祝融轉身離去了，他一向都看不上鯀，在他眼裡，鯀是蠻人。

朝臣們說了些什麼，每個人的態度如何，鯀並不在意。他召集所有的部族，將他們分成三支隊伍，輪番在平陽墟北面洪水最嚴重的地方築壩。五個月以後，平陽墟四周的水壩都建成了，洪水退去後，露出了部分陸地，堯帝乘著四個宮人抬的小輦視察了鯀的工作，當著眾部落君長的面，封鯀為「方伯」，成為大河以南，九嶷山以北所有部落的首領。

築壩堵水的方式初見成效後，鯀下令修築更多的堤壩，將洪水分割阻攔。是時，眾人都洋溢在歡欣鼓舞的氛圍中，只有老祭司伯南憂心忡忡，他告誡鯀注意洪水的新動向，有的地方已發生了潰壩事件，就連平陽墟東邊護衛宮廷安全的堤壩也發生過小面積崩潰。

「有無更好的辦法。」鯀問。

伯南答：「人工築壩堵水，只能解決一時，不能解決長久。要徹底解決水患，必須用天帝的息壤。」

「何為息壤？」

「息壤是一種神土，形狀如珠，生生不息，遇到水之後，能夠自己生長，水漲多高，土就漲多高。」

「請您告訴我息壤在什麼地方。」

「藏在天帝的宮裡。」

鯀幼年時，曾藉著生來就擁有的神通，乘雲氣上升到天界，多次溜入天帝的後花園玩耍，他知道這違背天界和人族之間的律令。自從上古的勇士共工撞斷了不周山的天柱，導致天穹坍塌，第一次大地洪水時代來臨，天帝就命天神重黎砍斷了通往天界的神樹，阻斷了神與人往來的通道，並立下禁令，不允許人類再到天界。幼年的鯀少不更事，經常溜到天界，但自從擔任了部族君長，就再也不曾這樣胡鬧了。

　　洪水越積越多，水勢越發凶猛，天塌地裂之事就在旦夕，鯀沒有時間再躊躇了，他決定等雷雨來臨時去天界。這場雨並未讓他等太久，次日就傾盆而降，鯀裸身站在雨水中，電閃雷鳴的一剎那，他化作一條金龍飛入了雲間。天帝的看門人認出了他，曉得他是軒轅氏的子裔，並未阻攔。

　　天界的一切還是老樣子，鯀輕車熟路，找到了天帝藏寶的「瓊華殿」，殿門口的玉柱上纏繞著一條銀鱗螭龍，眼裡閃爍著警惕的目光。鯀走到假山後，搖身一變，化為天帝的模樣。銀龍一見，變得俯首帖耳，鯀趁便進了殿門。殿中奇珍異寶極多，朱綠煙，珊瑚琥珀，硨磲瑪瑙，堆積如山，但他無心欣賞，四處搜尋，費了番功夫後在一隻黑色木匣中發現了大塊泥土，像一顆顆圓珠，小珠抱大珠，大珠聚小珠。用手碾碎，立刻又恢復原狀。無疑，這就是息壤。

　　鯀將息壤灑落在有洪水的地方，凡是落壤之處，都出現一座座大山，將水阻擋住了。洪水慢慢消失，被淹沒的地方裸露，在高山上避難的人們紛紛遷回了平原，就連堯帝也準備把宮廷遷回去。

　　天帝發現息壤被盜，十分震怒，命令看守「瓊華殿」的銀龍到人間取回息壤。人們並不知道災禍的來臨，息壤被收回後，洪水傾瀉而下，排山倒海，原來修築的堤壩也被撕了個粉碎，遷回平原的人都成了水底冤魂，

堯帝在群臣的救護下才僥倖免於遇難。堯帝大怒不已，認為鯀翫忽職守，收回了他的封地，褫奪了他的官職，將他流放羽山。

流放到羽山的鯀不飲不食，坐在羽淵邊，彷彿一塊石頭。他回想著九年來治水的每個日子，盜取天帝息壤前，他早已將生死置之度外。即便是此刻，他也並未後悔。他意識到，自己遲早會死，可是洪水沒有解決，這終究是他的失職。幾個月來，有個東西一直鬱結在他的腹中，越來越大，但那並不是悔恨，而是別的東西。也許，那才是他到羽山後唯一的意義。

鯀死了，他的屍體不腐，腹部鼓了起來了，像一座小山，有雲彩籠罩在上面，隱隱約約有歌唱的聲音。這實在太奇怪了，羽山是沒有花草樹木，沒有鳥獸魚蟲，不下雨、不颳風、沒有聲音、沒有顏色、甚至沒有光亮的虛無之境，怎麼會有雲氣和聲音。堯帝懷疑鯀沒有死，將上古神兵吳鉤劍賜予祝融，命他去誅殺，祝融用劍在鯀的肚皮上劃開了條縫，縫隙裡閃耀著金色的光芒，一個男孩吶喊著跑了出來。頓時，暴雨傾盆，羽山彷彿復活的垂死病人，生機勃發，無數野花野草冒出了頭，樹木的枝條不停伸展，瞬間長成參天大樹。鯀的屍骸化為了巨大的雄鹿，鹿角與前胸都閃爍著金光，眼睛裡滿是喜悅，慈悲的看著男孩。不知從什麼地方飛來一隻紅冠小鳥，繞著雄鹿上下翻飛，轉翅如輪，啾啾而鳴，彷彿是和鹿私語。雄鹿發出悠長的鳴叫，轉身朝深林中奔去，不一會兒，一鹿一雀就不見了。

　　祝融在男孩的手掌上發現了一個奇怪的掌紋，看起來像個「禹」字，就給他取名為禹，他就是大禹。祝融覺得大禹很不凡，決定將他帶回平陽墟，交給堯帝。禹在回去的路上不停的長，很快就長成了像他父親鯀的巨人。

　　大禹雖是鯀這個罪人的兒子，但堯帝並未降罪給他，允許他回到自己的部落居住。回到族人中後，他被推選為新任君長，但大禹並不快樂，父親的死在他心頭蒙上了一層重重的陰影，他不以君長自居，經常披著蓑衣，拿著耒耜，向有治水經驗的長老學習，徒步考察洪水造成的災情。

　　為了弄清楚洪水的根源，大禹遊歷四方，考察山川河流，他向西一直走到了積石山，暮靄籠罩著樹林，天色黯淡。他正準備宿營，一隻大鳥飛來，叼走了他的背囊。背囊中除了衣服乾糧，頂要緊的是山川圖，他顧不

得多想，朝著大鳥飛的方向追去，見鳥兒飛上一座高山不見了。他一刻也不敢耽擱，朝峰頂爬去，眼見的日頭徹底沉入了大地，天空掛滿了星辰，他終於爬上了山頂。山頂平闊，有石屋數楹，背囊赫然就在大屋門口。他走到屋前，向屋內施禮說：「下民文命，追尋丟失的行囊到此，打擾了。」

屋內一個洪鐘般的聲音說：「人族的王來了，請他進來吧。」

門簾掀起，出來打著燈籠的少女，向大禹施了一禮說：「有請禹王。」

大禹跟著少女進了石屋，燈光下少女背上的兩翼時隱時現，他十分惶惑。

室內極大，宛若宮殿，明燈高懸，正中木幾後面坐著身穿白袍的中年男子，雖然滿頭銀髮，但目光如電，背上四隻巨大的羽翼，流金溢彩，令人目眩。

大禹暗想，莫非是上界神族，趕緊上前施禮說：「上神降臨，文命惶恐至極，這廂有禮了。」說著，就要下拜。男子一揮羽翼，三分鐘熱風硬生生將他攔住了，說道：「禹王誤會了，我輩並非神族，只是羽民罷了。說來，我與尊父還有些淵源。」

羽民國的人住在流波山，有的在懸崖上建造巢屋，有的在高大的樹木上建造房屋，他們與鳥為鄰，通鳥語，王族普遍有金色的四翼，普通的羽族則只有兩翼，他們製作的弓箭異常鋒利，能夠射穿五層犀牛皮製的鎧甲，不論男女老幼，都是神射手。鯀年輕的時候，曾經遠遊海外，到中土東南五千里之外的羽民國，與羽民族的王霜月結拜為兄弟，並從霜月學會了鳥獸的語言。大洪水來臨後，羽民國的故土被淹沒，霜月舉族遷徙到了積石山以西三千里外的綠洲。他們的祭司占卜得知大禹東來，故而特地在此處等候。

大禹聽完霜月的話，趕緊下拜，對霜月以「叔父」相稱，並請求他莫要稱自己為「禹王」。

霜月莞爾一笑，說：「禹王有所不知，我輩雖然愚鈍，但卻有一項絕技，能卜未來之事。他日治水功成，萬民必定擁戴您為王。」

大禹滿面流汗，慚愧的說：「我只求能治水拯救萬民，洗刷先父蒙受的汙名，哪裡敢有非分之想。」

霜月說：「這正是我請禹王來的目的。」說著，將一捲圖展開在了大禹面前。

圖上五個大字：「天下河嶽圖」，寰宇之內山脈走向，河流源頭，都畫的清清楚楚，明明白白。

大禹起身向霜月致謝，說：「先父用堵的辦法治水，始終不能一勞永逸，我打算用疏濬的辦法，有了這幅圖，治水就有希望了。」

霜月連連稱讚。

兩人又說了一番話，不覺間窗外已然破曉，大禹揮淚告別，霜月與那掌燈少女高舉羽翼，大風響起，不一會兒便消失在渺渺青冥之中。大禹走到崖邊，見群溪俱息，萬流來同，一輪旭日冉冉升起，彷彿將林木都點燃了。

大禹從西土歸來，一路向南到了塗山，這裡北鄰大海，草木蔥蘢，山坡上噴湧著清澈的泉水，桑樹和榆樹間有大片陰涼。在洪水肆虐的中土，竟然有這樣的人間天國，疲倦的大禹高興極了，準備找個乾爽的地方躺下休息。忽然，山坡上出現了一隻白色的狐狸，悠然的邁著腳步，對他的出現毫不驚慌，精靈般的眼睛裡閃爍著奇異的光，大禹快步上前，想看個究竟，那狐狸腰身一扭，露出九隻尾巴，彷彿綻開的一大朵白花，在林間一

治水記

閃不見了。他追了上去，哪裡還有狐狸的蹤影，只有一個妙齡女子，正彎著腰採花，懷裡抱著一大捧野花，一邊採花一邊唱道：

有狐綏綏，在彼淇梁。

心之念矣，於此相望。

有狐綏綏，以待人王。

候之榆桑，時日久長。

有狐綏綏，履之冰霜。

候人兮猗，永懷勿忘。

大禹走了上去，問她是否看見一隻白狐，那女子抬起來頭，朝他一笑，他頓覺神魂一蕩，完全被她吸引了。他愛上了她，她也愛上了他，她的名字叫女嬌，是塗山氏部落君長的女兒，她要嫁給他。就這樣，大禹娶了塗山氏的女子為妻，這是一個強大的南方部族，有著廣泛的影響力。他們結婚的時候，周邊的部族都來參加婚禮，每個部族都贈送了禮物，上虞族君長還餽贈了一柄「皦日劍」，這是炎帝的遺物。

大禹和女嬌的蜜月生活並未持續太久，堯帝禪位給了舜帝重華，重華讓大禹接任他父親的職務，繼續治水。他不得不辭別妻子，趕往舜的都城蒲坂。

大禹決定從氾濫最嚴重的黃河開始治理，他考察河源期間，發現有巨石阻攔了河道，堰塞成災難，導致水流散亂。他下令治水大軍在水上搭設浮橋，親自攀上河流中間的石山。不知從何處傳來震懾人心魄的怒吼，一條綠色的巨蟒從亂石間竄了出來，不停地吐水，頓時溢浪揚浮，更相觸搏，飛沫起濤，狀如天輪，水流又腥又臭，空氣裡瀰漫著刺鼻的氣味，本

就氾濫的水澤，剎那間成了波浪翻滾的大海，浮橋被沖的七零八落，好多人受不了腥臭暈了過去，還有人落進了水裡。好在伯益和應龍二人四處救人，才沒有造成過大的傷亡。

　　為了搞清巨蟒的來路，大禹派人向居住在附近的部落打聽情況，但這裡的人早就跑光了，根本找不到一個當地人。伯益告訴大禹，附近有座山叫雷帝山，山上有個專門負責祭祀山神的小部落，居住在山洞裡，也許他們知道。大禹決定獨自去拜訪這個部落，他攀上了雷帝山，見有個大巖洞，就走了進去，起初還有一絲光，後來便伸手不見五指了。他正猶豫不決時，看到一隻像豬樣的獸，嘴裡叼著一顆夜明珠，照亮了方圓三四丈，還有一隻青色的像狗般的動物向他發出吠叫，他明白了兩隻獸的意圖，就跟著它們前行，又走了很久，光線越來越亮，一間巨大的石室出現在眼前，地上盤踞著一個人首蛇身的人。

　　大禹趕緊稽首，恭敬的說：「下民受命治水，誤闖上神洞府，還請恕罪。」

　　蛇首人身者大笑，化為一個白髮老者，用洪亮的聲音說：「你是華胥的後裔，不知我的身分，我乃羲皇氏。」

　　大禹趕緊向羲皇氏請教那隻巨蟒的由來。

　　羲皇告訴大禹，那隻巨蟒名為相繇，它的食量非常大，一口就能吞小一座小山，幾口就能吞下一座大山，能幻化出九顆腦袋，吐出的水苦澀惡臭，不但人不能飲用，動物也退避三舍。

　　大禹請教制服相繇的辦法，羲皇授予他一柄彎刀，名為「殘月」，是用月光鑄成的，鋒利無比。大禹欣喜雀躍，拜謝了羲皇，當日就回到了民眾中。他挑選了一百位年輕人，率領他們駕著二十條小船去誅殺相繇。眾人剛一登上水中石山，巨蟒就又竄了出來，他故伎重演，想將人們嚇退，大禹和眾人早有準備，紛紛用潮溼的麻布遮住了口鼻，有的人用石矛刺它，有的人用弓箭射它。相繇連中了幾支箭，又被長矛刺入皮肉，疼痛的連聲怒吼，用巨大的尾巴橫掃而過，二十多個人被打入水中，它抖擻鬃毛，變出了九顆腦袋，十二雙碧綠的眼中閃爍著光芒。眾人大聲吶喊，擂著戰鼓，不停的射箭，投擲標槍和火把，大禹則不斷的揮刀，每次斬落一顆蛇頭，很快就又長出一隻新的腦袋。他記得羲皇曾說過，相柳的頭都是幻首，只有斬落中間那顆腦袋，才能將之誅殺。他趁眾人四面圍攻，相柳應接不暇時，奮身躍起，化為一隻鷹，一刀斬向九顆頭中間的腦袋，相繇像山一樣的巨大身體倒了下來，噴湧而出的血液流在石頭上，變成了無數有毒的蠍子，民眾們投擲火把，想將毒蠍除盡，但仍然有不少逃逸。

相繇死了，它遺骸周圍的土地依舊在一片大水澤中，大禹號召人們將水排乾，建造新的城池，但是城牆剛一夯起來，立刻就倒塌了，就這樣建造了三次，倒塌了三次。大禹大怒，將殘月刀插在城牆倒塌的地方，命令民眾們在其上築城。城牆建起來了，那柄神兵利器也被埋在了城下，大禹將這座城命名為「殘月城」。

氾濫了上百年的洪水退去，逃難的人都回到了新築的城中，他們望著大片露出水面的地表，對大禹的勇氣佩服極了，一致表示願追隨他治水。

大禹和伯益、應龍等部下率領治水的民眾們引導河流，到巫山下時，見這裡洪水滔天。他登上木筏，見水勢十分怪異，到處是漩渦，幾乎看不出流向，就向精通水文的伯益諮詢，伯益說：「此處水色渾濁，水氣中有腥氣，恐怕有相柳那樣的水妖作怪。」

大禹堅定的說：「有妖，我就除妖，再將河流引向大海。」

伯益建議先找本地部落了解情況，大禹同意了。

過了半日，伯益帶著一個老人來了，老者是個駝背，頂上掉光了頭髮，一部鬍鬚雪白，兩隻眼睛溜圓，目光炯炯，嘴巴向前突起，宛若鳥喙，兩條腿的褲子挽得老高，小腿細長，看起來十分怪異。大禹恭敬的上前施禮，老人甕聲甕氣的說：「水正大人，我們這裡鬧洪災，是天龍作怪，它們的巢穴就在水下，如不將他們除掉，水患難平啊。」隨後，又陳說了天龍的斑斑劣跡。

大禹見老人相貌非凡，恐是異人，恭敬的跪倒下拜說：「文命治水多年，尚未遇到龍眾肆虐，還請老丈指點。」

老人慌忙將大禹扶了起來，說道：「愧煞老兒了，快快請起，我聽說天帝的女兒瑤姬率領女仙們降臨在附近的山上，您何不向他求助呢？」

治水記

　　大禹問明瞭瑤姬降臨的地方，當夜沐浴更衣，修剪了常年未曾打理的亂蓬蓬的頭髮和鬍子，讓伯益準備禮物，次日凌晨徒步登山。那座山非常陡峭，到處長滿了荊棘，伯益見大禹滿臉是汗水，十分辛苦，請求揹他上山，遭到了大禹的拒絕。就這樣，大禹一步步往上爬，中午才到山頂。山上瑞雲朵朵，一座水晶般的宮殿掩映在霧靄中，半個天空都被紅色的霞光籠罩。

　　大禹率下屬們跪在宮殿前，高聲稱頌並讚美瑤姬，三分鐘熱風響，從雲中飛出巨大的白色鳳凰，尾羽朝天，凌空倒飛，唬的大禹面色煞白，鳳凰化身為瑤姬，環珮叮咚，笑聲如銀鈴一般。

　　大禹不敢仰視，聽到一串清脆的聲音說：「文命，我早想除掉這幾條作惡的天龍，只是它們法力高強，以我等姐妹的法力，還需一件法寶。」

　　大禹說：「請仙子明示。」

　　瑤姬說：「西海荷花仙子從藕絲中煉出了『紫晶』，此物是天龍的剋星，你可願意去借來？」

　　大禹當即派遣應龍往西海借法寶，應龍帶著瑤姬的書信和大禹準備的禮物，鼓動起翅膀，一日便到了西海。那海上十分雄奇，魚龍競越，巨鱗插雲，橫海之鯨出水；鬐鬣刺天，如山之鰲揚波。應龍只是略看了幾眼仙境，就降臨在了荷花仙子修行的島上。幾間茅屋，一方池塘，池水中菡萏搖曳，香氛陣陣，一位頭戴遠山金蓮冠的仙子抱膝而坐，一大群五彩蝴蝶，圍著她左右蹁躚。應龍報上名號，說明了來意，呈上信札和禮物，荷花仙子命令童子將紫晶交給應龍，問道：「我那瑤姬妹妹可安否？」

　　應龍恭敬的說：「瑤姬仙子甚好。」

　　荷花仙子微微一笑說：「你有急務在身，我就不留你了。」

　　應龍拜別了荷花仙子，鼓盪雙翼，霎時便在雲天之外。

應龍將紫晶交給了瑤姬。

三日後，大禹命令伯益率領民眾在洪水最嚴重的東山開鑿溝渠，這果然惹惱了水下洞穴裡的天龍，他們傾巢而出，撲向人們，站在峰頂上的瑤姬高舉紫晶，光芒閃爍，化為大網將為首的巨龍罩在網中，其他仙子們紛紛持劍飛了上去，天龍們大為恐懼，隨即化身為條條高峻的山脈，這些山脈寸草不生，極其荒涼，以冷硬的面目橫亙在巴蜀大地上。

瑤姬見天龍降服，向那紫晶吹了一口氣，化作一片綠葉，她輕輕抖動葉片，綠葉飄落之處，天龍所化的荒山都長出了草木。她又和眾姐妹施展法力，在群山間開出一條峽谷，洪水從峽谷中奔流而去，鬱積在巴蜀的大洪水不久就消散了。大禹大喜不已，和眾人一起稱頌仙子們的功勞，眾仙子逐漸隱去，化為巫山十二峰，那座最俏麗的，正是神女峰。原來，瑤姬怕自己離去後天龍繼續作怪，因而和眾姐妹們永鎮此地，保護巫峽舟船和民眾的安全。

此後十年的裡，大禹率領諸部族開鑿了上百座大山，疏濬了幾百條河流，在鑿山工程中，參與人數最多，耗時最長的當屬龍門山，當時伊水和洛水都受阻於龍門山，四處汜濫，百姓叫苦不迭，大禹決定鑿開大山，把二水匯入黃河。他妻子塗山氏女嬌多年未見丈夫，聽說丈夫率領治水民眾駐紮在龍門山，便駕著鹿車來尋找他。大禹見到她也很高興，希望她留下來。女嬌當即表示，以後她要負責丈夫的起居飲食，為他送飯。大禹告訴妻子，鑿山的工地十分危險，經常有巨石從山上滾落，為了安全，他會在山下放置一面鼓，工地停工時，他擊鼓，聽到鼓聲就可以送飯了。女嬌連連稱許。

治水記

　　此後，只要鼓響，女嬌就把午飯送到工地上去，人們都羨慕大禹夫妻情誼深厚。

　　大禹攀援上龍門山最高的地方鑿石，那塊石頭太大太堅硬了，半天都沒有鑿開一條縫，他十分焦躁，怒吼一聲，化身為一隻三丈多高的棕熊，用熊掌擊打巨石，石頭立刻碎裂成小塊。從此，他便經常化身為熊，和化身為翼龍的應龍，化身為巨鳥的伯益一起開山，人們知道他們是半神，並不感到驚詫。有一天，大禹鑿石的時候，崩飛了一塊小石頭，剛好砸中山下的鼓，女嬌以為丈夫餓了，拎著裝滿飯菜的食籃去了工地。大禹見了妻子，趕緊迎了上去。女嬌見一隻巨熊朝自己奔來，嚇得丟下食籃便跑，大禹忘了自己的模樣，在後面緊追不捨，女嬌跑著跑著，跑不動了，往路邊的石頭上一坐，化作了石人。大禹這才醒悟過來，趕緊變身為人，但怎樣呼喚，妻子都紋絲不動，他想起妻子還懷著自己的孩子，便大喊一聲：「啟開」，石像碎裂，一個嬰兒在石人的腹中哇哇哭著，大禹抱起了這個孩子，取名為「啟」。啟長大後，擊敗了父親的助手兼繼承者伯益，自己登上了帝位，成為夏王朝的開創者。當然，這是後話了。

　　大禹治水有功，得到各部族的推戴，舜帝就把帝位禪讓給了他。

　　成為天下共主的大禹坐在宮廷裡，經常想起年輕時的往事，想起與妻子在桑林漫步的時光，與羽民王霜月合力擊敗無支祁的淮水之戰。他的夥伴們，有的回到了遠方的部族，有的戰死在了治水的路上，有的衰老而凋零，他意識到，必須做一件影響千秋的大事了。

　　當時，各個部落居住分散，被山川與河流分割，往來不便，官員們也缺乏地理知識，管理十分低下，因而大禹將天下劃分為九州，命令大臣弦餘在荊山鑄造了九鼎，將九州的山川河嶽、物產資源、鳥獸魚蟲等知識鐫

刻在大鼎上，供人們學習。鼎鑄成後，大禹在塗山舉行了盛大的會盟儀式。皋陶率領族人從東夷來，堯帝之子丹朱率族人從翼城來，舜帝之子叔均率族人從虞城來，有扈氏、有男氏、斟鄩氏、彤城氏、褒氏、費氏、杞氏、繒氏等……九州各大部族的君長，都帶著禮物，雲集於塗山下，大禹的老朋友、羽民族的王霜月雖然年邁，也從域外趕來了。

大禹率領著各部族的君長登上了大海邊的高山，極目遠眺，洪濤瀾汗，萬里無際；長波潛，迤涎八裔，他命令樂隊奏樂，親自彈奏了一曲《襄陵操》，一時九天之鶴，群飛侶浴；瑤池之鳳，翔飛澄宇；金闕之龍，嘯吟震天；所有的神奇生物都在天上海中游弋，天上的諸帝和群仙，也都紛紛下降塵世，向大禹祝賀。

至此，萬流朝宗，九州一統，勢拔五嶽，千秋昇平，大禹的功業達到了巔峰。

會盟的最後一天，巨人族防風氏的君長姍姍來遲，大禹責備他不該遲到，防風氏卻十分傲慢的回應說他不是中土部落，並要求與大禹平起平坐。大禹震怒，令祝融將防風氏誅殺。因為這件事，巨人族與中土各族斷絕了來往，再也沒有參與中原事務。

四百七十多年後，夏朝的末代君主桀在位，暴虐無道，九鼎裡的水都沸騰了起來，夏朝滅亡了，鼎被商朝的開國君主成湯搬到了自己的都城朝歌；又過了五百多年，商紂王暴虐無道，九鼎震動，周武王攻破朝歌，將九鼎搬回了他的都城鎬京。又八百年後，秦始皇一統華夏，下令將九鼎搬到咸陽。大禹定鼎九州的壯舉，成為歷代雄傑的精神火炬。

 治水記

【文獻鈎沉】

　　「鯀」治水的典故，多次出現在《山海經》一書中。「大禹治水」的故事同樣見於《山海經》，此外在《荀子》、《吳越春秋》、《淮南子》、《拾遺記》等文獻中也都有記載。《拾遺記》最為詳細，也最具有故事性，該書是十六國時期前秦隴西安陽（今甘肅渭源）人王嘉所撰，記錄了從伏羲到晉末的歷史與傳說。

弄玉公主

弄玉公主

　　秦穆公盛年時，妃子延陵夫人生了個小公主，粉團團的，像個玉人兒，穆公十分寵溺。滿一歲時，舉行「抓周禮」，宮人在「芷陽宮」內建造抓周臺，鋪上錦繡，陳設了晉國贈送的彤弓，鄭國雕琢的玉璧，齊國出產的明珠，楚國所製的笙管，西戎進獻的金盤，此外還有簡冊、剪刀、炊具、首飾、胭脂、吃食，繡品等物，林林總總，五光十色。老嬤嬤抱著小公主，在諸多宮人和女官的簇擁下，如同眾星捧月，秦穆公從嬤嬤懷中接過女兒，親自抱著她抓周。小公主睜著一雙烏溜溜的大眼睛，盯著那些色彩斑斕的物品，一伸手將玉珮抓在了手裡，反覆看，很喜歡的樣子，穆公將她放在臺上，公主又抓起了笙管，之後對別的物品便再也不肯看一眼了。

　　秦穆公大喜，為她取名「弄玉」，賜封為芷陽公主。

　　弄玉成年後，出落的皓齒明眸，亭亭玉立，秦穆公將她當做眼珠子一樣，百呼百應。秦地民風剽悍，女子不但能縫紉炊煮，而且崇尚騎馬習射，但弄玉對這些都沒有興趣，唯獨對音樂情有獨鍾，穆公便從列國聘請樂師，凡能使弄玉在音律上有一絲精進，必定厚加賞賚。弄玉天性媞媞，撫琴、擊鼓、鼓瑟、吹笙樣樣皆能，尤其是吹笙之技，如同天籟，每次演奏，宮人們都會停下手中的活計，傾聽那繞梁之聲。宮人們都說，弄玉公主演奏時，彷彿有一隻金色的鳳凰繞著宮殿周旋飛翔，令人心氣寧靜，如沐清風。

　　秦穆公得知後，命工匠在宮中修築了一座九層高臺，臺上修築閨樓，稱之為「引鳳臺」。

　　月隱夜沉，一天星河，弄玉在臺上吹笙，宛若仙樂裊裊，整個宮廷都籠罩在醉人的音樂聲中。

恰逢十五月圓，宮中筵罷，略微飲了幾杯清酒的弄玉在宮人的陪伴下回到高臺上。清輝灑遍欄杆，她覺得有一絲寂寞，就從室內取出笙管，在欄杆前吹奏了起來。不知是酒醉，抑或是朦朧中的錯覺，她覺得不是自己一個人在吹奏，還有另外一個人在伴奏。

　　第二天，有當值的老卒說，他看見有五彩的鳳凰降臨在公主的樓臺。

　　宮人都覺得老卒肯定是喝醉了，不過那一晚的樂聲確實美妙極了。

弄玉公主

當晚弄玉做了一個夢,她夢見騎著鹿的少年,身穿青色布袍,手持一支玉簫,從雲霞繚繞的遠山中走來。少年向她招手,她欣然回應,一起騎著鹿朝遠處奔去,二人乘著鹿登山渡水,很快將整個世界都甩在了後面。他們停駐在了一座山峰的頂上,從山上望下去,能看到寬闊浩蕩的渭河,殿閣樓臺密布的雍城,當然還有滿天的星星,彷彿一伸手,就能摘下一顆來。

少年自稱蕭史,教弄玉學習音律,尤其是那首《寒江虛舟》,令弄玉痴迷不已。

自此,每個晚上,弄玉都夢見蕭史來教音樂。

秦穆公忙於和西戎的戰爭,連續幾個月未曾與女兒相見。上元節來臨,穆公暫時放下手中的公務,在宮中舉行盛大的筵會。弄玉出落的越發光彩照人,妙鬓如雲,她一在宴會上現身,娉婷的身影就引起了人們的矚目,美目流眄,眾人幾乎屏住了呼吸,連掉落一根針都聽得見。

穆公命弄玉為眾人演奏一曲,弄玉遵從父命,從宮人手中接過笙管,吹奏了起來。

一時間,宴席上鴉雀無聲,彷彿無數的花瓣從天而墜,落紅成陣,香花紛紛。

秦穆公端著酒樽,初還沉浸在音樂中,為女兒神乎其技的演奏讚嘆,不久就陷入了夢中。他夢見自己擊敗了綿諸王,征服了義渠,自己的子孫西出函谷吞併了關東諸國,大秦的版圖向南一直延伸到大海邊,向東一直到遼東;延陵夫人也做了一個夢,她夢見自己成了宮廷的第一女主人,所有的夫人和嬪妃都向她致意;賢臣百里奚也做了一個夢,他夢見自己回到了故國虞國,周天子重塑權威,列國重新回到了小國寡民的時代;宮門外陰影裡喝酒的老卒也做了一個夢,他夢見年輕時在渭河平原那片田地種

地，洞房花燭……總之，所有的人都在弄玉的樂聲中入夢了，有的人快樂，有的人悲傷……

　　弄玉演奏結束，眾人如夢方醒，他們瞪大了眼睛，流著口水，發出熱烈的喝采聲。他們懷疑，芷陽公主弄玉的演奏得到了神仙的真傳。秦穆公望著如花似玉的女兒，決定為她招一門親事。穆公招婿的事很快就傳遍了列國，晉國、齊國、燕國、楚國的王公貴族們紛紛登門，然而弄玉對這些簪纓世家的公子都不屑一顧，只是終日在引鳳臺上閉門彈琴吹笙。諸侯公子們徘徊臺下，傾聽著那如同來自天界的音樂，如痴如醉，不知誰有天大的豔福，能夠娶得這位降臨塵寰的仙子。

秦穆公見女兒連見也不肯見諸侯公子們，就問她想嫁怎樣的人，是否有意中人。

弄玉點點頭，將夢中之事告訴了父親，並說那人叫蕭史。

秦穆公聽了弄玉的描述，猜測那必是修道之人，當即命人入山尋找蕭史，然而派了好幾撥人，尋找了一年多，都沒有任何頭緒。秦穆公懷疑，所謂夢中之人恐怕是女兒的臆想，既然女兒不願意嫁給諸侯之子，那就讓上天來擇婿吧。他命人在城中建造繡樓，釋出了公主拋繡球招婿的消息，一時間列國貴族，富商大賈，甚至一些偏遠地方的人也趕往雍城。

弄玉對自己的夢中人毫不懷疑，但父親的命令她也不能違抗。拋繡球當日，她淡妝華服，剛一出現在欄前，喧鬧的人群立刻安靜了下來，他們翹首而望，目不轉睛的盯著弄玉，幾乎忘記了搶接繡球。弄玉輕輕一拋，綵綢紮成的繡球從空中飄了下來，人們紛紛舉起手，形成一片手臂的森林。那繡球卻像長了翅膀般，從人們的指尖上掠了過去，向人群後面飛去，騎鹿的少年站在遠處，一伸手接住了繡球。他拍了拍鹿角，朝繡樓走來，人群紛紛閃到兩邊，彷彿退潮的水，讓出了一條路。

弄玉望著接住繡球的人，那正是夢中之人。

秦穆公聽說女兒的夢中人現身，非常高興，當即為二人賜婚，並擴建引鳳臺，作為二人的寢宮。蕭史與弄玉朝夕相處，將樂律傾囊相授，一個人吹簫，一個人吹笙，笙簫合奏，出神入化。蕭史作詞一闋，弄玉轉喉唱道：

樓臺連月色，簫聲起，鳳凰落。
何以笙簫默？瑤臺琪樹冷寒徹。
抱膝窗前坐，風吹過，起煙波。
龍鳳齊吟歌，玉人翠袖滿星河。

當晚，皓月當空，天空湧起朵朵慶雲，千條瑞氣，雲氣籠罩高臺，一隻鳳凰從天冉冉而降，落在了臺上。不一會兒，又有一條赤龍降臨鳳臺，鳳鳴龍吟，透迤而飛，應和著他們的演奏。

夫妻二人早已窺破天機，悟得大道，便乘龍馭鳳飛昇而去了。

【文獻鉤沉】

　　「弄玉引鳳」的故事見載於西漢劉向所撰《列仙傳》，明代小說家馮夢龍《東周列國志》中援引了這個故事，敘之尤詳。第四十七回《弄玉吹簫雙跨鳳，趙盾背秦立靈公》中有十分精彩的描寫。唐宋以來的詩文中，有大量詩句徵引「弄玉」與「蕭史」的故事為典，可見其流傳之廣。

廩君與鹽水女神

廩君與鹽水女神

武落鍾離山崩塌，現出一個巨大的深谷，山崖下有兩個洞，一個洞為赤紅色，一個洞黝黑，生於赤洞中的人為巴氏部族，生在黑洞中的人為嬋氏、樊氏、柏氏、鄭氏四個部族。他們長久生活在地下的黑暗中，建立了互不統屬的地下王國，數百年來從未走出過洞穴。一顆巨大的星星貼著山脊劃過，伴隨著巨大的轟鳴，大量的冰塊和火焰墜落在谷中，震動了洞穴中的人，他們相繼走出洞穴，看到了湛藍的天空、逶迤的山脈和清澈的河流，眾人爭做首領，吵鬧個不休。最後五族的祭司們共同商定，每族選派一位青年參加競賽，勝者即為君長。

巴氏族人推選青年務相為首領，嬋氏、樊氏、柏氏、鄭氏也分別推選出了元丘、仲微、赭顏、曲陽四人。選日不如撞日，他們走出洞穴的第一個望日，五姓族人點燃了一大堆燔柴，圍著火堆跳起了舞蹈，美妙的歌聲引誘的夜鳥也來鳴和。祭司指著懸崖上的一塊凸起的大石頭，向眾人宣布，候選人只要將自己的武器射入崖石，就是眾人的首領。

青年元丘率先跳出來，高高舉起自己的長矛，用力投擲了出去，飛掠過眾人頭頂的長矛引起陣陣歡呼，然而還未觸及那塊石頭，便墜落於地，人們的歡呼變成了鬨笑。仲微不屑的看了一眼元丘，拔出自己的石刀，也投擲了出去，雖然飛的很高，但同樣沒有擊中目標，又引起眾人的一陣嘲諷。赭顏見二人的投擲都不遠，從背上取下牛角弓，搭上箭，石鏃撕破了空氣，發出尖利的咻咻聲，可惜的是，他射偏了，這次誰也沒有笑。巨人曲陽站了起來，他拍了拍元丘的肩膀，又嘲笑了仲微和赭顏，甕聲甕氣的說：「你們都不行，看我的。」他掄起自己的石斧，大喝一聲，石斧旋轉如輪，不偏不倚的砍中了崖上的石頭，濺起一大團火花，隨即斧子碎裂成幾塊，墜落在崖下。曲陽見自己功虧一簣，恨恨的將胸口拍的山響，哭喪著臉一屁股坐到了火堆邊。

這時候，所有人都盯著務相，只剩卜他了。

務相從容的走到火堆旁，從劍鞘中緩緩拔出劍，一揚手，投擲出去的劍像飛翔的鳥兒，影子在月光下的大地上移動，插入了崖上的那塊大石頭，所有人都驚呆了，隨後發出如雷的呼聲，紛紛拜他為君。但四姓之子，尤其是參加競選的元丘、仲微、赭顏、曲陽等四人不肯臣服，他們認為投擲武器算不了什麼，必須再比一場。

五族的祭司們商議後，議定以一月為限，每人造一隻雕花土船，誰的船航行的最遠，誰就為君。五個競選者隨即入谷挖土，建造自己的土船，務相發現土入水即成泥，根本無法在水中航行，陶罐、陶碗漂浮水上，絲毫無損。因此，他將自己建造的土船放在火上燒，製成了一艘陶船。又到瞭望日，五個青年將自己的船拖到了水邊，元丘等四人的船剛一入水，就碎裂沉沒了，甚至都還來不及登船，務相的船則飄飄蕩蕩，一直朝下游飄去，坐在船頭的務相甚至還唱起了歌。族人們高興極了，鼓著掌、拍著胸，高喊他的名字，四姓之子俱都拜服，共同尊他為君，號為廩君。

廩君認為，峽谷逼仄，族人眾多，野獸出沒，煙瘴困擾，並非長久繁衍之地，他要帶著族人們走出谷底，尋找更適合生存的地方。族人們依照他的指導製作出陶船，將家當全部搬到船上，全族順流而下，河流有時狹窄，有時開闊，他們航行了三十個白天和三十個黑夜，有天晚上到了一處覆缽形的山下，水聲如雷，前面的船紛紛傾覆。廩君臨危不亂，指揮族人們將船靠岸，暫時搬到岸上，自己踏著月色上山，探查情況。

廩君剛到半山坡，從草叢奔出一隻碩大的、兩眼冒著綠光的灰狼，它擋住了去路，不斷對著月光發出蒼涼的嗥叫，不一會兒，四面都是狼的閃爍著綠光的眼睛，彷彿一盞盞燈籠，他被一群狼包圍了。廩君冷靜的看著

眼前的狼群，心中有了主意，只要擊殺頭狼，其他狼沒了主心骨，自己就好脫身了。他倒持劍鞘，猛然躍打擊頭狼，頭狼嗚咽一聲向後退去，頓時滑向巖谷，兩個爪子在岩石上劃出一道道帶血的痕跡，眼看就要墜下去。廩君見頭狼眼中有哀傷之色，不忍它摔死，便伸出劍鞘，讓它咬住，拽了上來。獲救的頭狼看了一眼廩君，發出悠長的嚎叫，與狼群一起消失了。

廩君登上山頂，見峽門一側有黝黯的洞穴，閃爍著微微的紅光，光芒中隱然有物，身體像豺狼，頂著醜陋的腦袋，有蝙蝠般的翅膀，還拖著一條長長的蟒蛇般的尾巴。他猜測，船隻傾覆就是這隻怪物搗的鬼。

從山上下來後，廩君連夜召集族人開會，他告訴他們，天亮後他將一個人駕著船入峽門誅殺怪物。如果成功了，他將帶著大家繼續前進，如果失敗了，就讓力大無窮的曲陽繼任新首領，帶領族人們尋找別的出路，無論如何，他們不能被困在峽谷裡。

次日，天氣清爽，一縷日光灑落在峽谷底，廩君帶上了寶劍和自己的弓箭，登上陶船朝峽門划去。忽聽有人大喊，「且慢。」

不知何時，岸邊出現了一個白衣男子，眉目俊朗，頭戴葛巾，手持竹杖。

廩君見他的裝束不像自己的族人，問：「你是什麼人？」

男子躬身行禮說：「我的族人稱我為狼君，昨夜胞弟冒犯了您，您反而不計前嫌救了他，我特地來感謝。」

廩君揮揮手說：「此事不足掛齒。」

狼君問：「您可是要進峽門？」

廩君點頭。

狼君說：「此處名為陽山，裡面有個怪物叫化蛇，我與族人每次飲水，都盡可能躲著它，您為何要涉險？」

廩君便將尋找新領地的事告訴了狼君。

狼君說：「化蛇十分凶惡，您何不繞道而行，我願意為您探路。」

廩君仰頭望著重疊的群山，面上掛滿了憂鬱，搖搖頭說：「順流出峽，是最快的方式。若是翻山越嶺，不但我走不出，就是我的子孫們恐怕也走不出深坑高谷。」

狼君見他目光堅毅，意志十分堅決，欣然說道：「既然如此，我願與您一起入峽門，以報你對胞弟手下留情的大恩。」說完，跳上了船，化為一隻大白狼。

一人一狼進了峽門，光線暗了下來。一陣水響，浪花中現出一條蛇影，巨大的尾巴橫掃而過，企圖將船打翻，廩君操著船舵，一會兒在波谷，一會兒在浪尖，靈巧的躲開了化蛇的攻擊。化蛇見這一招不湊效，就破浪而出，獰厲的臉上閃爍著兩隻陰森的眼睛，張大的嘴巴裡噴出一陣強烈的腥味，尖利的牙齒間發出嘶嘶的聲音。站在船頭的狼君一見，張嘴一口咬住了化蛇的脖子，廩君趁機搭箭彎弓，一箭射中了怪物的眼睛，怪物吃痛，帶著狼君鑽入了水底。廩君不待它逃逸，縱身跳入水中，騎在化蛇背上，一起沉浮。

族人們聚集在岸邊，見峽中波浪滔天，水中不斷傳來爆響，如同暴雷滾動，兩岸的山石紛紛被震落，時間整整過去了七晝夜，族人們都以為他們的首領死了，準備推選新首領，突然水中鑽出一人一狼，廩君手持長劍，大白狼叼著化蛇的腦袋。

族人們湧了上去，歡呼聲響遍了天空。

狼君請求加入凜君的部族，他們又一次出發了。

鹽水是一條大河，河畔的部落以產鹽和打漁為生，這裡的鹽潔白無瑕，如同天上飄落的雪花；這裡的魚兒肥美無刺，為人所喜愛，依靠魚鹽，河邊的部落成了方圓百里之內最大的部落。鹽水部落的君長是一位女子，名為青女，她生來就能聽懂鳥兒的語言，有一天她聽遠方飛來的喜鵲說，有支龐大的船隊正從河流的上游來，部落君長凜君是位英雄，降服了狼君，還誅殺了作惡多年的化蛇。她想從喜鵲嘴裡獲得更多訊息，那隻喜鵲卻嘰嘰喳喳的飛走了。

自從得知凜君要來，青女每天都跑到河邊去等候，終於有一天，一艘船出現在了河面上，接著一艘又一艘，幾百艘船出現在河灣裡，她從未見過這麼多的船，也從未見過如此高大的船，船隊最前面的那隻巨船，足有兩丈高，船頭上用硃砂畫著鳳凰圖案，隨風飄揚的旗幟下站著個高大的男子，身披熊皮，腳蹬虎皮靴，腰間懸著長劍，身邊站著一隻威猛的大白狼。他的臉稜角分明，明亮的眼睛裡彷彿有火焰在燃燒，青女只看了他一眼，就愛上了他。

凜君的到來受到鹽水部落的熱烈歡迎，他們奉上了最珍貴的鹽和肥美的魚兒。在河流中漂流了很多年，凜君的部落已繁衍成了一個龐大的部族，孩子在船上出生，老人則在船上死去，他們以為再也沒有機會登上陸地了。凜君也愛上了青女，他望著眼前的這個女子，她色如桃花，口如含丹，肌膚衝澤，眉鬢如畫，好像永遠都是十八歲。

與青女度過了一段時日後，稟君臉上喜悅的神色慢慢淡去。他派長老們四處查訪，發現鹽水兩岸的土地容不下他帶來的這麼多人口，為了活下去，他必須帶著族人們繼續前進。青女也覺察到了稟君臉上不安的神色。為了留住稟君，她夜夜都來陪伴他，她對稟君說：「鹽水兩岸土地肥沃，又有魚鹽之利，你和我合為一族，我們的子孫將布滿整個大地。」

　　稟君望著眼前美麗的青女，笑了笑，未置可否。

　　稟君和他的族人們在鹽水河畔休整了九個晝夜，他決定不辭而別。但早上醒來時，天色一片昏暗，空中有一大片蒼灰色的雲遮住了太陽，數步之內影影綽綽，一切都籠罩在濃重的霧氣中，不辨東南西北，他只好推遲計畫，打算第二天霧散後再走。天黑之後，青女回來了，她的臉上滿是倦意，稟君問她去了哪裡，她只是搖了搖頭，便在榻上睡著了。稟君沒有打擾她，獨自歇息了，他決定天亮就出發。然而，第二天早上，天氣依舊和前一天一樣，整個世界都籠罩在一片蒼灰色的影子裡，他不得不再度推遲自己的計畫。

　　青女是鹽水部落的君長，也是祭司，她從祖先那裡繼承了很多神技，為了留住稟君，她趁稟君熟睡時，在天亮前化身為青蠅，並召喚草木間的所有飛蟲，一起飛向天空，將太陽遮住，這樣的日子持續了十天，引起了稟君的懷疑。有一天晚上，他假裝入睡了。黎明時他尾隨青女出了門，見青女走到河邊，不斷向天空祝禱，不一會兒，一條霓虹橋出現，青女上了橋，化身為一隻蟲蠅。瞬間，草木間無數隻小蟲都聚攏在她周圍，一起飛向了高高的天空，剛露臉的太陽立刻被遮蔽了起來。

　　稟君明白了天不晴朗的祕密。

　　當天晚上，稟君拔劍割下一縷自己的頭髮，對青女說：「你我日夜相

伴，按照我族中的習慣，將彼此的頭髮打結，即為夫妻。不如就在今夜，我們結髮立誓吧。」青女十分高興的接過頭髮，繫在了自己的頭髮上。廩君也將青女的一縷髮絲，和自己的頭髮繫在一起。

次日早晨，天空依舊被無數的飛蟲所籠罩，廩君仰頭望著天空，一縷青絲飄飄蕩蕩，他從箭筒裡抽出箭，搭上弓弦，瞄準青絲，放箭。一陣哀鳴，青女像一片飄落的雲一樣墜落，廩君丟掉弓，衝過去想接住她，她卻落在了奔流的水中，在波浪裡翻滾著，化成了一串串泡沫，湮散開的鮮血，也化為水中的紅蓮花。

失去了鹽水女神的天空，飛蟲四散，轉瞬間萬里澄澈，碧宇露出了它的本來面目，顧不上悲傷的廩君號令族人們出發。

從鹽水部落離開後，廩君一下蒼老了很多，他的頭髮全白了，眼角擠滿了皺紋。他經常夢見青女，夢見他們牽著手走在河邊的灣流處，一對白色的鴿子落在他的胸前，瞬間變成了一男一女兩個嬰兒，青女告訴他，那是他們的孩子。兩個孩子長大了，男孩像他一樣英武，女孩則像母親一樣美麗，她的眉毛如同黛色的遠山，一雙眸子清澈的像鹽水河。他從夢中醒來，大聲呼喊著青女的名字，然而船艙裡一片幽暗，夜晚航行的船外傳來水波敲打艙板的聲音。

廩君的船隊在河流上又航行了三年，河岸越來越狹窄，進入了一條彎曲幽深的峽谷，前方彷彿一個巨大的洞穴，河流如同游入洞穴的巨蟒。命運和他們開了一個玩笑，他們似乎又回到了祖居的深峽幽洞，心中充滿悵恨的廩君仰天長嘯，崖石崩塌，峽谷邊出現了巨大的豁口，滾落的石頭彷彿臺階一樣。族人們紛紛棄船登岸，順著石階狂奔而上，一片廣袤的土地出現在他們眼前，遠處靜謐的河流，像一隻溫馴的動物臥在原野上。

廩君帶領族人探查地形，背山面河建立起第一座城市，名為夷城。當然，他並未看到這座宏大城市的建立，就在登上陸地之後的半年，他去世了。臨死前，他囑託族人不要將自己放在宗廟裡，而是葬在那條河邊，在那裡，他將永遠陪伴自己的愛人。狼君的後裔被人類馴化成了犬，成了人類的親密夥伴。

　　廩君的子孫和族人們繁衍眾多，到秦始皇統一六國時，已遍布丘陵和河流沿岸，始皇帝在那片廣大的土地上設立「黔中郡」，他們被稱作巴人。

【文獻鈎沉】

　　「廩君」的故事見載於多種典籍，如《世本》、《後漢書》、《水經注》都有記載，以《錄異記卷二》記錄最詳。該書為五代時道士杜光庭多撰，全書分為仙、異人、忠、孝、感應、鬼神等十七類，廩君的故事在「異人」類中。此書的內容雖然荒誕不經，但是敘事雋永、文辭優美，在古典文言短篇小說中占有一席之地，保留了很多珍貴的傳說。

哭城記

秦王嬴政 39 歲時統一了六國，自稱始皇帝。然而，他卻經常被一個噩夢驚醒，他夢見自己孤獨的坐在寶座上，身邊一個大臣都沒有，就連近侍小太監也不見身影，宮中忽然燃起了大火，他大聲呼救，但無人回應，最後烈焰吞沒了整個宮殿，他想逃，身子黏在龍椅上，紋絲動彈不得，他的黑色龍袍也燃燒了起來……

他又一次從夢中醒來，大聲喊道：「趙高，趙高。」

宦官趙高跪伏在嬴政御榻前，恭敬的說：「皇上，您又做噩夢了。」

從夢中醒來的嬴政冷眼看著趙高，他的目光從趙高的額頭上掠過，那張蒼白的臉看起來恭順極了，彷彿一張面具，沒有任何一絲一毫多餘表情，唯有對皇帝的忠誠。趙高心裡十分清楚，但凡他的臉上有一絲怠慢、輕視或者憐憫，都會掉腦袋。

「趙高，三日內，給朕找個占夢術士來。」

「臣遵旨。」

次日，始皇帝尋找占夢師的詔書發往了全國，皇帝的壞脾氣天下皆知，占夢術士們躲避還來不及，那會伸著脖子挨刀呢，河內郡溫城縣令許望的女兒許負卻不然，她是主動應徵的。她乘著使者的驛車，一刻不停的發往秦都咸陽。

嬴政聽說占夢師是個女子，大為好奇，立刻召見。

跪在大殿下的是個身量未足的少女，身穿素袍，細長眼睛，尖下巴頦，膚色黯淡，臉上有幾點雀斑，她自稱 16 歲，實際年齡可能更小，或許只有 14 歲。

「你就是許負。」

「回稟皇上，正是民女許氏。」

「大膽，小小年紀，竟敢冒充術士。」

「民女不敢，是否冒充，占夢便知。」許負的回答挑不出任何毛病。

「好，你能占夢，朕不但不治你的罪，還會重重賞賜。」

「民女不為賞賜，只願為皇上解惑。」

趙高見她回答的如此狂悖，趕緊使眼色，嬴政卻擺擺手說：「無妨，許負，你可是要朕將夢境告訴你？」

許負說：「皇上的夢乃是天機，民女不敢預聞。」

嬴政說：「那你如何占夢？」

「用這個，」許負說著，從袖子裡拿出一團紅繩，繩子上掛滿了小銅鈴，「只要將紅繩繫在皇上的手腕上，民女便知夢境為何物。」

趙高斥責道：「大膽……」

嬴政又一次揮手說：「無妨。」示意趙高照做。

趙高趕緊牽起繩頭，小步跑到始皇帝嬴政的御座前，跪了下來。

始皇帝嬴政攏了攏龍袍的袖子，趙高小心翼翼的將那根紅繩繫在了這位喜怒無常的君主手腕上。

紅繩剛繫上，就響起一片鈴聲，嬴政彷彿跌落進了深淵，巨大的孤獨籠罩住了他，趙高不見了，許負也不見了，整個黑色的大殿空蕩蕩的，似乎比平時更大，也更顯冷峻。宮殿的地板下彷彿有一團火在灼燒，整個地面都被燒紅了，龍柱上的龍變成了火龍，火焰舔著帷幕，瞬間整座大殿被火焰包圍，眼見就要吞噬他，一聲鈴響，他醒了。

「你能進入朕的夢境？」

「雕蟲小技，不值得皇上驚訝。」

「快告知朕夢兆。」

「天機不可輕易洩漏，請闢出靜室，容民女寫下《占夢書》，供皇上
一人觀覽。」

嬴政點點頭說：「甚好。」

許負將寫好的《占夢書》裝在錦囊裡，交付靜室外值守的內侍小太
監，囑託其上呈給始皇帝，便飄然離開了宮廷。趙高向始皇帝請旨追回許
負，始皇帝略一思索說：「允她回鄉吧。」

趙高後退幾步轉身走向大殿的門，始皇帝叫住他，將一面金牌遞給他
說：「等一等，封許負為博陽縣君。」

趙高跪拜，領旨離去。

《占夢書》寫在一根竹簡上，只有一句話：「亡秦者，胡也。」

滅亡我大秦的是胡人？秦始皇嬴政嘶吼著，掰斷了竹簡。

冬天的風颳過冰寒的大地，彷彿刀子劃過人們的耳膜。姜大姑娘換了一身新衣裳，這是她的未婚夫婿家送來的，爹爹說等過了臘月，就給他們成婚。她是姜家的大女兒，閨名叫阿昭，除了爹爹和娘，沒人知道這個名字。當然，等她嫁入夫家，丈夫也會曉得這個名字，但她成為女主人後，這個名字就是祕密，人們只知道她是姜氏女。

阿昭的未婚夫名叫喜良，是鄰村萬家莊人，他們雖不經常見面，但心有靈犀。阿昭的父親和喜良的父親是莫逆之交，兩家的兒女也是青梅竹馬，隨著年齡的增長，因男女大防，見面才漸漸少了。在集市上，她和姐妹們遠遠的看見過他，他長高了，寬闊的肩膀，俊朗的臉龐。他還記得她小時候的喜好，每年春天都讓人送一支杏花來。

他們成婚的那天晚上，不是滿月，月亮像一大塊破碎的銀子，懸掛在半天，十分皎潔。他端詳著她，她細長的眉毛像春天的遠山，透亮的眸子是赤誠的，這是一張他無數次夢見過的臉。她也看著他，眼中盛滿了笑容，那是一種名叫幸福的東西，來自雙向的、彼此的靈魂深處。她為他斟滿了酒杯，又給自己倒了一滿杯酒，交臂而飲。

喜良握著阿昭的手說：「你還記得我們小時候的誓言嗎？」

阿昭羞澀的低下了頭。

小時候，喜良、阿昭和小夥伴們在院子裡一棵上百年的泡桐樹下玩過家家的遊戲，喜良扮丈夫、阿昭扮妻子。她還記得喜良曾握著她的手，對小夥伴們說：「等我長大了，我一定要娶阿昭做妻子。」

既充當看客，又扮演儐相的小夥伴們當然不信，一迭聲的起鬨。

喜良仰頭看著太陽，又低頭盯著阿昭說：「你信嗎？」

阿昭點點頭。

喜良指著太陽起誓說：「我願和阿昭做夫妻，生則同衾，死則同穴；謂予不信，有如皦日。」

那是個泡桐樹開花的季節，整棵樹的花朵呈現出劇烈的、爆炸般的盛開姿態，粗壯的枝幹、迸裂的樹皮，彷彿承受不住滿樹的花開，花瓣灑落了一地，院子裡瀰漫著馥郁香氣。喜良翻檢落花，從樹下的泥土裡摳出兩塊小石頭，他左手舉著深紅帶黑色條紋的石頭說：「這是我。」右手舉起那塊純白的石頭說：「這是阿昭。」他爬上樹幹，將兩塊石頭放進了樹洞裡。這是他的誓言石。

兒時的夢想，實現了。

喜良一手牽著阿昭，一手打著紅色的紙燈籠，走出了洞房，阿昭的手柔弱無骨，乾爽而微涼，帶著青春女子的香氣，喜良幾乎要醉了。賀客們早已散去，夜晚靜悄悄的，院子裡的那顆老泡桐樹看起來更加古老了，只是現在不是開花的季節，看起來有幾分落寞。

萬喜良將燈籠交到阿昭手中，挽起袍子的下襬，俐落地爬上樹幹，把手伸進樹洞，雖然夜色遮掩了他的笑容，但阿昭聽到了他的笑聲。他展開握著的手，給阿昭看，阿昭舉起燈籠，燈光透過紅紙，兩顆堅硬的石頭，在夜色中熠熠生輝，帶著樹木的潮溼氣味。

阿昭說：「萬郎，把燈籠掛上吧。」

攀附在樹上的喜良俯身，從阿昭手裡接過紅紙燈籠，掛在了樹洞邊的細枝條上，紅色的光照亮了一片樹杈，彷彿夜色中畫出的影子。

喜良從樹上爬了下來，仰頭看著樹上的燈籠，他笑了，想到有這樣一

個美麗溫柔、知悉自己心意的女子伴隨一生，他幾乎落下淚來。

　　泡桐樹的另一側長滿了灌木，即便是冬日落盡了葉子，依舊形成一大片黑色的陰影，被灌木所遮蔽的地方，有座小小的石龕，誰也不知這座石龕存在了多久。父親曾告訴他，祖上搬來這裡時，石龕就已存在了，可能有幾百年甚至上千年了吧。石龕開挖在一整塊完整的巨石上，門額上的雕飾因風雨摧打早已漫漶不清，只有兩個小坑彷彿注視著這個世界的眼睛。傳說，石龕裡供奉的是塗山氏娘娘，她是上古聖人大禹的妻子，是狐仙出身。所以，人們也把石龕稱為「狐神宮」。童年時，喜良和阿昭曾偷偷鑽進過那小小的龕，龕門低而狹窄，僅能容孩童爬入，但裡面的空間很大，四壁光滑，有動物留下的痕跡，這引起了他們的好奇，兩人常常趴在灌木叢裡窺探，不久，就發現一隻灰色的小狐狸出現了，左躲右閃，警惕的看著四周，疾速鑽入了石龕。二人尾隨小狐狸進入龕中，跟著蹤跡往龕中的洞穴深處走去，越往前走洞穴越矮、越細小，最後只能匍匐向前爬，直到再也無從向前為止，小狐狸留下的蹤跡卻仍舊沿著幽暗的洞穴延伸，也許，這就是精靈世界的通道吧，那些越過狹而細的孔道的生靈，命運獲得了昇華嗎？每一種生物，人也好，狐狸也好，小鳥也好，蟲子也好，都有他們自己的蛻變通道，他們活著，是為了一種可能。

　　喜良和阿昭窺探小狐狸的舉動，也許早已被那聰明的小生靈發覺，有一天他倆在灌木叢裡捉蛐蛐的時候，那隻小動物蹦跳到了他們眼前，用乞求的眼神望著二人，原來小狐狸的一條腿受傷了，可能是被獵人的箭射傷的，或者被刀割傷的，總之流了不少血。喜良從家裡找了一些破布，還偷偷拿了父親的金創藥，幫小狐狸包紮了傷口。此後，那隻小狐狸就再也沒出現，說不定傷重死掉了呢。

　　有一天，喜良看見成群的狐狸在灌木中出入，嘰嘰呱呱的叫個不停，可惜沒有那隻小狐狸，住在周圍的村民受不了聒噪，會罵上幾句，但彼此無害，終究相安無事，有人說那是「狐嫁女」。他曾問父親，狐狸嫁女也有婚禮嗎？它們也有情愛嗎？父親告訴喜良，上古的人追尋生命的永生，他們在深山石穴中依照自古以來流傳下的方法修煉，最後能夠像蟬一樣，脫去外殼、也就是肉體，羽化登仙。狐狸和人一樣，只要肯下功夫，也能夠達到登仙的境界，這一類狐，被稱為天狐。塗山氏，就是最古老的天狐家族的女子，她是有史記載的與人通婚的狐族。既然人有情愛，像狐這樣有靈性的生物，當然也懂得情愛。人與狐為何都要孜孜於飛昇呢？此生的塵世生活還不夠嗎？父親沒有回答他，而是在夏夜裡捕捉了上百隻螢火蟲，裝在紗網中，那些螢火蟲過了這個季節大多會死去，也有產了卵的，父親將這些幼蟲小心的安置在溫暖的室內，第二年都成了成蟲，也同樣閃著光。父親說，這些活在紗網中的螢火蟲和山林中的螢火蟲在本質上並無區別，他們也繁衍，也度過了一生，然而他們是不自知的，他們以為紗網裡的世界，就是整個世界的全部。我們人何嘗不是這樣呢，我們看到的世界，也許只是紗網中的世界，那些追求生命永生的上古仙人和狐族，正是為了突破紗網，去尋求更大更真實的世界。

　　喜良牽著自己的新娘阿昭的手，將兩塊「誓言石」擺放在「狐神宮」的門口，雙雙下拜。這座石龕的背後，真的有個「紗網之外」的世界嗎？我們無法像狐狸一樣，穿過那細長幽深的洞穴，但一定有另外一種可能，另外一條通道可以致永恆。他和阿昭一起擊掌，唸誦了禱詞，只願狐仙娘娘保佑，永生永世不分離。

　　「永不分離」的夢還沒等天亮，就破滅了。一陣粗暴的拍打門板的聲

音，將他們從新婚的夢中驚醒，阿昭甚至來不及和喜良告別，丈夫就被士兵們揪走了。天亮的時候，她才得知，全村的壯年男人都被抓走了，據說皇帝在北地修建長城，需要大量的民夫。

春天來了，男人們卻沒有回來。泡桐樹上開滿了花，紅紙燈籠褪了色，破碎不堪，像一枚沒有結出果實的花。阿昭收到了丈夫的來信，信上說，北地酷寒，但寒冷比不過對她的思念，思念令人溫暖。

阿昭決定去尋找丈夫。

街坊鄰居知道她的決定後，都以為她瘋了，村裡的人去過最遠的地方是五十里外的集市，何況她還是一個女子。父親和母親並未阻止她，她自幼性格剛毅，凡是決定的事，絕不會改變。好在他們知道修建長城的地方在北方，一直向北走，也許就能找到呢。

臨別的前一晚上，阿昭沐浴更衣，來到了「狐神宮」前，舒開手掌輕輕相擊，發出清脆的擊掌聲，她透過這種古老的方式，喚起神靈的注意。默默禱告，希望狐仙娘娘保佑自己能夠找到丈夫。她似乎聽到了一陣低沉的狐鳴，石龕內有連續的呼呼聲，如大風吹過，然而周遭草木連動也沒動一下，即便是一片樹葉，也沒有搖擺。阿昭正詫異，一隻銀灰色的狐狸從龕中鑽了出來，蹲在距離她兩步多遠的灌木中。夜色昏暗，但星月的光足夠讓阿昭看清楚，那是一隻年齡很大的狐狸，尖尖的嘴巴微微揚起，滄桑的臉暴露無遺，尤其是眼睛下的兩條淚槽，好像經常哭泣。它凝視著阿昭，慢慢的靠近，用額頭觸碰阿昭的小腿，阿昭蹲下身，摸了摸狐狸光滑的皮毛，她發現了狐狸腿上那淺淺的傷痕。狐狸似乎知曉阿昭會認出了它，輕輕地鳴叫了一聲，嘴一張，吐出一粒閃爍紅色光芒的珠子。阿昭不知所措，那銀狐用人的聲音說：「這是我的內丹，遇到博陽縣君，你把

這個給她，她會幫助你。」須臾，頭也不回的消失在了灌木叢中。阿昭懂了，這是狐神贈予她的庇護法寶。

自從始皇帝嬴政得知「亡秦者，胡也」的夢兆後，他命令大將軍蒙恬率領30萬大軍北擊匈奴，奪取了「河南地」，喪失了水草豐美的河套地域的匈奴人不得不向西奔逃，以躲避秦軍精銳力量的打擊。然而，始皇帝還不放心，他命令蒙恬將原來齊、趙、燕三國在北方地區修建的長城連起來，與秦長城結為一線，構成從東到西的完整防禦體系。龐大的長城工程需要大量建築工人，全國所有的刑徒加起來還不夠，士兵們不得不在全國抓民夫。

蒙恬修建長城的同時，通往秦都咸陽的馳道也建了起來，那是一條能容納四輛馬車並行賓士的寬闊道路。驛車載著從長城一線來的信函，每天絡繹不絕，始皇帝見北方長城逐步建成，遂決定率百官和大軍進行聲勢浩大的巡守，一方面向長城之外的匈奴展示軍威，另一方面犒賞督建長城的將士們。大軍到達青山峽時，下起了大雨，連綿的雨水下了半個多月，爆發的洪水阻斷了行路，始皇帝的營帳從山腳下挪到了山腰，最後又挪到了山頂。眼見的雨水不停，始皇帝嬴政命李斯和趙高陪自己去看看地形，內侍撐起傘蓋，他們沿著山脊朝峽谷方向前行，看到峽谷對面隱約有座黑色的建築，始皇帝問道：「那是什麼？」

李斯立刻命人去探查，不一會兒，有士兵來報：「回稟皇上，峽谷對面的建築乃是一座神祠。」

始皇帝問：「祠中供奉的是那位神靈？」

士兵說：「神祠已荒廢，僅剩一座偏殿尚完整，不知是何神祠。」

始皇帝怒罵道：「沒用的東西。」

趙高抬腳踢了一腳士兵，士兵趕緊叩頭離開了。

李斯說：「還是讓微臣親自去看一趟吧。」

始皇帝微微頷首。

士兵們在峽谷間架設起浮橋，李斯艱難的到達對岸，很快就搞清楚了神祠供奉的神靈，那是上古時「三身國」的創始國君，傳說是天帝帝俊之子，他還帶回一塊殘碑給始皇帝看。始皇帝聽李斯解讀了殘碑上的文字，說道：「既是天帝之子，我們何不去拜祭一番。」

神祠中斷壁殘垣，荒草叢生，只剩下低矮的偏殿，殿門和窗子也已破碎不堪。殿堂中空空蕩蕩，地面上堆積著厚厚的鳥糞，汙穢不堪，成群的硃紅鳥兒棲息其中，受到驚嚇後，四散而飛，彷彿射向天空的火箭。李斯命士兵們清理鳥糞，將殘存的殿堂清理潔淨。厚厚的鳥糞被除去後，地面上裸露出一塊方形的石板，上面鐫刻著六個籀文：秦皇到，石函現。

始皇帝命身邊的甲士搬走石板，四五個甲士一起用力，石板卻像生了根一樣紋絲不動。

趙高說：「皇上，這石頭下恐怕有玄機，請皇上移駕殿外，讓力士用撬棍吧。」

二十個甲士將石板撬開，露出一座石棺，開啟棺蓋，在底下發現一隻方形的匣子。他們將匣子上呈給了始皇帝。

趙高斥責道：「混帳東西，挖出來的什麼破爛都敢拿給皇上看，還不拿下去。」

始皇帝笑著說：「不必害怕，開啟吧。」

甲士們擋住始皇帝，用刀子撬開了匣子，匣子裡有一隻鞭子，青色的鞭柄，火紅色的鞭身，不知是何物所製。始皇帝伸手拿起來，感覺十分沉

重，他掄圓了向一塊殘碑打去，那塊碑竟然像長了腳一樣向前跑去。始皇帝以為自己眼花了，又掄起鞭子朝另一塊巨石打去，那塊石頭也像長了腳一樣，朝山頂上跑去。眾人驚異不已，李斯驚喜的跪下祝賀道：「恭喜皇上，得到了上古神物。」

始皇帝說：「李斯，人們都說你學問大，你可知此物的來歷？」

李斯說：「回稟皇上，此物名為趕山鞭，是上古天帝帝俊所造。上古時，三身在海上造橋，天帝賜予此鞭用來趕石。今日皇上北巡長城，上天以此物相贈，乃是祥瑞之兆啊。」

這時候，雨停了，大臣和士兵們山呼萬歲。始皇帝嬴政大喜，命令一部分士兵留下重建「三身神祠」，其他人馬拔營前往鷹飛山，大秦的長城將在鷹飛山與舊燕國的長城相連。

鄉親們集資給阿昭買了一匹馬，爹爹和娘給她準備好了乾糧，最遠只到過集市的她踏上了尋找夫君的路。她騎著馬一直向北，越過了家鄉低矮的山脈，渡過了淺淺的苦水河，從此將一切都甩在了身後。

她隱然知道這是條不歸路，駐馬回頭望了一會兒，便揚鞭催馬奔向陌生的大地。

阿昭日行夜宿，有時棲身於荒林中，有時借宿於農家，她向北走了四天後，到達了河流的渡口，水平如鏡，流面寬闊，望不到對岸，唯有接天的蘆葦蕩。她正躊躇間，有鳥大如車輪，色黑如同烏鴉，有數百之多，在空中盤旋如陣，彷彿成片的烏雲，盤旋的鳥群下走來一個戴著帽兜，披著紅色斗篷的女子，看起來甚是詭異。阿昭十分驚恐，她調轉馬頭想離開，然而馬兒卻像瘋了一樣，不肯停下，直奔向那紅袍女子。她緊緊抱住馬鞍，在群鳥的戾叫中，心臟都快要蹦出胸膛了。馬兒似乎受到了神祕的指

令，一到那紅袍女子跟前，立刻停下了，處於驚恐中的阿昭差點墜馬。紅衣女子看起來年齡很小，嬌小的面孔熠熠生輝，就連臉上的那幾枚雀斑好像也在閃光，眸子裡還殘留著幾分少女的稚氣，這讓阿昭鬆了一口氣。

那女子望著阿昭緊張過度而蒼白的臉，朗聲說道：「你迷失了方向，前方凶險，趕緊回頭吧。」

心情放鬆的阿昭笑了起來，隨即調皮的呵責道：「妳是誰家的女兒，膽敢胡亂攔截路人。」

紅衣女子正色道：「我乃河內郡許負。」

阿昭只覺這個名字十分熟悉，好像在哪裡聽過，猛然，她想起了離家前一個晚上狐神宮那老狐的話，下馬恭聲說道：「敢問可是博陽縣君嗎？」

許負說道：「正是區區。」

阿昭趕緊施了大禮，從懷中掏出那老狐所贈的內丹，交給許負說：「這是我的一位故人，讓我交於縣君的。」

許負接過內丹，放進了隨身小函盒內，對阿昭說：「此物為天狐內丹，我尋找多年未得。你有何要求，直管對我說。」

阿昭將此行的目的告訴了她。

許負像個大人一樣端詳著阿昭的臉說：「姜大姑娘，此去北地千里，妳一個弱女子，怎能渡過關山。妳面有生子之兆，恐怕已有身孕，還是回去吧。」

阿昭激動的說：「你是說，我已懷有郎君的骨肉？」

許負點點頭。

「那我更要找到夫君，我不能讓我的孩兒一出生就沒有爹爹。」阿昭果斷的說。

許負長嘆了一口氣說：「妳恐怕找不到他。」

「我一定能找到他。」

「既然妳心意已決，那你帶上這個吧，」許負將一面金牌放到了阿昭的掌心，又將自己的紅色斗篷解下來給她披上，「有了這兩件東西，妳用我的名，沒人能阻攔妳。」

阿昭握著金牌，熱淚流了下來，伏身再次致禮，許負說：「妳且莫要急著拜我，要謝就謝贈妳內丹的老怪物吧。此處名為『炎冰渡』，若非遇到我，妳是萬萬渡不過去的。」原來此處為二河匯流處，一條河名為炎河，河流如同沸水，河面上終年遮蔽著茫茫蒸汽，將雞蛋扔進去，須臾便煮熟了。另一條河名為冰河，大夏天水面上也結著一層冰，水溫極低，觸手就會被凍傷，兩條河在此匯聚，至陽之氣和陰煞之氣攪合在一起，形成了一個天然的殺陣，河面貌似平常，可一旦涉足，便有去無回，極其凶險。說著，許負讓阿昭閉上眼睛，並叮囑她無論聽到什麼聲音，都不可睜眼，直管抱緊馬兒的脖子即可。阿昭點點頭，上了馬。許負拿出一塊紅巾，蒙上了馬眼。隨即唸唸有詞，那群黑色的大鳥圍繞阿昭和她的坐馬盤旋而飛，猶如飆風大起，雷聲殷殷，赤電閃爍，一時間連人帶馬都被裹挾著飛上了高天，阿昭聽得兩耳邊風聲呼呼，一陣輕寒掠過肩頭，好在她披著許負所贈的那件斗篷，也不覺得冷。不知過了多久，風聲停了，馬兒不停地打著響鼻，她嘗試著睜開眼睛，發現身處一條大路邊。遠方的市鎮有星星點點的燈火，傳來打更的聲音。時已二更，明月在東，星斗璨然。博陽縣君許負已不見了蹤影。

阿昭在市鎮上找了一間尚亮著燈的旅店，向年長的店主人打聽：「請問阿兄，此處是什麼地方。」

店主人說：「此處係樂城，屬北地郡地界。」

阿昭一聽，不由暗暗心驚，自己從家鄉出發，曉行夜宿，騎馬走了四天，縱然馬兒腳程快，每天也至多跑四百里，四天後到炎冰渡，粗略猜想也不過走了一千六百里路而已。想不到這一夕之間，竟然到了六千里之外的北地郡，她不由的跪在地上向空中拜了幾拜，心中暗暗祝禱：「多謝縣君大恩。」

店主人看著阿昭奇怪的舉動，並無理會，為她準備好了一間還算乾淨的客房。

始皇帝的車駕到了鷹飛山，大秦的長城也修到了山腳。鷹飛山峭壁如同刀砍斧劈，傳說只有鷹能飛得過去，這座山南面是扼守東北大草原通往中原的關隘，北面是舊燕國的老長城。由於山嶺過於陡峭，磚石運不上

山頂，新建的長城無法與山另一側的舊燕國長城銜接，故而工程停了下來。始皇帝聽聞鷹飛山阻擋了修建長城的腳步，親自到了工地，他望著巍峨險峻的山嶺，對李斯說：「拿我的神鞭來。」李斯趕緊取來石函，將趕山鞭呈了上去。始皇帝手握神鞭，鞭打山石，一邊抽打一邊說：「朕命你向東。」說來也怪，那座山被鞭打後，彷彿長了腳一般，竟然向東移動了三十多裡，一直到了東邊的大海邊才停下，故燕國的長城和秦國長城也在該處交會，呈犄角之勢。來自草原上的騎兵除非渡海而來，否則就會被堅固的長城所阻擋。

始皇帝將「趕山鞭」賜予蒙恬，命他驅趕山石，加快修建長城的步伐。他將自己的大營駐紮在海邊的鷹飛山下，決定在這裡舉行竣工之日的大典。

阿昭到達北地郡後，那裡的長城早已建成，他向戍卒打聽夫君的去向，得知大將軍蒙恬已率兵和工人們往代郡去了。她按照一個老卒所指的路，向東而去。這天馬兒幾乎狂奔了一整日，已是汗流浹背，眼看到了午後，遇到個繁華的大鎮，阿昭心急著趕路，尋思再跑一程，到下一個村鎮住下，不想錯過了歇腳的地方，馬兒跑了半日，盡是崎嶇的山地，前後都是大大小小的坑塹，好像是人用刀斧鑿出來的，尖銳的石頭劃傷了馬腿，鮮血淋漓，她不得不下馬牽著馬兒向前。就這樣走了一個多時辰，終於到了一片平闊的地方，阡陌相通，屋宇相連，阿昭喜出望外，然而走到近前，一股涼氣從腳跟直通往頭頂，原來眼前並非屋宇，而是成片的高大墓塚，從殘存的堂基和柱礎，大致尚能看出這裡曾經有過陵前建築。前不著村，後不著店，誤入陵墓群的阿昭後悔不迭，她只能任馬兒緩慢的向前走，馬兒將她帶到了一座瓦屋前。屋內甚大，黑燈瞎火，什麼也看不清

楚。阿昭點亮了掛在馬鞍邊的燈籠，見是座破敗的祠堂。硬著頭皮，拉著馬兒走了進去，祠中無人，只有清風穿堂而過，絲絲縷縷的帷幕遮住了神龕，看不清是誰氏之祠。她鬆開馬韁，找了一塊還算完整的磚坐下，還未來得及喘口氣，就聽得一聲狂吼，其聲坼帷裂幕，受驚的馬兒狂奔而去，同時踢翻了燈籠，黑暗中閃爍著兩隻巨大的眼睛，慢慢向阿昭靠近。阿昭尋思，自己尋夫而未得，今日卻命喪野獸之口。阿昭啊，阿昭，你的命好苦。

那野獸一步步向阿昭靠近，距離阿昭十步遠，凌空撲了上去，它的爪子尚未沾上阿昭的衣服，忽然間紅光閃爍，那野獸彷彿被火燙了一般，嚎叫一聲彈飛了出去。就聽有人喝罵道：「孽畜休得傷人。」野獸低聲嗚咽著，退避一旁。兩小童子各提著一盞大紅燈籠為前導，燈籠上寫著「皋天子」三個字，隨後傳來雜沓的腳步聲，一對宮娥持團扇，一對金甲武士持豹尾槍，中間一人身穿大紅袍，腳蹬皂靴，闊步入內。他見阿昭呆愣愣的坐在破磚上，周身為赤色光芒環繞，略帶訝異的作揖說：「不知縣君在此，多有冒犯，還請恕罪。」

阿昭十分惶遽，聽見人聲，顫抖著問道：「剛才那隻猛獸，可是你趕走的？」

那人十分抱歉的說：「小東西嚇著了縣君，還請恕罪，回頭一定給牠吃一頓鞭子。」

阿昭見那人十分有排場，且力能驅獸，不知是人是神，試探的問道：「你是何人？」

那人說：「我乃皋天子。」

阿昭迷惑不解的說：「請恕小女子孤陋寡聞，不知高人姓名。」

那人笑著說：「僻壤之君，不足掛齒。縣君至此，倒是令本王意外。」

阿昭明白了，此人將自己誤認為博陽縣君許負了。她不願欺人，便將自己的身分據實相告。皋天子驚訝的說：「博陽縣君為百年罕見的修真奇才，她肯將這件風雷衣贈予姑娘，恐非一般交情。只是不知姑娘你一人深夜來此，所為何事？」

阿昭將自己萬里尋夫的事簡略說了一遍。

皋天子連稱她為「奇女子」，命令兩個青衣小童子送來了飯菜，雖然是粗飯山蔬，倒也可口。阿昭對皋天子以「兄」相稱，並對賜餐一再道謝，兩人說了一番話，小童子收拾了碗筷，皋天子便率領眾人離去，竟不再來打擾。只有那隻水牛般大的猛獸在門口逡巡，原來是隻獅子。

阿昭對這番奇遇感到十分疑惑，但她實在太睏乏了，不久便靠在神祠的牆睡著了。

天亮後，阿昭見神龕邊的桌上已擺放了幾樣飯菜，與昨夜的山蔬不同，有烤炙的鹿肉，她感到腹中飢餓，便吃了起來。大約是多日未沾油水的緣故，她覺得十分味美。吃飽了肚子，也就有了力氣，她從地上撿起包袱，準備去尋找昨夜跑掉的馬兒。走出神祠的門，回頭一看，頓時臉色大變，這那是什麼神祠，分明是一座巨型的陵丘，只是破了個大洞。原來，自己在墓穴中過了一夜。再看陵墓前的臺基上，一隻威風凜凜的雄獅正目光炯炯的望著她。她進退不得，那獅子在地上打了個滾兒，變成了一個青年男子，朝她走了過來。

阿昭驚訝的問道：「你究竟是人還是獅？」

那人笑道：「我也忘了自己究竟是人，還是獅呢。」

阿昭說：「你若是人，為何要化為獅子？你若是獅子，又為何化為

人？」

那青年怔怔的想了想說：「此間的朋友都稱我為靈猊客。六百年前，我流落至此，做那沒本的買賣，靠打劫路人為生，後來遇到皋天子，他命我修持大道。想來，我是三百年為獅，三百年為人，不為獅子久矣。」

阿昭心知此人是獅子所化，但態度十分坦誠，便也放寬了心思。她問靈猊客皋天子是什麼來頭。

靈猊客告訴她，皋天子為上古之君，此地古國舊地。他目不識丁，書史所記載的一切茫然不知，也只能說個粗淺的大概。自他領受了皋天子的勸誡，這片莽荒之地再無殺戮之事。不過，出此百餘里，便非皋國地界，為群匪所占據。若阿昭不嫌棄，他願意一路相隨。阿昭見靈猊客目光如焰，句句話都充滿了殷切，趕緊轉過頭去，心中一陣悲傷，不由的流下了眼淚。自己苦度荒年，萬里尋夫，早已對男女之情不置片心，不料這幽冥不分之地，也有痴情男子。上天眷顧自己，何其多哉。只是自己此心如磐石，已屬喜良。絕無再移情的可能。

遙遠的地平線上，還殘留著淡淡的夕陽餘暉。靈猊客抱著一個魚形大風箏，徐徐放了起來，風箏越升越高，在雲間飄飄蕩蕩，彷彿在水中自由遊弋。

放風箏的地方是一片臺地，也許是這座廢墟裡的廣場，也可能是原來宮殿的臺基。臺地面朝一小片谷底，當然哪裡也是荒涼的，沒有任何溪流。谷底長滿了低矮的灌木，風吹向那個方向，灌木的枝幹就朝那個方向低頭，彷彿湧動的潮水。靈猊客拽著風箏線，小心而緩慢的不斷施放那根細絲，他的樣子看起來十分歡快，甚至有一股孩童般的調皮，顏色豔麗的大魚風箏身軀鼓脹，姿態優雅，在風中抖動的菲薄魚鰭像一對滑翔的翅

膀，充滿了飄逸的氣質。

阿昭走上臺地，在靈猊客身後說：「阿兄，你做的風箏嗎？」

靈猊客回應道：「啊，是的，已經放了幾百年了。」

阿昭說：「你很喜歡放風箏？」

靈猊客說：「不知道算不算喜歡，看到風箏在天上飛，心裡很安靜。」

阿昭嗯了一聲。

靈猊客說：「你喜歡，我把它送給你。」他將風箏線塞給了阿昭。

從臺地上望下去，在這看似廢墟般的世界裡，每一種存在都自帶巨大的能量，從殘缺的陵墓、倒塌的碑碣、燒毀的廟堂、乾枯的水井，幾乎連痕跡都消失的宮闕，還有那些顫抖的、飛舞的、奔跑的、進食的，以各種方式存在的生靈，都有能量。正是因為這些能量的聚集，無量的時間與空間裡，故事才得以誕生與延續，你與我才不是孤獨的存在。這個看起來已經成為廢墟的王國，就像皋天子一樣，並未真正消亡，包括那些看不見的臣民，也是如此。死亡正是生命的一部分，就像退潮與漲潮相互聯結。在更大的時空背景下，命運的悲劇性只是符號的一種，它甚至不會被記住，也不會阻攔任何東西。

在不同人的生命裡，世界正以不同方式躍進。理解生命的方式，正是其命運軌道的執行方式。

阿昭告訴靈猊客，她必須盡快趕往鷹飛山。靈猊客沒有強留她，但希望她能答應讓他送一程。阿昭騎馬，靈猊客步行，絲毫不曾落後，也不曾有一言一語。對於凡人而言，百年光陰已是一生，而對靈猊客來說，六百年時光也只是三言兩語，不知他在這荒涼的古墓間，是如何度過那些枯寂時光的。那皋天子為上古之君，游離於幽冥之間，並不常在這片土地上生

活。真正活在這片土地上的，大約只有他一人吧。阿昭的到來，說不定是數百年間肯將他當朋友的唯一一人呢。

　　阿昭雙手握著馬韁繩，用腳跟不停的輕踹馬腹，迎面而來的風吹起她的秀髮，她的姿影灑脫而秀美，偶一回眸，目光如同秋水閃電，令人神馳。靈猊客暗想，縱是將生命交付於她，也是無憾。不知是何等樣人，令這樣的女子為之魂牽夢縈。想來人世歡愛，能以生死相付，自有其美妙處。

　　遠處的山脈上有一片白色，不知是積雪，還是日光在山頂上的反光。山麓大片松林，起伏逶迤，減弱了大地的荒涼感。河流在遠方奔騰，彷彿一刻不停的旅人，也在朝向自己生命的方向前進。不止是人，一切有生命律動的事物，都有它們的目標，這大約就是天地間的真理。

阿昭與靈猊客以兄妹相稱，曉行夜宿，東行十四天後，到達了一座橋邊，前方就是銀山地界了。阿昭對靈猊客說：「阿兄，千里搭長蓬，沒有不散的筵席。你對我的心意，我心中已知。只是我已身為人婦，此心僅屬一人而已。就此別過吧。」

靈猊客望著阿昭，不捨地說：「讓我送你過了銀山，再作別吧。」

阿昭不忍強拒，點了點頭。

二人翻過了山，進入了沒有路的樺樹林，空氣乾燥極了，所有的一切都乾透了，人和馬踩在層層落葉上，發出吱吱的聲音。樺樹的木瘤彷彿一隻又一隻瞪大的眼睛，滿含著無奈與悲憫。樹木間的灌木不時地絆住人和馬的腳，不得不小心通過。前方的幾十棵樹木似乎遭到了破壞，攔腰折斷了，地上有一堆一堆木頭過度燃燒留下的白色灰燼。火焰的餘燼向四周延續燒了好幾丈遠，燒掉了地上的灌木和草葉，裸露出灰色的地面。有些被樹葉覆蓋了好幾百年的石頭也裸露了出來，彷彿一顆顆怪獸的牙齒。

林中沒有風，也沒有鳥鳴，樺樹林頂上的白色天空像巨大的蓋子，混沌一片。不明的東西在空氣中擠來擠去，互相推搡著，那是一股裹挾著威脅的氣息。一串腳步在悄悄移動，就在附近的林木間。一匹黑色的獸出現在樹後，獸的頭上頂著赤紅的肉瘤，張大的嘴巴裡不停的淌出散發著惡臭的口水。靈猊客輕輕拍了拍阿昭的馬兒，馬兒顯然也意識到了危險，兩隻眼睛裡閃爍著畏懼的光，五六丈遠的地方有一塊巨巖，阿昭下馬和靈猊客一起躲在石頭後面，充滿靈性的馬兒也臥了下來。混沌的天空和樺樹的枝葉倒影在馬兒的眼睛裡，好像一面湖的水影，在那片水影裡，有另一雙過早暴露的眼睛。阿昭頓時毛髮倒豎，他感到有一雙巨大的怪眼睛正在監視著他們。那不是人類的眼睛，不屬於肉體，沒有感情，嗜血、冷酷，是一種誕生於自然間的妖魔。

林中響起鸞鈴聲和怪物的喘息，箭如飛蝗一般射來，一隻流矢射中了馬兒，馬兒嘶鳴著，翻身而起，狂奔著企圖逃走。一隻像狼般的紅頭怪獸咬住了馬兒的脖頸，老鼠般的眼睛裡閃爍黃光，發出野豬般的叫聲。阿昭看著馬兒倒下，恐懼讓她渾身發抖。靈猊客輕輕拍了拍阿昭，低聲說：「這是猲狙獸，不必害怕。」

　　從林子裡湧出數百人，有的騎馬，有的騎著說不上名字的怪獸，其中一個騎著計蒙獸、頭裹黃巾的漢子說：「適才見那小娘子，怎地不見了。」

　　一個手持桿棒的粗壯漢子說，「莫非是躲在石頭後面麼，不若讓崽子們搜她一搜。」

　　黃巾漢子發出一陣粗豪的笑聲，打了一個呼哨，三隻猲狙獸便朝石頭後面狂奔而來，靈猊客見無法躲過，囑託阿昭切莫出聲，自己來應對。

　　衝在最先的猲狙獸發現了靈猊客，張牙舞爪，攻擊他的上身，靈猊客奮起一劍，斬落了怪獸的頭。另外兩隻猲狙獸一見，一左一右來夾攻，靈猊客大怒，長嘯一聲，化身為獅子，將左邊的猲狙獸撕的粉碎，又將右邊的猲狙獸踩在爪下。這一切只是瞬間的事。匪徒們怒極，紛紛持刀彎弓，一起圍攻了上來。尤其是那騎著計蒙獸的漢子，不斷揮舞著手中的刀，驅使群匪朝靈猊客圍攻。靈猊客絲毫不懼，如虎入羊群，連續截殺了十幾個匪徒，叵耐好漢難敵四拳，雄獅也怕鬣狗，他雖然重創群匪，自己也受了不少傷，那隻龍形計蒙獸，更是讓他吃了不少苦頭。

　　阿昭見靈猊客苦戰難支，從石頭後的溝下面爬了上來，大喝道：「住手。」

　　群匪見了阿昭，紛紛聚攏而來，阿昭扶住幾乎站不穩的靈猊客，靠在巨巖上。這塊石頭高有五六長，長十餘丈，像一面光滑的牆壁。阿昭背貼

石壁，仰天長嘆，祝禱說：「阿昭萬里尋夫，雖死而此心不渝。」說完，搶過靈猊客手中的長劍，便欲自盡。忽然她身披的紅色披風發出紅光，石壁一分為二，彷彿一扇敞開的大門，路平如砥，她丟下劍，扶著靈猊客退了進去。群匪一見，紛紛尾隨而入。阿昭和靈猊客剛一衝出巨巖的裂隙，岩石便合攏了，所有匪徒都被壓死於其中，就連那隻計蒙獸也被壓扁了，巨大腦袋耷拉在崖壁間，口中依舊不斷的滴落惡臭的口水。

受了重傷的靈猊客見阿昭安然無恙，努力睜著眼，想看清她的面容，他的嘴角掛著一絲幾乎不易覺察的笑容，最後閉上了眼睛。是時，暖陽隱沒，白霧方澄，霧氣深處傳來一陣淒厲的哭聲。

阿昭安葬了靈猊客之後，前行半日，到達銀山關，守關士兵不但不讓她通行，還搶奪了她的包袱，將她押送到了關尉府衙。關尉見阿昭雖滿面塵灰，衣裙敗蔽，但姿容甚麗，光彩不減，便起了強占之心。他重重的拍擊著桌案，恫嚇道：「妳是從哪裡逃出的婢女，快從實招來。」

阿昭歷盡艱險，九死一生，一眼便看出這關尉不過是個色屬內荏的軟秫子，冷冷的看了一眼，呵責道：「米粒之珠，也敢放光華麼。我受皇上密旨，赴代郡覲見。」

關尉見阿昭氣定神閒，言辭之中別有一種氣度，心中不由打起鼓來，但仍然假裝不信的詐言：「我接到上官的命令，說有逃亡的官家婢女，妳休得欺人？既是皇上召見，必定有制書。」

阿昭冷靜的從袖子裡拿出金牌，對關尉說：「你可認得這個？」

關尉一見御賜金牌，頓時嚇得面如土色，從桌案後小跑過來，撲通一聲跪在了地上，磕頭如搗蒜，說道：「博陽縣君莫怪，下官有眼不識泰山，還請恕罪。」

阿昭說：「你還想看皇上的密旨嗎？」

關尉連連磕頭說：「下官不敢，下官不敢。」

阿昭冒充許負，就此騙過了關尉。

關尉在驛館準備了客房，阿昭休息了兩天後，由四名蒼老的驛卒護送驛車出發了，比起風餐露宿，經常在荒野裡迷路，驛車的速度雖然沒有騎馬快，但是方向對了，反而快了很多。跟在車後的三個老卒十分木訥，一路上沒有什麼話，只有牽馬的老卒話多一些，但也十分恭謹，阿昭倒也安心，她決定暫時先乘坐驛車前行，到代郡時再尋機脫身。

阿昭到達代郡時，已是十月，距離她離開家鄉，已經過去八個多月了，邊地的草木開始凋零。驛車沿著趙國故長城下的河床前行，河道裡的水早已乾涸，河岸上的枯草在風中發抖，坍塌的長城上有幾個大窟窿，像大睜著的空洞眼睛，窟下有泉眼，聚整合了一片潭水，彷彿枯眼裡流出的淚。趙國故長城的另一側，是大秦的新長城，更加高大和冷峻，青黑色的磚石彷彿從大地下生長出來的牙齒，死死咬住了天空。驛卒停下了驛車，在長城窟下的水潭邊給馬兒飲水。阿昭從車上下來，也給自己的水囊補充了水。牽車的老卒走上前來，躬身行禮道：「此處天氣寒涼，請姑娘快快上車吧。」

阿昭取出那隻紅色的魚形風箏，對老卒說：「我想在這裡放會兒風箏。」

老卒將風箏舉起來，隨著風箏線放長，逐漸在風中飛了起來。風箏飛過了青黑色的磚石城牆，飛過了最高的山峰，不斷的向天空飄搖，直到阿昭手中的線到了盡頭。繃直的風箏線在風中不停的抖動，發出嗤嗤的響聲，圍繞線上周圍的空氣被攪的粉碎。她看著那隻紅魚在冷風中飄蕩，青

冥之中似乎有神祕的召喚。阿兄說，六百年的時光只是為了一場等待，這個等待只為了擦肩而過嗎？他心中明白一切，換句話說，他早已知道結局，所以才要送她過銀山。他讓她更加堅信，人可以靠愛和信念活著。他活了好幾百年，沒有那麼容易死，它只是以另一種方式而活。也許，此刻他正看著她。

她手一鬆，將風箏放掉了。

「別過了，阿兄。」

長城窟的水冰冷刺骨，已經結了一層薄薄的冰，馬兒喝了之後，連連打了幾個冷顫。牽車老卒唸叨著「長城窟的水冷啊，傷馬骨啊。」說著，幾行濁淚流了下來。阿昭看著老卒臉上的層層皺紋，想起了家鄉到處是溝壑的山川，不知老人臉上的溝壑裡，埋藏著多少人間傷心事。

她將滿腹心事唱成了一首歌，一唱三嘆：

烈風兮摧幽草，思君兮在遠道。

遠道兮不可及，光陰兮催人老。

夢魂依兮在身旁，忽覺醒兮淚沾袍。

滿目兮見蓬蒿，思君兮在臨洮。

臨洮兮不可望，播塵兮一何高。

桑枝枯兮知天寒，海成冰兮風怒號。

肝腸兮空相懸，客來兮寄魚雁。

尺素兮未盡言，囑我兮加餐飯。

年復年兮不得見，不辭勞兮越關山。

幾個老卒聽了她的歌聲，似乎都痴了，全都泣不成聲。

紅魚風箏不知飄到那裡去了，徹底看不見了。一隻孤雁從天際飛來，發出幾聲哀鳴。阿昭望著那隻雁，這個季節怎麼會有大雁，大雁不都是成群的麼，這隻雁怎會孤飛呢？它是被夥伴們遺棄了，還是自己迷了路？它要飛到哪裡去呢？有那麼一剎那，她似乎覺得自己就是那隻雁，對一切都喪失了掌控的能力，青春年華已經結束，只是在生命的天空裡徒勞的掙扎。

　　阿昭又望了望天空，那隻孤雁也不知去向了，她決然上了車，再次出發了。

　　始皇帝駐蹕於鷹飛山下，正是滿月，清輝凌空，灑落營中。更漏時分，忽聽門外喧譁，傳來貼身內侍的斥責聲：「聖駕已入寢，何物敢來驚擾。」尚在批閱密奏的始皇帝喚道：「什麼事？」

　　內侍小太監碎步跑著進來，跪在御榻旁說道：「回稟皇上，御營外有一個自稱許負的術士求見，被中車令趙高大人趕走了。」

　　「許負？這個名字十分耳熟。啊，我想起來了，快叫她進來。」

　　小內侍一路小跑著出去了，不一會兒，許負和趙高一起走了進來，遮著面紗。

　　「你們都出去吧，留許負一個人在此。」

　　趙高狐疑了一下，和小內侍離去了。

　　「你黈夜見朕，有何事？」

　　許負說：「今夜月圓，乃是三島神仙相聚之時，共煉長生之丹，不知聖上敢一遊乎？」

　　始皇帝說：「果有長生之丹藥，朕便封你為郡君。」

　　許負從袖中拿出一支竹杖，初僅六寸有餘，須臾間便長達七尺，上下

貫通，除了首尾兩節空白外，每一節都畫有符咒，第二節畫黑帝符，第三節畫白帝符，第四節畫黃帝符，第五節畫赤帝符，第六節畫青帝符。

始皇帝問道：「這是何物？」

許負說：「此物名為屍解神杖，有五種符，為上古五方天帝所造。」

始皇帝說：「為何首尾無符？」

許負說：「空上一節以通天，空下一節以立地。」

說完，將神杖上呈給始皇帝，嬴政依照許負所說，雙臂抱杖，側臥於御榻之上，輕閉雙目。

許負向空中念禱：「太陽之山，元始上精。開天張地，甘竹通靈。」

始皇帝如墮霧中，忽見一條生滿香花的路，他向前走了七八丈，見許負正與一黃頭力士站在路邊。許負身邊趴著一隻金色麒麟，大張著嘴，露出雪白尖利的牙齒，四蹄生輝，雙目猶如明珠，渾身閃爍著金色的光。那黃頭力士則牽著一頭白象，奮蹄狂怒，若非力士牽著鐵鏈，似乎隨時都會將人踩成肉餅。始皇帝畏懼不敢向前，許負趨向前對他說：「聖上切莫驚恐，此二物雖然外貌凶惡，但是性情馴良，請聖上隨我來。」始皇帝在許負的身影裡躲躲藏藏，到了麒麟跟前，許負扶始皇帝上了麒麟的背，自己也飛身騎上白象。一剎那間，麒麟與白象腳下生雲，飛到了半空，那黃頭力士在前方導引，如履平地。始皇帝初還驚異，但一會兒就發覺十分平穩，簡直比他的御輦還要穩當，這才定下心神，朝四面觀望，山岳河流、城池村鎮，悉數在眼底，不一會兒就遊遍了三山五嶽，朝東方之外的大海飛去，將近一炷香的工夫，落在了一座海島上。

許負告訴始皇帝，此島名為「瀛洲」，距離會稽郡七十萬里，方圓四千里，乃海外第一仙島。島上有山高千丈，名為青玉膏山，山上生神芝

仙草，食之可以延年益壽，山下有泉名為玉醴泉，味道甘美如酒，飲之即醉，也能延壽。始皇帝聽聞大喜，說道：「食仙草，飲醴泉，能夠長生於天地間嗎？」

許負說：「只能益壽，不能長生。此間仙人食仙草，飲醴泉，有的壽命長八百歲，有的一千二百歲，然而壽數一到，仍然會死。」

始皇帝問：「如何才能長生，與日月天地同壽。」

許負神祕的一笑，說道：「去了便知。」

步行不遠，到了一座大殿，殿階九重，彩雲覆蓋，鳳凰飛翔，金龍游動於玉柱之上，到處飄蕩著香氣，始皇帝如痴如醉，半似在夢，半似真。大殿正中有一座藥爐，高達九丈，爐底閃爍著紫光，八位仙人環繞鼎爐而坐，唯空著一塊淺灰色方席，是留給許負的。青龍白虎，守候鼎爐的前後，虎嘯龍吟，十分肅穆。細看仙人們，或戴冠、或披髮、或戴頭巾，或為銀髮老者，或為玉容仙子，無不一派仙風道骨。許負帶著始皇帝到了藥爐右側，引薦一位執鶴杖的老翁說：「聖上，這是我的師父玄靈散人。」旋即，許負轉身離去，加入到了那八位圍爐而坐的仙人中去了。

玄靈散人引著始皇帝到了藥爐正後方，讓他坐在一塊蒲草蓆子上，有小童子端來一張朱漆描金的盤子，盤中有酒一壺，點心兩枚，夜明珠兩顆。玄靈散人說：「陛下應盡快吃完酒食，但明珠切不可動，不然恐怕歸路昏暗，迷失了心性。另外，陛下無論看到什麼，無論是刀兵水火，都千萬不要出聲，不然就與長生無緣了。」

始皇帝接受了玄靈散人的告誡，飲盡了壺中的酒，直覺甘美無比，又食用了糕點，縱然身為皇帝，也從未享用過這等美味。酒食用盡，才發覺大殿中空空，剛才所見的仙人與鼎爐俱都不見了，那位鶴髮童顏的玄靈散

人也不見了,只有眼前的明珠將大殿照的煊亮。他細看眼前的明珠,大如
雞蛋,渾圓天成,比他宮中最大的明珠還要大,比方外進貢的夜明珠還要
亮。他越看越喜愛,竟然忘了玄靈的告誡,見左右無人,便將珠子藏進了
衣袖中,大殿頓時昏暗了下來。瞬時,大殿消失了,他坐在空曠荒涼的山
谷中,有一人自稱大將軍,身穿金甲,拔劍張弓,率領著滿坑滿谷的人馬
向他殺來,他趕緊起身躲藏,早已被騎在馬上的將軍一把揪住,臉朝下摔
在地上,門牙折斷兩根,嘴唇也摔裂了,他正欲斥責,忽然想起玄靈的告
誡,「一出聲就與長生無緣了」,便忍住疼痛,一聲不吭。

將軍命士兵將始皇帝捆的像粽子一樣,用腳踩著他的臉,問道:「你
是何人?膽敢冒犯我的虎威?」

始皇帝牢記玄靈的話,只是不吭聲。

金甲將軍見始皇帝不應,拿起馬鞭,狠狠抽了一百多下,大聲喊道:
「帶人犯上來。」

一位身穿黑袍,頭戴金冠,手腳都繫著鐵鐐的男子被帶了上來,始皇帝
仔細一看,是他的父親秦莊襄王子楚。金甲將軍問道:「你可認識此人?」

始皇帝只是不作聲。

金甲將軍指著那穿黑色龍袍的人說:「此人沉湎酒色,荒廢政事,罪
大惡極。拉下去梟首。」

眼看著父王被砍了腦殼,始皇帝依舊一聲不吭。

接著,又帶上來了始皇帝的母親趙姬。

金甲將軍宣判道:「這個女人私通臣下,淫亂後宮,拉下去砍了。」

趙姬望著始皇帝,哀求說:「我兒,看在母親養育你的情分上,好歹
開口求個情吧。」

始皇帝依舊不搭腔。

趙姬也被斬首。

接著，金甲將軍又帶上一位身穿紅袍，頭戴金冠的中年男子，是他的祖父秦孝文王，也被拉下去砍了。

接著帶上來一位銀髮白鬚，身材高大，滿臉威嚴的老人，是他的曾祖父秦昭襄王。

金甲將軍宣判道：「此人攻掠他國，屠城、殺戮無算，惡貫滿盈。」士兵們張弓搭箭，將這戴王冠的囚犯射成了刺蝟一般。

眼見的父王、母后、祖父、曾祖父全都被處死，始皇帝始終不做任何回應。

金甲將軍說：「此人絕情絕義，雖父母先君，也絕不肯施救，實在是亙古以來最無情無義之人，不若將他變成女子，或許能改變性情。」

瞬時，金甲將軍和他的人馬都消失了，電閃雷鳴，大雨滂沱，暴漲的洪水傾瀉而下，捆縛的粽子一般的始皇帝在水中或沉或浮。順水不知漂浮了多久，沖入河道，被岸邊打漁的男子救了上來。始皇帝驚異的發現，自己已成了女兒身。漁翁是個光棍漢，便娶她為妻。起初，漁翁以為他受了驚嚇，所以不說話，但時間過了很久，他依舊不肯說話，眾人便以為他是個啞巴。至此，鄰居們都來欺辱他，就連漁翁也經常辱罵他，他和漁翁一起生活了三十年，受了萬般酷毒，就是不肯發一言。有一天，已年老的漁翁故去了，祭奠的時候引發了大火，燒著了屋子，他趕緊去救火，發現桌子上放著他的玉璽，裝玉璽的匣子已經燒壞，眼看著玉璽也要被燒裂，不由的啊呀大叫一聲。頓時，煙火盡散，他發現自己依舊坐在那座神仙大殿的角落裡。

玄靈散人不迭的嘆息著走來說：「可惜啊，可惜，陛下功虧一簣啊。」

始皇帝問道：「仙丹煉成了嗎？」

玄靈散人說：「陛下能忘卻喜、怒、哀、痛，能忍受種種侮辱，甚至連骨肉親情也能不顧，然而終究放不下權力，看到玉璽被燒壞，就大聲呼喊，而且還犯了偷竊大罪。心性迷惑至此，那裡還能煉成仙丹呢。」說完，將他逐出殿外，狠狠的推了一把，始皇帝如墜五里雲霧，昏昏沉沉，猛然睜開了眼，聽得四周一陣低低的哭泣聲，自己側臥在床，渾身痠疼，一動也不能動。中車令趙高，丞相李斯都在身邊，就連公子扶蘇、公子高、公子將閭……連同小兒子胡亥也在身邊。他驚異的問道：「你們為何都在此？」

趙高說：「那日皇上召見許負，不知發生何事，我們入帳後，發現皇上已經睡了，便不敢打擾。想不到皇上連續數日未醒，我等以為……」

始皇帝冷笑著說：「你們以為朕駕崩了，是吧。」

趙高說：「臣等不敢，皇上胸口尚有餘溫，故而招來了幾位公子。」

始皇帝似乎不願深究，擺了擺手說：「朕睡了多久？」

李斯說：「皇上整整睡了七日。」

始皇帝大吃一驚，原來竟昏睡了這麼久。他問道：「許負人呢？」

趙高說：「當夜她就走了，臣等見皇上就寢，因此未曾請示，是否緝拿她？」

始皇帝略作沉吟，伸手到袖中，摸出了兩顆雞蛋大的明珠，頓時昏暗的行宮裡明亮如晝，所有人無不嘖嘖稱奇。始皇帝說：「不必緝拿，傳朕的旨意，封她為山陽郡君。」之後，始皇帝又釋出詔書，廣招天下術士，到海外尋找仙島。

阿昭乘坐的驛車到了鷹飛山三十里外，已遠遠可見這座巍峨的大山了，山頂上城牆的堞牆陰森可怖。阿昭對牽車的老卒說：「老丈，前方不遠便是鷹飛山了。我奉皇上的密旨而來，不便大張旗鼓，就此別過，一路得到各位照料，阿昭銘記在心。」說完，深深行了一禮。

　　牽車的老卒從車後解下一匹駿馬，將韁繩遞給阿昭，拜別而去。

　　看著那幾個老人的身影消失在道途上，阿昭又不爭氣的流起了眼淚，她覺得自己像個沒有多少時日的老太婆，心中裝了太多的悲傷。

　　阿昭到了山下的工地，民夫們看到她後，紛紛側目，她走向一位頭髮已斑白的老者，行禮問道：「請問老丈，可見過萬喜良這個人。」

　　老人搖了搖頭。

　　她問了一個又一個人，無一人聽說過這個名字。

　　十幾天過去了，她幾乎問遍了工地上所有的人，都毫無收穫。

　　就在她快要絕望的時候，遇到了名叫「百事通」的工匠，這人少了一條腿，頭髮幾乎掉光了，然而一雙眼睛卻十分通透。當阿昭向他提起丈夫的名字時，他的眼中燃起了一絲火焰，隨後又熄滅。那人哽咽著說：「你來晚了，喜良大哥已經死了。」

　　「死了？」

　　「是的，死了。」

　　「在何處？」

　　「百事通」指了指鷹飛山，淚水橫流，哽咽著說：「死了的人，都被砌進了石頭裡。」。

　　阿昭換上了新婚之夜穿的衣裳，在泉水邊洗淨風沙和塵土，梳理光潔頭髮，朝鷹飛山走去。天氣惡劣極了，重重的陰霾壓在山峰上，夾雜著冰

渣的風不斷吹來，彷彿冬天提前來臨了。她走到山下，看到一個衣裳破爛，面有菜色的女人，身邊偎依著小孩，跪在山腳下焚燒著紙錢，嘴裡發出一陣模糊不清的嘀咕聲，好像是呼喚，又像是夢囈，她的神情充滿了迷離，但又湧動著無限的溫柔。

阿昭問道：「請問大嫂，妳在這裡做什麼？」

那女人看也沒有看阿昭，臉上依舊掛著那種奇怪的神情，對著山峰繼續絮絮叨叨，不過阿昭聽清了她咕噥的內容：「俺男人去年來修長城，生不見人死不見屍，有人說他死了，砌進了長城裡，我在這裡叫他，他會跟我回去的。」

阿昭的淚水像斷線的珠子，滾落了下來，她說：「俺男人也是修長城的，他也死了。」

那女人回過頭來，看著阿昭說：「妳喊呀，妳喊，他會跟妳回去的。」

阿昭學著那女人的樣子，大聲喊道：「喜良，喜良，回家吧……」

此刻，她的臉上湧動著和那女人一樣的神情。

兩個女人的喊聲久久迴盪在鷹飛山上，迴盪在陰暗的天空下，彷彿是為了回應他們的呼喚，一場傾盆大雨落了下來。

鷹飛山實在太高了，阿昭不知走了多久，鞋子磨破了，腳底也磨出了血，然而她感覺不到痛，她只想見到丈夫。冰冷的磚石，在天光日色下泛著光，令人眩暈，她撫摸著冰冷的石頭，淚水落在石頭上，坑窪的石頭上聚集起一片小小的淚湖。這些冰冷的石頭，就是他、那個一萬次出現在她夢裡的人的歸宿嗎？

為什麼？

她跪在那堵磚石砌成的、堅固的牆體前，回憶著往昔的點點滴滴，新

婚之夜的片刻溫存，少年時的誓言，嚎啕大哭起來。她的哭聲如此慘烈，驚天動地，就連雨後剛露了個臉的日頭也隱沒了，戍卒們見有女子在城牆上哭泣，都圍了上來。忽然，地動山搖，彷彿一面大鼓在敲打，磚石裂開了，城牆崩塌，飛揚的塵土高達數丈，戍卒們驚慌失措，四散奔逃。

鷹飛山的長城像被一個巨人摧毀了一般，分崩離析，就連始皇帝的御營裡也墜落了不少石頭。

始皇帝立刻召見大將軍蒙恬，詢問道：「鷹飛山發生了何事？」

蒙恬面色緊張，大汗淋漓，不敢開口。

始皇帝說：「你直管直言，朕不會怪你。」

蒙恬說：「回稟皇上，鷹飛山的長城倒塌了，據說是因為一個女子。」

「一個女子推倒了長城？」始皇帝面帶質疑的看著蒙恬。

蒙恬說：「不是推倒，是哭倒的。」

「荒唐。」始皇帝面帶慍色的說。

蒙恬說：「士兵們說的有鼻子有眼，臣不敢不信。」

始皇帝說：「這種話，別人信，難道你也信。帶這個女子來見朕……呃，不，朕要去見見她。」

鷹飛山的長城崩塌後，埋進城牆的屍骨露了出來，彷彿陷入深深的沉睡一般，一個又一個男人，他們的臉上無一例外的掛著哀傷的神情，懷著深深的眷戀。阿昭一眼就認出了丈夫，他稜角分明的臉，和活著的時候一樣。她抱著他的屍骨，走到了崖邊，望著東邊的大海，那是太陽昇起的地方。

登上山頂的始皇帝，只看了·眼，就被阿昭的容顏迷住了，他要娶她為妃。

阿昭嚴詞拒絕。

始皇帝不肯罷休，每天派官媒來當說客。

阿昭回覆說，要娶她亦可，但要滿足她的三個條件，第一條：始皇帝釋出「罪己詔」，向天下臣民承認自己的罪行，從此罷修長城；第二條：齋戒七日，為修建長城而死的人舉行安魂祭，像孝子一樣為死者們戴孝服喪；第三條：將丈夫安葬在鷹飛山的山巔。

始皇帝一開始堅決不應，那有天子向臣民認錯的道理，還要為死了的民夫戴孝，簡直荒唐至極。然而，他一念及阿昭那絕世容顏，頓時魂不守舍，三個條件都答應了。

始皇帝向天下人釋出了罪己詔，並按照傳統在夜晚舉行了盛大的安魂儀式，這是一種被稱為「擲火祭」的儀式，修築長城的工人和工匠們聚集在一起，人人手持一根火炬，將火炬向東方投擲，投擲的越遠越好，火炬化為明亮的弧線劃過夜空，在落地的一瞬間，有人喊道：「回家嘍。」投擲出去的火炬此起彼伏，呼喚聲也一聲接著一聲。傳說流落在異鄉的幽魂，能夠借投出的火焰取暖，並在火光的照耀下回到家鄉。阿昭耳邊傳來一聲聲投火者的聲音，她也跟著大聲喊道：「萬郎，回家嘍，和阿昭一起回家吧。」

阿昭為丈夫修飾了容貌，使他宛然如生。她看著他的樣子，此刻，乃至永遠，他都將屬於她，沒有人能夠再將他奪走。她離開南方溫暖的故鄉，踏入寒涼的北地郡，又投身千里行旅，來到代郡，面對無窮廣闊的荒野，她找到了自己的歸宿。星空之下，她將帶著他一起死去，踐行死同穴的誓言。她抱起丈夫的屍骸，縱身跳入了大海，在入水的一剎那她感到腹中一陣陣痛，一個男嬰在水中生產了。或許是上天不想讓這個嬰兒與她一同死去，那嬰兒剛一出世，就浮上了水面。阿昭拼盡力氣咬斷臍帶，心中

暗禱：「蒼天為證，我泣血蹈海，以死相殉，我兒若能長大，必定顛覆暴秦，為父母報仇。」她用盡最後一絲力氣將嬰兒向上推了推，便與丈夫的屍骸一起沉入了水中。

嬰兒在水面上漂浮著，引來一群飛翔的水鳥。牠們用身軀將他托了起來，有的鳥兒還張開翅膀，彷彿母親的手臂，攬著他。海邊上有個漁父正在打漁，他見一群鳥兒聚攏在水面上，見了人也不飛。更離奇的是，有個嬰兒呱呱的哭著。他伸手去抱嬰兒，鳥兒們才展翅飛走。嬰兒身上蓋著厚厚一層暖和的羽毛，彷彿毯子。方面大耳，豐頤隆準，見了他一點也不哭鬧。漁人覺得此兒十分神異，便收養了他，對外稱是自己的姪子，並取名項羽。原來漁父是楚國貴族項燕的後代，名叫項梁，楚國被秦所滅後，王室貴族大多被遷徙到了關中。項燕與秦軍作戰陣亡後，項家也漸漸沒落，秦國遷徙楚國貴族時，項氏屬於沒落貴族，不在西遷之列，加之族人們都很低調，沒引起重視，他們便舉族隱居到了會稽郡。

項羽聰明伶俐，力能舉鼎，學劍術、學兵法，一學就會，令項梁十分歡喜。儘管是收養的孩子，但視若己出，將自己的知識傾囊相授，悉心教導。

再說阿昭蹈海後，始皇帝十分懊惱，他還等著做新郎官呢。

當晚，就在始皇帝又悔又恨的時候，看見身穿嫁衣的阿昭走了進來，不辨真假的始皇帝高興極了，趕緊迎了上去，阿昭揚起手，狠狠給了他一記耳光。始皇帝惱羞成怒，想拔出腰間的長劍，卻怎麼也拔不出來，再看阿昭的臉，慢慢的變成了一張狐狸的臉，露出了雪白的牙齒，向他撲了過來。始皇帝驚叫一聲，昏厥了過去。

從此，始皇帝病了，宮廷裡經常鬧狐狸，日夜不得安寧。他以巡行天下為名，離開了皇宮，可即便如此，他的宮帳裡也經常鬧狐狸。不久，巡

行的車隊到了趙國故地沙丘的行宮平臺。始皇帝病的非常嚴重，他的腦海裡浮現出許負《占卜書》裡的五個字：滅秦者，胡也。他想，也許不是胡，而是狐。但他已無能為力，他看到阿昭手持一塊紅色令牌，驅策著一群狐狸，朝他撲了過來。

始皇帝死了。

秦始皇死後，他的第十八子胡亥登基為帝，是為秦二世。二世專斷獨行，寵信趙高，害怕始皇帝的其他兒子們與自己爭位，就在咸陽處死了自己的十二個兄弟，又在杜郵殺了六個兄弟和十位公主。始皇帝的兒子將閭很有賢名，找不到過錯，秦二世就將他關在宮中，最後逼迫他自殺，並滅了他的家人。秦始皇的另一個兒子公子高很聰明，害怕自己死後，家人遭到二世的殘害，請求為父皇殉葬。秦二世很高興，賜錢十萬，允許他殉葬。就這樣，胡亥殺光了自己的兄弟姐妹。

秦二世即位後的第七個月（秦二世元年七月），陳勝吳廣發動了大澤鄉起義。同年九月，22 歲的項羽和叔叔項梁殺死會稽郡郡守殷通，樹起了起義的大旗。起兵後，攻城略地，一次又一次擊敗秦軍。項梁死後，項羽率領大軍繼續反秦，於秦二世三年十二月在鉅鹿擊敗了章邯率領的四十萬秦軍主力，從而威震諸侯，成為各路起義軍的盟主。

楚軍進入關中時，秦二世被宦官趙高所殺，公子子嬰又殺趙高，不久後投降了漢王劉邦。項羽進軍咸陽，又殺死子嬰，嬴政的宗嗣徹底斷絕。

楚軍起兵三年多，秦王朝覆滅。這一年，距離阿昭投海 25 年了。

「亡秦者，胡也。」胡，原來並不是胡人，而是胡亥 —— 秦始皇的小兒子。秦始皇子息繁多，有 23 個公子和十多位公主，除了公子高一族外，胡亥幾乎將他父親的兒女後代全部滅絕。秦始皇留下了一大批賢能的

文臣武將，左丞相馮去疾，右丞相李斯，將軍蒙恬、馮劫，上卿蒙毅……秦二世要麼令之自盡，要麼處死。他就像一匹失控的，朝懸崖狂奔的劣馬，最後自己滅了自己的帝國。

秦滅後，項羽縱火燒毀阿房宮，始皇帝的夢應驗了。

後世的人們在阿昭蹈海而死的地方建祠祭祀，因她是姜家的大女兒，人們稱她為孟姜。那座祠，便是後來的孟姜女廟。

【文獻鉤沉】

《孟姜女》是中國古代四大民間傳說之一。《左傳》中記載的「杞梁妻」，可能是孟姜女的原型人物。《傳》云：「齊莊公四年，齊襲莒，杞梁戰死，其妻迎喪於郊，哭甚哀，遇者揮涕，城為之崩。」另外晉人崔豹所撰《古今注》記載：「《杞梁妻》，杞植（指杞梁）妻妹明月所作也。杞植戰死，妻嘆曰：『上則無父，中則無夫，下則無子，生人之苦至矣。』乃抗聲長哭，杞都城感之而頹，遂投水而死。」杞梁妻投水而死的故事，已經與後世流傳的孟姜女故事結局相似了。明代馮夢龍《東周列國志》第六十回《曲沃城欒盈滅族，且於門杞梁死戰》中說：「孟姜奉夫棺，將窆於城外，乃露宿三日，撫棺大慟，涕淚俱盡，繼之以血，齊城忽然崩陷數尺，由哀慟迫切，精誠之所感也。後世傳秦人范杞梁差築長城而死，其妻孟姜女送寒衣至城下，聞夫死痛哭，城為之崩，蓋即齊將杞梁之事，而誤傳之耳。」更進一步的辨析，指出了民間故事「孟姜女」的淵源。此外，《列女傳》、《孟子》等文獻中也有這個故事的相關佐證。

張羽煮海

張羽煮海

　　張羽從古寺中醒來，眼睫中顯出荒涼的佛殿，厚厚的塵埃落滿了雕像，但遮不住菩薩的慈悲笑容。殘破的窗櫺外，盛開著幾叢繁盛的牡丹，花大如盤，在清風中搖曳。築巢於廢殿內的鳥兒，啾啾而鳴，聲音嘹亮清澈。他靜靜的躺在廢殿的地上，思索著自己的半生。幼年父母雙亡，是叔父撫養他長大。叔父是個琴師，一生未曾娶妻，無兒無女，把他當做自己的孩子。他從叔父那裡學到一手製琴的好技藝，也學會了彈琴與度曲。幼年的他十分聰穎，叔父將他送進私塾讀書，十五歲考中秀才，一舉聞名鄉里。然而自此之後，三次都未能中舉，從此徹底放棄仕途，一心鑽研琴技，修仙訪道。叔父去世後，他離開嶺南北遊，布衣草履，飄零天下，南遊吳越，東訪齊魯，到了東海後，寄居在這座廢棄的佛殿中。此時，他聽到了大海的聲音。

　　張羽從席地的被鋪上爬起來，在香積廚的水井裡打水，盥洗完畢，從背囊裡取出小米，就著殘存的半個灶臺生火，用小銅鍋煮飯。米飯的香味瀰漫半個廢寺，引來了一陣腳步聲，一個道士出現在廚房門口。道士邋遢極了，好像幾個月都沒洗澡，渾身散發著一股餿味，道袍破破爛爛，下襬絲絲縷縷，隨時都會碎成一攤渣似的。模樣更是可怕極了，瘦骨嶙峋，顴骨高聳，頭髮幾乎掉光了，只剩下可憐的幾縷在頭頂上挽了個髻。沉陷在眼眶裡的眼睛雪亮，彷彿幽暗夜空中的寒星。很顯然，他是循著米飯的香味來的。張羽向他施了一禮，從鍋裡盛了一大碗飯雙手捧給道士，道士毫不客氣，接過飯碗，大馬金刀的坐在門檻上吃了起來。張羽盛了一碗飯，正要下筷子，卻見道士揚著空碗，伸到了他跟前。他笑了笑，將自己碗裡的飯倒進了道士碗裡，將鍋底剩下的一點飯努力往自己碗裡刮。道士吃完了飯，滿足的打了個嗝兒，將碗放在灶臺上，將手搭在張羽的肩膀上，笑

著說：「小哥，來日你有大難，我們還會再見的。」說完，揚長而去。

張羽搖了搖頭，嘀咕道：「自己肚子都填不飽，還說我有大難，可真是個瘋道人。」他收拾乾淨碗筷，將灶膛中的火熄滅，抱著琴步行到海邊的大岩石上。波濤洶湧，浪花如雪，萬頃碧海接天，心波也為之跌宕。無數的音符隨著浪花的飛濺，在張羽的心中飛舞，彷彿魚龍出海，他將琴放置在石頭上，席地而坐，彈了起來。

龍女瓊蓮獨坐水晶宮中的「琉璃殿」，看著魚蝦在周圍游來游去，忽然墮下了眼淚。十日前，天龍王子昊華襲擾東海，她的父親東海龍王敖廣親率水族大軍抵抗，無奈海龍抵擋不住天龍，水族丟盔棄甲，一敗塗地。面對攻入水晶宮的昊華，敖廣請求將自己的女兒、東海的長公主瓊蓮許配給他。昊華對這個建議最初尚不屑一顧，但一見瓊蓮的容顏，頓時驚為天人，當即下跪口稱敖廣為岳父。敖廣見昊華態度大變，頓時大喜，下令擺筵三日。

筵席結束，昊華承諾迴天界後立即請月老為媒，壽星為證，下聘禮，來年上元節迎娶瓊蓮。面對這椿美事，瓊蓮卻是大不樂意，昊華雖是天界神仙，但卻是三島、四海、十洲人人皆知的惡棍，先前曾迎娶鳳麟洲女仙毗離子，未滿一年，毗離子被拋棄，自殺而亡，神魂歸於離恨天，灰飛煙滅。

瓊蓮想到自己要託身於昊華這樣的惡人，萬念俱灰。

她坐在殿中，胡思亂想，自己不是父王最疼愛的孩子嗎？他為何忍心讓自己受苦呢？她登步踏浪，踩著水波向父王的大殿奔去。

處理政務的東海龍王敖廣見女兒進了大殿，面露喜色，趕緊起身迎了上去，卻見女兒淚水漣漣，哭紅了眼睛。他驚疑的問道：「我兒為何啼哭？」

瓊蓮說：「女兒不樂意嫁給昊華。」

敖廣說：「昊華身分顯赫，乃是天庭貴胄，玉帝的姪兒，況且儀表堂堂，誰人不想與他結親，這樣的好夫婿打著燈籠也難找，我兒為何不樂意？」

瓊蓮說：「他確實身分顯貴，但空有一副好皮囊，我不願與他結為夫妻。」

敖廣說：「昊華權多勢大，法力無邊，人人畏懼，為父已經答應了婚事，如果悔婚，只怕我東海要大禍臨頭啊。」

瓊蓮與父親敖廣談話不偕，生氣的離開了大殿，坐上白螺舟，往聽濤島去了。聽濤島是距海岸最近的一個島，雖說是島，但實際不過是露出水面的一塊巨石罷了，小時候她惹了禍，害怕父王責罵，就跑到這塊石頭上來，這是她一個人的祕密。

瓊蓮在石頭上哭了一會兒，被琴聲吸引了，那琴聲恰似晚風吹過萬株古松，又像流水淌過深澗，令人心思空靈，萬慮全消。她化為人形，悄悄上了岸，循著琴聲走去，不遠處有座荒寺，她便朝寺廟走去。寺中無人，但窗臺上放置著一張琴，樣子極古。她抱起琴來，見琴身上有銘文，上書三個金色古篆：綠綺琴。下面又有一行小字：西蜀司馬長卿所寶用。啊，原來是漢時蜀中名士司馬相如用過的琴，不知今落入誰人之手。想到司馬

相如與卓文君相知相愛的故事，自己卻要嫁給惡人，瓊蓮的淚水就落個不停。她抱起琴，彈起了剛才聽來的那支曲子。

　　張羽在礁石上彈琴度曲，那些音樂的精靈調皮極了，他剛奏完半支曲子，靈感的精靈就不見了，無論他怎樣挖空心思，也寫不完整支曲子了，只好抱著琴回到寺中。剛走到門口，那些調皮的精靈卻又跳了出來，他決定暫時不去捕捉它們，將琴放在了窗臺上，沿著海岸線漫步，他打算將剩下的半支曲子全都攏在自己的腦海裡，再寫出來。他在海邊一邊思慮一邊躊躇，聽得一陣陣熟悉的琴聲，那竟然是自己剛寫了一半的曲子，琴聲比自己彈奏的更加高妙和空靈，神乎其技，他且聽且喜，且聽且驚，因為那人將未完成的曲子完成了，與自己的上半支曲子銜接的天衣無縫。不，那曲子好像不是自己做的，倒像是人家度的曲。他悄悄的走了過去，從窗子裡望去，彈琴的是一個美麗的少女。那女子看見了他，慌忙站了起來，滿面怒容，斥責道：「何物狂生，膽敢偷窺。」

　　張羽施了一禮，驚惶的說道：「實在並未偷窺，姑娘所彈之琴，正是小生的。」

　　瓊蓮一聽，轉怒為喜，賠禮道：「小女子失禮了，還請先生恕罪。」

　　張羽說：「是小生唐突，還請姑娘莫怪。」

　　兩人談起度曲、彈琴，製琴，十分投機，兩人你彈一曲，我彈一曲，輪流彈琴，竟然彈了十來支曲子，既有相見恨晚之感，又有棋逢對手的快意。不知不覺，夕陽西墜，都不忍分離。瓊蓮告訴張羽，她是東海人氏，祖居綠波村。張羽則告訴瓊蓮，他是潮州人氏，世代居住在楊蕩張家橋。分別之時，瓊蓮將一幅鮫綃紗贈予他，並約定下個月相見。自此之後，張羽日日在海邊彈奏那支二人合作的《魚龍出水曲》，他揣摩瓊蓮的指法、

心意，漸漸和瓊蓮彈得沒有分別了。

　　到了約定之期，瓊蓮果然抱著一架琴來了，這是魏晉時名士嵇康所用過的琴，名為「片玉」。嵇康被司馬氏殺害後，此琴流落民間。敖廣化為人身，到人間探查疾苦，遇見此琴蒙塵，便重金買下，送給女兒做禮物，這已經是幾百年前的事了。當然，瓊蓮並未告訴張羽自己的真實身分。二人各撫一琴，在古寺中合奏了起來，彷彿出於一人之手，兩人一心，一起呼吸，一起心跳。風停了下來，雲停了下來，就連海浪也平息了下來，整個世界彷彿停止了轉動。

張羽身處古寺半年多，生活雖然寒苦，但因每月都與瓊蓮相見，竟覺得彷彿在天堂一般。他知道，自己愛上了這個身分神祕的女子。春節之後，很快就是上元佳節，異鄉人大多都已歸鄉，張羽子然一身，將這荒岸古寺當做了自己的家，他期待著上元節與瓊蓮的相會。然而，瓊蓮並未像往常那般準時出現，直到月上中天，她依舊未露面。究竟出了何事而失約？他覺得自己又笨又傻，和瓊蓮往來那麼久，既不知綠波村在哪裡，也從未去拜訪。他抱著琴到了海邊，本欲彈琴，然而心思煩亂，只好痴痴地望著海波間的那一輪明月。

平靜的海面上湧起巨浪，浪花間浮起巨大的白色海蚌，翻滾著到張羽跟前，蚌殼張開，閃爍出一片銀光，身穿綠袍的女子鑽了出來。張羽瞠目結舌，以為自己在做夢。那女子自稱青嵐，是東海長公主瓊蓮的侍女。瓊蓮失約，是因為今天是天龍王子昊華迎娶她的日子，瓊蓮抗婚，已被龍王關進了鮫人洞，懲做苦役。幸好公主有龍珠護體，不然的話，一入鮫人洞，就會化為醜陋的鮫人，再也無法恢復龍女之身。更為糟糕的是，關滿四十九日之後，公主若仍不答應婚事，縱然龍珠護體，也無法抗拒鮫人洞的魔法。

張羽大吃一驚，原來瓊蓮是東海公主，無怪乎她姿容絕世，舉手投足間有仙家氣派。可自己是一介凡人，一入水就會淹死，又如何營救公主。

青嵐說：「公主告訴我，她曾贈予你一件鮫綃紗，此物是我東海至寶，能避水火，能驅邪魔，身披此物，入水便無任何阻礙。」

張羽一聽當即披上鮫綃紗，與青嵐登上蚌車，趕往水晶宮去了。

張羽入海的消息很快被龍王得知，原來瓊蓮月月與張羽私會，早已被巡海夜叉發現，奈何公主性情剛烈，夜叉十分畏懼，不敢報告龍王。公主

被關進鮫人洞，夜叉才將消息上報。張羽入海後，夜叉聞得生人氣息，一路追蹤，為了邀功，先一步到水晶宮稟報。龍王當即命龜丞相將張羽引來龍宮，他見張羽雖係一俗子，但是不卑不亢、氣度不凡，女兒喜歡他，卻也合她的性子。龍王勸張羽與公主一刀兩斷，絕了公主的念想，並命龜丞相拿出一斛明珠相贈。他告訴張羽，東海明珠，在人間一顆就價值萬金，一斛珠足以讓他成為鉅富，他要娶怎樣的美貌女子也不難，何苦與龍宮為難。

張羽拒絕了龍王的建議。

海龍王敖廣大怒，一介凡人，竟也敢拒絕他的好意。他命令龜丞相搶奪鮫綃紗，失去法寶的張羽當即淹死在了海水中，隨著水流浮出水面，化作了一塊岩石島。關在鮫人洞中終日以淚洗面的瓊蓮聽說情郎淹死，並被父親變成了一塊岩石，當即昏死了過去。

午夜過去了，龍母悄悄來探望女兒。她告訴瓊蓮，若要救活書生張羽，還有一個辦法，那就是捨棄頜下龍珠，用它打破龍王的禁術。但這樣一來，瓊蓮就再也不能恢復人身了，只能永生居於黑暗的鮫人洞。一旦離開洞穴，就會喪生。

瓊蓮毫不猶豫的摘下了自己的龍珠，將它交給青嵐。青嵐拿著龍珠到了石島，將珠子埋在石頭下，一片金色的光芒籠罩在石頭上，轟然一聲巨響，石頭像消融的冰一樣解開。雙目緊閉的張羽，漂浮在波浪間。青嵐趕緊抱起他，將他放置在蚌車中。張羽甦醒後，青嵐告訴他發生的一切。龍母讓青嵐轉告張羽，若想救出公主，並成百年之好，只有一個法子，那就是上蓬萊島，向東寰仙子求助。東寰仙子避居蓬萊，上不朝天庭，下不涉人間，就連玉帝也禮讓三分。張羽請求見公主一面，青嵐將一顆避水珠塞

進他的口中，帶著他去海底與公主見面。瓊蓮掩面而泣，躲在洞穴中的暗影裡，不肯相見，她對張羽說：「張郎，你趕緊離開東海，離得越遠越好，再也不要來了。」

張羽說：「瓊蓮，妳忘了我們月下對弈，聽濤彈琴了嗎？為了我，妳捨棄頷下明珠，不惜化為鮫人。相信我，我會救妳出來的。」說完，他離開東海，乘坐青嵐贈送的螺鈿舟往蓬萊島去了。

這一去何止一日，瓊蓮在鮫人洞中，度日如年，聽得洞深處不斷傳來一陣奇怪的聲音，似琴非琴，似笛非笛，她雖厭惡這洞穴，但仍然向深處走了過去，一塊巨大的珊瑚上盤踞著個魚身人頭的怪物背影，頭髮如同海藻一般。怪物聽見了腳步，回頭一笑，瓊蓮頓時呆住了，那實在是太美了，白皙的面龐，彷彿籠罩著一層月光，薄膜般的耳朵，隨著水流抖動，尤其是眸子，藍的像海水一樣。

「你是何人？」

「我是鮫人，名叫珠兒，參見公主殿下。」

「你認得我？」

「東海之內，誰不認識公主呢？」

「為何我從來沒見過你？」

「龍王有令，我等族人，終生只能在這黑暗的水下洞穴裡遊蕩。」

「這是為何？」

「說來話長。三萬年前，我鮫人族與龍族本屬同族，為爭奪龍宮而大戰，最後鮫人輸了，被趕進這黑暗的洞穴。」

「這洞穴有多大？」

「鮫人洞連線四海八荒。」

「我可以見見你的族人嗎？」

珠兒點了點頭，在前面帶路。瓊蓮緊隨其後，不久到了一個巨大的藍色洞窟，洞中到處都是鮫人，看起來有數百人之多，鮫人女王綠萼看到瓊蓮，迎了上來，對她說：「你是這三萬年來，第一個來我鮫人國的龍族。」

瓊蓮替父親向綠萼女王致歉，並答應她見到父王一定為鮫人族求情。

綠萼女王大喜，答應幫助她躲避天龍王子昊華的追逐，作為鮫人，這三萬年來的修煉，未必抵得過昊華的法力，但憑藉這複雜的洞穴，足以避免騷擾。

再說張羽往哪蓬萊去了，一日風浪大作，螺鈿舟被大浪掀翻，張羽落入了海水中。醒來時，只聞的香氣陣陣，他被溫暖的氣息包裹著。起身顧盼，見自己置身錦帳之中，帳幕外的爐鼎之中燃著不知是什麼香，香味淡極又幽極，走廊裡傳來女子嬌媚的笑聲，環珮叮咚，走進一位絕世麗人。她見張羽醒了，笑著說：「書生可真能睡，這一覺睡了三天三夜。」

張羽欠身施禮說：「請問姐姐，此處是什麼地方。」

女子說：「我這裡便是閬苑仙境。」

張羽說：「閬苑仙境，距離蓬萊多遠？」

女子說：「既來我閬苑仙境，何必去蓬萊。」

張羽說：「我須得盡快趕往蓬萊，求助於東寰仙子，救出東海公主瓊蓮。」

那女子說：「我曾聽聞東海公主瓊蓮貌美，名震三界。然我閬苑仙境也不缺美人，你不若留在我處，選一位仙子共度百年。」話說完，輕輕一鼓掌，走進一位小美人，微微一笑，神采極為動人。

張羽搖了搖頭說：「閬苑仙子，確是仙界奇葩，但我與瓊蓮有約，一

生一世一雙人。」

那女子一笑，連連擊掌，進來七八位美人，環肥燕瘦，各有風致。

仙子說：「你既然看不中小妹，那不妨從諸位妹妹中選一人如何。」

張羽說：「此心如石，不可撼動。此生此世，非瓊蓮不娶。仙子就不必白費心機了。」

那仙子大笑，說道：「書生果然是心如金石。」

話音未落，輕輕一抖拂塵，眼前的諸位仙子們化作了一群白鷗，朝天空飛去。錦帳、鼎爐、宮殿俱都不見了，他棲身於一片長滿草木的海灘上，仙子變成了一個邋遢道士。那道士拍拍他的肩膀說：「還記得我瘋道人嗎？」

張羽細看那道士，想起初到東海古寺，來蹭飯吃的邋遢道人。

道人見張羽的眼中浮出遇見故人的神色，大笑著說：「此處距蓬萊，何止萬里之遙，就算你到了蓬萊島，瓊蓮公主也早已化作海底之泥了。」

張羽哭泣了起來。

道人拍拍他的肩膀說：「我就不值得你相求嗎？」

張羽跪倒在地，向道人行大禮，說道：「只要仙長能救瓊蓮，張羽萬死不辭。」

道人說：「我昔日被施禁術，在人間受苦，得你一飯之恩。我可不喜歡欠人的情，今日幫你救出那小妮子，我們扯平了。」

說著，瘋道人從地上扯起一根狗尾巴草，用草編成一條龍，吹了口氣，草龍變為赤頸白角的巨龍。張羽驚恐的後退，那道士拎起他，扔在了龍的背上，自己也飛身上了龍背。三分鐘熱風響，已在萬里長空。張羽見四下皆是雲霧，山河影影綽綽，嚇得魂飛魄散，緊緊閉上了眼睛。

　　不知過了多久，聽那道士說：「我們已到了。」

　　張羽睜眼一看，見四處亭臺樓閣，飛泉流瀑，一眾仙人，足不踐地，凌空而飛。瘋道人引著張羽進了一座大殿，到西首一個蒲團前，向蒲團上的東寰仙子躬身行禮說：「師妹一向可好。」

　　「我尚好，師兄久在人間，多歷劫難，窺破大道，法力比我高深，何必將他引到我這裡來。」

　　「我來這裡，是想借師妹的幾件法寶。」

　　「師兄要借何物？」

　　「混元鼎、赤焰袋，還有你的五火扇。」

「這三件神器，足以使四海沸騰，五嶽崩塌，還請師兄謹慎為妙。」

「師妹吩咐的是。」

東寰仙子將三件神器交於瘋道人，張羽趕緊向東寰仙子跪拜致謝。

東寰仙子微微頷首，說道：「你們去吧。」

張羽借了三件神器，和瘋道人一起登上沙門島，將混元鼎放置在海水中，頓時海浪如山，整座東海彷彿傾覆了一般，海水全都傾瀉在了鼎中，那鼎依舊沒有滿。張羽解開赤焰袋，放在鼎下，三昧真火噴射而出，張羽用五火扇輕輕　扇，混元鼎便燒的通紅，海水也變了顏色。

海龍王敖廣為女兒抗婚而煩惱，天龍王子昊華又天天在耳邊恫嚇他，令他焦頭爛額。忽然地動山搖，整座東海都傾斜了，水晶宮差點掀翻，好一會兒終於平靜下來，又覺得熱燥不已，簡直像身處火炭之中。他大為吃驚，水晶宮乃是海底清涼仙境，怎會如此煎熬，他趕緊命令夜叉去打探。夜叉回報，張羽正在煮海，並傳話龍王，要他釋放瓊蓮，不然就將東海煮沸，讓水族們化為一鍋魚湯。

龍王一聽，連連叫苦。

昊華聽了狂笑不已，朗聲說：「一個凡人，也敢如此放肆，看我召集天兵天將，解除東海危難，也讓公主知道我的神威，那時候，她自然嫁我。」

敖廣大喜，當即召集水族兵將，隨行觀戰。

昊華、龍王和水族們躍出海面，見張羽坐在一塊石頭上，不停地揮動著扇子，整個大海都成了赤紅色，只怕再過一刻，水族中們就真成魚湯了。昊華命令天兵天將駐留雲端，自己單槍匹馬衝了過去，張羽見一條金龍從天而降，恐怕它打翻混元鼎，便舉起扇子輕輕一揮，一片五彩火焰

燒紅了天空，昊華大叫一聲「不妙」，化作一道閃電，但仍然未能逃過劫難，軀體化為飛灰，重修一千五百年後，才聚魂成形，重新為仙。那時的他，改過從新，真正獲得了大道。當然，這是後話了。

天兵天將和水族們見張羽手中的扇子如此厲害，頓時潰散，各自逃命去了。

龍王降落於島上，向張羽哀求說：「小王愚鈍，不知先生法力，還請恕罪。我這就釋放小女，與先生成婚。」

這時，海水翻滾，浪濤中走出龍母與侍女青嵐，龍母對張羽說：「還望張公子大仁大義，莫記前恨，快快收取鼎火，不然我水族玉石俱焚吶。」

張羽默唸神咒，將混元鼎與赤焰袋收回，向龍母施禮說：「張羽能救得瓊蓮，多虧龍母，既然龍王已知錯，張羽怎能再執著於前非。況且瓊蓮為龍宮之女，也是我張氏之婦，我們就是一家人了，怎會繼續為難。」

幾個人正談說間，瓊蓮面遮紅紗，遍體銀鱗，從海水中浮了上來。張羽迎了上去，瓊蓮厲聲說：「張郎莫要上前，遠遠說話便好。」

張羽說：「你我九死一生，方有今日，這又是為何？」

瓊蓮說：「我失了龍珠，又久居鮫人洞，已是半龍半鮫，穢陋不堪，不足與郎君相配為夫妻。人間紅粉佳人甚多，郎君還是另尋良配，我們就此別過吧。」

張羽說：「世間確多紅粉佳人，然而知音有幾何？我張羽如孤鳳野鶴，漂泊四方。幸遇空谷幽蘭，豈是迷戀皮囊之人。」

就在二人正糾纏間，海水翻湧，一條巨魚躍出水面，仔細看，是鮫人女王綠萼。她手捧一顆明珠，交給了張羽，說道：「那小子，你的幸運之神來了。」

原來適才張羽和瓊蓮的話，綠萼早就聽到了，她將自己族中珍藏的聖物鮫珠贈予了瓊蓮，瞬時，瓊蓮恢復了光彩奪目的容顏。眼前人，依舊如初見時，是那個如天人般的女子。

　　龍王大喜，赦免了鮫人族，允許他們和所有水族一樣在大海中自由生活。

　　像所有美好的故事一樣，張羽和瓊蓮從此過上了幸福的生活。他們無意人間富貴，也不眷戀天庭的威權，只願做海上散仙，在三島四海十洲之間遨遊。

【文獻鉤沉】

　　《張羽煮海》係中國十大神話傳說之一，迄今可見的最早文字為元代戲劇家李好古的《沙門島張生煮海》，清代戲劇家李漁又據此改編成戲劇《蜃中樓》，但在改編時融合了唐傳奇《柳毅傳書》的故事，使之更加曲折離奇。晚清以降，京劇、豫劇、粵劇、秦腔等多種劇目均曾將《張羽煮海》的故事搬上舞臺。

鵲橋會

月明星稀，碧空如洗，天幕上掛著幾縷薄雲。

牛郎潛藏在「白蘋湖」邊的樹林裡，等待仙子們降臨。他幼年父母早亡，與哥哥嫂子生活在一起，嫂子嫌他是個累贅，經常虐待他，不但讓他做最重的活，而且讓他吃最糟糕的飯食，經常飢一頓飽一頓。他唯一的朋友就是那頭衰老的、但仍然在耕田的老牛，他和牛住在破爛的牛棚裡，卻依舊快樂。他尋找最鮮嫩的青草給牛吃，讓牛飲最清澈的泉水。夏日蠅蟲多，他守護在牛身邊，驅趕蚊蠅；冬日風大天寒，他偎依在牛身邊，藉以取暖。他經常和牛說話，不論是快樂，還是悲傷，他都願意向牛傾訴，牛發出低沉的哞哞聲，似乎聽懂了他說的一切。成年後，哥嫂打算與他分家，他相伴多年的老牛突然開口說話了，告訴他不要別的東西，但一定要將自己，也就是牛分到手。

哥嫂本就不打算分給牛郎任何東西，至於那頭衰老的幾乎沒什麼用的老牛，自然丟給他了。

分家後的牛郎和牛住在山坡上的窩棚裡，靠幫人打短工為生，有一天老牛告訴牛郎，天上的七位仙女每月有一天會悄悄從天上溜下來，在後山的白萍湖沐浴，明天就是她們來沐浴的日子。它慫恿牛郎躲在湖邊的樹林裡，將名叫「織女」的那位仙子的衣裙藏起來，沒有了衣裙的仙子回不了天界，可以做他的妻子。老牛還一再告誡牛郎，千萬別搞錯了，一定是最先從天上降臨的那位仙子，她是眾仙子中最小的，也是最美的。還有一位名喚雲華夫人的仙子，是織女的二姐，法力高強，心高氣傲，脾氣很大，切莫招惹她。總之，一切小心為上。

老牛送牛郎出了門，張嘴吐出了一枚紫金環，叮囑牛郎遇到危險的事，可以將這個金環戴在手腕上。在老牛的一再攛掇下，牛郎早早藏在了湖邊的

林中。天色慢慢變暗，月亮升了起來，湖面上升起一片輕紗般的薄霧，一頭雄鹿從遠處走來，身後跟著幾隻母鹿和幼鹿，雄鹿的角美麗極了，它昂首闊步，又警惕的看著四周，像一位王者。雄鹿一家在湖邊飲水、嬉戲，啃食青草。一條大蟒蛇吐著信子，在深草中游動，貪婪的看著幼鹿仔，牛郎發現了蟒蛇，大聲呼喊，但是太遠了，鹿群並未聽到他的示警，他想起老牛的話，趕緊將金環戴在手腕上，頓覺腳下生風，一套鎧甲和戰袍自動披在了他的身上，他衝到了蛇前，擋住去路，暗自後悔沒有帶鋤頭來，不料一桿銀槍從天而降，他接槍向蟒蛇刺去，蛇頭上頓時血流如注，大蟒蛇扭轉身體逃跑了。牛郎擔心蟒蛇去而復返，沿著蹤跡追了很久，這才又趕回到湖岸邊的林中。

　　仙子們早已降臨，湖面上傳來嬉水聲，不時響起銀鈴般的笑聲。牛郎潛藏在林中，心中緊張極了，彷彿有一百隻瘋狂的兔子亂撞著他的胸口。時間一點一滴的過去了，他偷偷抬頭觀察，卻分不清誰是織女，只聽一個婉轉清脆的聲音說：「時辰差不多了，該走了，再晚了，天宮的門落鎖了。」接著又是一陣嘻嘻哈哈的笑聲，一陣輕風響起，空氣中瀰散著醉人的氣息。牛郎隔著樹影望去，見七位仙子聯翩而飛，早已到雲端，許久許久，似乎還迴盪著那動人的笑聲。

　　牛郎沮喪的回到了窩棚，遭到老牛好一頓奚落，不過它早已料到，牛郎會空手而歸。好在仙子們每個月都會來，他還有機會。牛郎問它何以能未卜先知，老牛不得不據實相告，它本是天上的「金牛星」，因為在蟠桃會上喝醉了酒，衝撞了王母娘娘，被驅逐到下界歷劫受苦，劫難圓滿之後，才能重新回到天界。牛郎將金環歸還老牛，問它這是何物。老牛笑著告訴牛郎，此物是太上老君煉製的法寶，名叫如意環。當年金牛星在天庭與老君友善，因而得到了這件寶物。

鵲橋會

轉眼間又到了仙子們降臨的日子。老牛告誡牛郎，這次一定要抓住機會，時間長了，仙子們降臨白萍湖的消息被太多人知曉，恐怕就不會再來了。像上次一樣，牛郎早早來到了湖邊的林中，湖面上升起了薄霧，他又看到了飲水的鹿王一家，不過這次鹿王直接朝他藏身的樹林走來，他感到十分驚訝，鹿王前蹄抬起，化身為身穿青袍的中年男子，向牛郎深深施了一禮，說道：「上個月我與家人來此飲水，多虧壯士您伸出援手，才使我與妻兒免遭蟒蛇之害。為了報答您的恩情，我將這件寶貝送給你。」說完，將一副弓箭放在了他腳下，牛郎正要推辭，鹿王卻已消失在了霧嵐中。

　　牛郎害怕像上次一樣，失去辨認織女的機會，趕緊收起弓箭，繼續藏身樹林。大約過了兩個時辰，明月將大地照的一片明亮，林木靜寂無聲，騁目張望，遍天地如同白玉砌成，華光燦爛。空中響起一陣簫鼓之樂，伴隨著環珮叮噹聲，一女子嬌嗔道：「七妹也忒心急了，等等二姐。」一位仙子從天而降，衣袂翻飛，俏麗的臉卜掛著嬌憨的笑容，回頭望著空中的另一位仙子說：「我若不快些，一會兒大姐姐又要催著快回去呢。你不知道我從早到晚，在天上織那些雲彩，弄的手臂痠麻，就在人間的這一刻，最為快意。」牛郎偷偷窺望，先前說話的那位仙子約莫十七八歲年紀，身材頎長，靈動的眸子宛若清泉，身穿赤霞色長袍，光彩耀目，彷彿流動的朝霞。頭挽黑亮的髮髻，髮髻上帶一頂天青色玉冠，其餘的頭髮垂下來，一直垂到腰間。腰帶上掛著玉珮與玉環，不停地閃爍著光芒，每走動一步，就發出一陣悅耳的聲音。腳腕上的紫金環，閃爍著耀眼的光亮。另一位仙子頭挽雙髻，身穿鵝黃色衣裙，面色如玉，修眉鳳眼，舉止如同風吹月下花影，極其活潑，一會兒化身為游龍，在水中掀起滾滾波浪，一會兒

化身為翔鶴，貼著水面疾飛⋯⋯千變萬化，令人目不暇接。牛郎嚇得大氣都不敢出，他猜測先前說話的仙子是織女，這位變化嬉戲的仙子是雲華夫人，他不敢再偷窺，只隱隱約約見織女將衣裙放在了一塊凸起的大石頭上。不一會兒，另外五位仙子也來了，湖面上的空氣頓時快樂起來。

牛郎心如撞鹿，緊張感令他幾乎暈倒，他決定放棄「盜竊」仙子衣裙，就算是再挨老牛一頓痛罵，也絕不肯再來了。就在他準備離去的時候，聞到一股濃烈的腥氣，他循著味道四處尋找，見一條大蟒蛇嘴裡叼著仙子的衣裙，朝林中逸去，頓時大怒，心想：「好你個爛長蟲，也敢打仙子的主意。」便追了上去。巨蟒發覺有人追逐，回頭一看，正是上次壞了自己好事的牛郎，新仇舊恨一起從心頭湧起，丟下衣裙，朝牛郎襲來，牛郎從背上取下鹿王所贈的弓箭，張弓搭箭，略一瞄準，那支箭不偏不倚的從蟒蛇頭上貫穿了過去，巨蟒掙扎了幾下，垂下了頭，死去了。

仙子們嬉戲夠了，紛紛穿上衣裙，朝天空飛去，織女找不到自己的衣裙，只好將樹葉和花朵變成衣裳暫時穿上，在水邊徘徊，尋找仙衣。這時牛郎出現了，手中捧著衣服。織女大怒，一把搶過衣服去，揚起纖手就給了牛郎一個耳光，叱責道：「好你個登徒子，膽子真是不小⋯⋯」

牛郎被這一巴掌差點打暈過去，捂著腫脹的臉說：「仙子實在是誤會了，是那蟒蛇盜竊了衣服。我是奪回衣服⋯⋯」

織女也聞到了衣服上蟒蛇的腥味，這才意識到錯怪了牛郎，頓時臉紅了起來，她偷偷看眼前的牛郎，見這青年模樣俊俏，眼神清澈，而且言語誠懇，便生了幾分歡喜之心。當即躬身作禮，對牛郎說：「實在對不住小哥，是我錯怪了你，這廂給您賠不是了。」

牛郎說：「仙子這一巴掌打的也沒錯，我的確有錯在先。」隨即將老

牛慫恿自己來盜竊衣服，並留下仙子為妻之事據實相告。

聽了牛郎的話，織女的臉頓時羞的緋紅。她告訴牛郎，蟒蛇弄汙了仙衣，不堪穿著，況且耽誤了時辰，天宮的大門已關閉，她無法再回到天界，願意留在人間，與他共度一生。牛郎高興極了，和織女一起回到了山邊的窩棚。織女善織，尤其是她織出的錦繡，宛若天上的雲霞，人們爭相購買，很快夫妻二人就買下了山坡邊的一大片地。牛郎是個勤快人，而且凡事都願意親力親為，他與工匠們一起砌牆建屋，開挖水渠和池塘，種稻養魚，種植了一大片桑樹，還起造了一座很大的花園。夫妻二人在花園裡種上了合歡樹，幾年就長得高大豐美，他們還在園中養了一對仙鶴，日子過的如同神仙一般。後來，織女生了一個白白胖胖的兒子；又過了一年，又生了一個女孩兒。

牛郎與織女在一起生活了七八年，兩個孩子也逐漸長大，尤其是女孩兒，容貌越來越像母親，一顰一笑，都像是從同一個模子裡出來的。牛郎看著一雙兒女，每天都十分高興。隨著孩子們長大，織女臉上的笑容卻越來越少，有一天她面帶憂愁的對牛郎說：「我本是玉帝的小女兒，只因前生與你在天界的宿緣，故而在塵世共度了這些歲月。我私自下凡與你成親，已犯了天條。這些年孩子還小，母后不忍心將我帶回天庭。如今兩個孩兒漸長，恐怕天庭不久就會派人來。不過你也不必太擔憂，既然這一天會來臨，我們夫婦便一起面對。」

牛郎點了點頭，矚目妻子，和剛見面的時候一樣，她的容顏一點也沒變，面對她時，就像剛見面時那般，心中流溢著快樂。

割麥子的季節到了，天氣特別好，陽光下麥田閃爍著金黃色的光。路邊上長滿了野花野草，尤其是喇叭花的長蔓，纏繞滿了籬笆，小木槿花的綠色的莖上張開了粉色的臉，遠處的山麓有大片的陰影，那是夏天的森

林。牛郎和織女讓兩個孩子在田邊的地埂上玩，牛郎做的玩具紙風車插在木桿上，隨著風不停的轉動，孩子們在水溝邊捉蝴蝶和小蟲子，不時傳來咯咯咯的笑聲。織女的裙裝前面有個口袋，裡面有各式各樣的、木頭削製的玩具，那都是巧手的丈夫牛郎的傑作。

日子過得很快，轉眼又到了秋田插秧的季節，好像是為了驗證織女的預兆，夫婦二人一起種下的那棵長得十分粗大的合歡樹突然枯死了，就連村口那眼泉水也乾涸了，流不出一滴水。還沒有到冬天，竟然飄起了雪花，不得不早早就升起火爐。織女給兩個孩子準備好了棉衣，就連棉鞋和棉襪子也準備的一樣不差。

像往常一樣，牛郎起了個大早，下地去幹活了，雖然說天氣已經冷了，土地凍得幾乎挖不動，但他想著明天春天要下種，還有一些收集的牛羊糞沒有均勻的施完，他決定把這項工作完成。織女與牛郎結婚的消息早已傳遍天界，王母娘娘遣天兵天將去將織女拿回天庭，當牛郎回到家中的時候，才發現妻子不見了，只剩下一對兒女垂淚。這時候那頭老牛再度開口了，它告訴牛郎自己大限已至，當晚就會死去，死後他必須剝下自己的皮，披在身上，這樣就能凌空飛行。果然，天黑後老牛就死了，牛郎一邊哭一邊照老牛的囑託剝下皮，披在了自己身上。他又用柳條編了兩個筐，將兩個孩子放進筐裡，用扁擔挑著，去追妻子。

牛郎挑著兩個孩子越飛越高，越來越快，逐漸看到了天兵天將們閃亮的衣甲，也看見了妻子，眼看就要追上了，王母娘娘突然出現在了他的跟前，她從頭上拔下一根玉釵，在兩人中間輕輕一劃，便出現了一道天河。牛郎在此岸，織女在彼岸，兩人隔河而望，相互垂淚。牛郎望著波濤洶湧的天河，呼喚妻子，但是河面太寬了，妻子聽不見他的喊聲，他也聽不見妻子的訴說。

鵲橋會

　　牛郎身為凡人，竟敢與被貶謫到下界的的金牛星勾結，擅用金牛星的法器「御風衣」，私自闖入上界，玉帝命令主掌刑罰的天神在天河邊畫地為「離恨獄」，罰牛郎和金牛星在此受四百四十四日的風吹浪打之苦。這種刑罰名為「風浪劫」，每一日的痛苦不同，四百多日之內，將人世所有的苦難全部經歷一遍，每隔一天牛郎會變一種身分，有時候是士兵，有時候是官員，有時候是財主，有時候是乞丐，有時候是孤兒，有時候是身染沉痾的人，有時候是身陷牢獄的囚徒……幾乎每一種身分都帶給他苦難，兵亂、火災、喪子、傷殘、被殺，他在種種受苦中，逐漸迷失於幻海。金牛星還好，他雖曾被貶下界，但仙體未壞，面對天河劍山般的浪、銀針般的風，諸般的苦尚能承受，而牛郎是凡夫俗子，只怕經受不住一天，就肉身毀壞、神魂俱銷，想到地府去報到都不能了。好在此事被織女的二姐雲華仙子知道了，她派仙子許飛瓊送去了一枚仙丹給牛郎，這才保住了他的性命。至於兩個孩子，也早已被這位熱心的仙子藏匿在了自己的仙府。

　　織女身為王母之女，竟敢動了凡心與下界之人成婚，破壞天庭的規矩，為了懲罰她，玉帝禁錮了她的法術，將她流放北海界罰做苦役，在那裡織出一萬匹雲錦。從天庭到北海，有十萬里的天路，喪失了法術的織女不能御風而行，只能徒步跋涉。得知丈夫牛郎被關進「離恨獄」，她大為憂慮，因為她深知「風浪劫」的凶險，大羅神仙陷身此獄中，尚且常常迷失於幻像，更何況是凡人。要他經受住那苦難，只有保住他的記憶，她一邊向流放地前行，一邊寫信給牛郎。請求青鳥仙子充當信使。

郎君：

　　見字如面。離開你的每一天，我都在想你和我們的孩子。我早已知曉這一天會來臨，但我依舊選擇與你在一起。在前往流放地的一百多天裡，我不停地回憶著和你在一起的時日，即便只是和你在一起一日、一刻，受這些苦我也是甘願的。

　　受罰的諭旨頒布後，我拜別了母后，從瑤池出發，踏上了前往流放地的路程。從這一刻開始，我和你一樣，不再是仙，而是一個能感受到寒冷、飢渴、思念與一切諸般感受的人。在這條路上，在對你的思念裡，我獲得了一個人的全部。

　　說是行走之路，其實是墜落之路。離開瑤池後，我被黃巾力士驅使著到了「墮塵臺」，他將我從這裡推了下去，飄飄蕩蕩、昏昏沉沉，我掉落到了一座高山腳下。這是一座黑色的山，遍山都是尖銳的礫石，只走了很小的一段路，我的腳就刺破了，鮮血淋漓。空氣中散發著硫磺的味道，從山頂到山腳，看不到一棵樹，乃至於連一根草都沒有，整座山被大火燒過一般，石頭沒有光澤，沙土中有魚兒和龍的化石，彷彿是幽冥世界。

　　從山腳一直爬到山巔，被礫石刺破的腳掌早已模糊，我的淚水流個不停，幾乎產生了悔意。可是當我坐在山巔，想起你和我們的孩子時，內心的那一絲動搖又消失了。我仰頭望著天空，看不到星星，也看不到天界那些漂亮的玉柱，只有一個用紙做的假月亮掛在天上。我知道，這是虛空山，上不接天，下不接地，存在於虛無之中。只要我忘記了你，就會神魂俱銷，灰飛煙滅。

鵲橋會

我走了一天又一天，不知道翻越了多少座萬仞高山，到了一座有鮮花的山下，山峰隱在霧氣中，連綿的群山隱約可見。黃巾力士告訴我，我已經脫離虛空山，到了另一個世界，這裡是「曇華界」。這裡和人間一樣，有我們那座大花園裡的所有花兒，有橙色的扶桑花、粉色中帶紫的矮牽牛，成片成片的茉莉花，漂亮的三角梅，還有秋天才會開的桂花和菊花，如果不是要前往流放地，我真想留在這裡。當然了，這裡有一種我從未見過的花，生活在這裡的人稱為「曇華」，這是一種花盤碩大的花，足有團扇那麼大，片片花瓣都晶瑩剔透，瞬間開花，又瞬間凋零，所有的生滅，都只在一瞬間，開花之時，也是死亡之時。這花開的極其短暫，但是十分絢爛，令人震撼。瞬時的盛開與凋零，生滅只在一瞬間，然而它們依舊不放棄盛開。與天界的無量歲月相比，人生百年，多麼像這瞬時盛開、瞬時凋零的「曇華」，所以我們需要愛。

　　比之於逃離痛苦之速，人更容易迷失在美好的虛幻，我在曇華界流連太過，幾乎忘記了你，忘記了愛需要救贖。穿過大片的齊肩高的茅草，我彷彿行走在一隻巨獸的毛髮間。我腳上的傷口已經好了，結了痂，並且長了一層醜陋的老繭，我那秀美的腳趾也彎了，到處是傷口痊癒後留下的傷疤。也許你不會相信，我的一雙手也是如此，折斷的指甲彷彿被狗啃過一般，殘缺的可怕。更加難過的是，我昨天經過一片池塘，透過那鏡子般的水面，發現自己已經成了一個蒼老的婦人。

　　我還將繼續走下去，直到與你見面。我不知道你能否看到我的信，但我還會繼續寫給你。

結髮妻細君拜上。

牛郎在「離恨獄」受罰一百多天，每日受那風浪之苦，雖然有仙丹保命，但業已形銷骨立，三魂飄渺、六魄蕩蕩，漸漸的忘記了自己是誰，直到他收到青鳥仙子代織女轉交他的信，是這封信救了他。

能夠從塵世種種之劫難中拯救我們的，只有愛。又是一百多天，他再次收到了青鳥攜來的信，就這樣，青鳥成了他與織女之間的信使。

郎君：

風浪之劫，即人世萬般之苦。但願你還能記得我。

與你的愛，使我心中有了確定的答案，但又為此而害怕。我依靠在人間的那些歲月，來抵擋流放路上的孤獨，然而那些回憶，又讓我倍感煎熬，這使我確信，我是一個女人。因為愛上了你，從此不再是神仙。

愛固然讓一個人有承受痛苦的力量，也讓一個人軟弱。

經過漫長的跋涉之後，我到了一座城市，準確的說，那只能算是一片廢墟，因為整座城裡一個人都沒有。城市的三面是高高的山，有些地方還有高峻的懸崖，另一面是平原，平原上布滿了田壟，無人耕種。城市並沒有被破壞，高大的宮殿、塔樓完好無損，曾經熱鬧的商市和商號，依舊掛著招牌，就連陳放在臺案上的貨物，也整整齊齊，一塵不染，好像是在一瞬間，所有的人都走光了，甚至來不及帶走任何物品。

黃巾力士告訴我，這是「千劫之城」，他總是恰到好處的出現。

我穿過這座城市，翻過了幾座低矮的小山，跨過才沒過腳踝的淺淺溪水，在村莊邊的山坡上發現了一個莊園。莊園裡有座大屋，正中的房間是大臥室，左右有兩個小臥室，大臥室裡的床是竹子的，有紅漆櫃子和桌案，小臥室的床是松木，牆上還掛著風箏。大屋的旁邊，是廚房，從廚房的窗戶望出去，能夠看到長長的一圈籬笆，那是一大片菜園，緊挨著菜園

的是一個大花園，花木蔥蘢，水溝裡的水非常清澈，閃爍著銀光，那是來自附近高山的泉水。花園裡的花木修剪的極好了，可見主人對它十分用心，但是合歡樹卻枯死了。看到這裡，也許你應該明白了些什麼。沒錯，這就是我們曾經的家。

我們的世界，已經不存在了嗎？

如果整個世界都在千年之劫中毀滅了，我們的愛還會繼續存在下去嗎？如果所有的人都消失，僅剩你我的世界，還算是愛的世界嗎？

我想，我徹底迷失在了這裡。在這樣的廢墟中，我們和草間的蟲蟻有何區別？

結髮妻細君

織女的信讓牛郎大為吃驚，他知道，比任何痛苦都更加嚴峻的考驗來了。

對自己不信任，對身邊的人不信任，對這個世界缺乏信任，足以毀掉一切。

沒有人知道牛郎的回信裡寫了什麼，但他的信的確湊效了，織女到了流放地。面對織工的生活，她給了自己一個新方向。

離恨獄、四百苦，都抵不過人世之愛。

織女在流放之地不停的織布，她為思念折磨，有時傷心欲絕，有時候又充滿希冀，她的淚水化成了雨水，降落在人間的大地上。四百四十日的懲罰，是四百四十年，是懲罰，也是修煉，玉帝和王母見他二人意志堅定，從流放地放回了織女，並讓喜鵲去傳消息給牛郎，允許他們以七日為限一相會。

鵲橋會

　　闖過諸般劫難的牛郎脫離了凡胎，成為了金牛星君，從此不必天上人間兩相憶，隔河傳信，有了確定的期盼。然而，喜鵲聽錯了諭旨，告訴牛郎每年七夕為期限一相會。玉帝十分生氣，然而金口玉言，已經傳錯了，再不能更改。為此，玉帝懲罰喜鵲，命令它們在七夕當日聯翩搭成鵲橋，讓牛郎織女在橋上相會。

　　據說，七夕日是看不見喜鵲的，它們都去天河搭橋了。

【文獻鉤沉】

　　「牛郎織女」為中國古代四大民間傳說之一，早在先秦時期，就已有了相關記載，《詩經·小雅·大東》云：「維天有漢，監亦有光。跂彼織女，終日七襄。雖則七襄，不成報章。睆彼牽牛，不以服箱。」這是現存文獻中關於「牽牛郎與織女」的最早記載。西漢史學家司馬遷所著《史記·天官書》中記載：「織女，天女孫也。」，是關於織女身分的紀錄。東漢班固《兩都賦》中記載：「臨乎昆明之池，左牽牛而右織女，似雲漢之無涯」，漢武帝開掘昆明池，在東岸放置牛郎雕像，西岸設定織女雕像，這說明在漢代已經有了以牛郎和織女為原型的故事雕塑。漢詩《古詩十九首》中云：「迢迢牽牛星，皎皎河漢女。纖纖擢素手，札札弄機杼。終日不成章，泣涕零如雨。河漢清且淺，相去復幾許。盈盈一水間，脈脈不得語。」這是以詩的方式講述了故事，而且故事的結局和後來流傳的故事已無二致。南梁文學家任昉所著《述異記》也記述了一個小故事：「大河之東，有美女麗人，乃天帝之子，機杼女工，年年勞役，織成雲霧絹縑之衣，辛苦殊無歡悅，容貌不暇整理，天帝憐其獨處，嫁與河西牽牛為妻，自此即廢織紅之功，

貪歡不歸。帝怒，責歸河東，一年一度相會。」這是古代文字中較詳者。此外，東晉干寶所撰《搜神記》，南朝梁吳均所撰《續齊諧記》等書中，也都有關於「牛郎織女」故事的零散記錄。這個故事還被搬上傳統戲劇的舞臺，崑曲、粵劇、晉劇、黃梅戲都有名為《鵲橋會》的劇目。

雷峰塔

許仙

　　一座金色的浮屠矗立在西湖邊的梅林中，像一座無法踰越的山，又像一堵牆，將我和娘子分割在兩個世界。我曾連續三年，日日夜夜守候在塔下，不停的呼喚她，得不到任何回應。

　　我意識到，我這一生是到了訣別的時候。

　　十幾年後，那時我已年過半百，我曾帶著兒子夢蛟來到塔下，西湖見底，梅樹枯死，磚砌的塔門已坍塌，掛滿了蛛網，臺基上的石板殘缺不全，彷彿天地改易，人世經歷了滄海桑田。我從傾頹的門洞鑽進去，遍地碎磚，牆壁上隱約可見佛陀壁畫，一束光從縫隙中照進來，照亮了磚縫中盛開的不知名野花。我遍尋塔內每一個角落，終於發現了一縷失去光澤的頭髮，距離頭髮不遠處的牆後，是一具白骨。我大哭了一場，將那白骨安葬在了梅花樹下。但我不能接受，那死去的人就是娘子。逝去的時日雖久，我依然記得她的樣子。雷峰塔雖矗立，卻像一座被攻破的城市，不復當年的堅不可摧。我確信，她不在此處，但究竟去了哪裡，她重歸荒山古洞，去修煉人身了嗎？還是已逃脫人世的樊籠，忘卻了紅塵，去了逍遙仙境。

　　我是在春天的一場雨中與娘子相識的，那天起了個大早，我照舊去城外的孤山一帶採藥。歸來時，斷橋邊的蓮花開了，滿池塘都是盛開的紅蓮，唯有一株白蓮高出眾花之上，亭亭玉立，在風中搖曳。上橋時，我只顧了那白花，險些與人相撞，回過神來，才察覺是兩個容貌姣好的女子。一個著白衣，一個著青衣，青衣女柳眉倒豎，連聲叱責，我慌忙致歉，白衣女卻問我是否安好。她溫婉的聲音令我心動，我們就此結識，一來二往，交往漸多，白衣女後來成了我的娘子，她就是素貞。青衣女，是她的侍女青兒。

我本是個半吊子郎中，醫術馬馬虎虎，但與娘子結縭之後，她督促我勤習醫道，還教會了我很多療病良方，救治好了有疑症的病人，人們都稱我為「許扁鵲」。娘子生性淡泊，對名利不屑一顧，有時病人付不起診金，她也不以為意，照樣治病救人。她不喜粉黛珠翠，平日間只是荊釵布裙，然而卻似天人臨凡，令人難以移開目光。她說我是花痴，我只願今生為她一人而痴。

　　我經常划著船去湖心的山上採藥，累了就在山下的金山寺歇腳，時間久了，和寺裡的方丈法海大師成了朋友。和娘子成婚後，我有些日子沒去金山寺了，有天路經寺廟，偶遇大師，他說我臉上有妖氣，問我最近接觸了什麼人。我告訴他我結婚了，他便懷疑我娘子是妖怪。我非常生氣，連藥鋤都沒拿就回家了。第二天，他帶著徒弟上門來，說是歸還鋤頭，到處東瞅西看，惹的娘子和青兒十分不快，尤其是青兒，對大師幾乎是咬牙切齒。法海大師離去時，再次私下警告我，娘子是妖怪。我沒有理他，但心中卻有了疑惑。我是個孤兒，被鄰家老婆婆收養長大，雖無血親，但也有親近的街坊鄰居。我結婚時，他們都來了。可是娘子的親眷一個也沒有來，她說母家很遠，親戚們都趕不及。婚姻乃是大事，縱然千里之遙，也不該無一個親眷。不過，娘子心地善良，對我至誠至親，或許有難言之處，我也沒有再多想，至於法海的頻頻攪擾，我只是不理他。

　　端午節了，按照我們杭州的習慣，這一天要掛艾草、菖蒲、放紙鳶，在手腕上栓五色絲線，當然，頂緊要的還是喝雄黃酒，能闢邪氣，驅毒蟲。娘子對雄黃酒十分牴觸，但是經不住我一再相勸，終究還是飲了三杯。她說不勝酒力，去臥房休息。我便去友人處繼續飲酒，歸來見娘子依舊臥床，怕是出了差錯，便掀開被子檢視，未料床上竟然臥著一條白鱗巨

蟒，赤目金鱗，昂首吐著信子，發出嘶嘶的聲音，向我撲來。我頓覺毛髮直豎，往後一倒，竟然嚇死了。原來，娘子真的是妖怪，一隻千年白蛇妖。娘子酒力散卻後，重新幻化為人形，見我已氣絕身亡，大哭了一場，去城外尋找青兒。青兒也是蛇妖，她只有五百年的道行，禁不住端午節城裡到處漂浮的雄黃氣，在城外的山上暫避。娘子告訴青兒，她要為我還魂續命，去崑崙山上盜取靈芝仙草。

靈芝仙草長在崑崙絕頂，由鹿仙與鶴仙兩位神仙看護，二仙道法高深，娘子和青兒不是他們的對手，盜取仙草未成，反而被兩位仙人用法術禁制，困在法陣之中，眼看千百年道行就要灰飛煙滅，恰好南極仙翁經過，他聽聞娘子哭訴了「盜仙草」的原委，憐憫她一番善心，請求鹿鶴二仙將仙草贈予她。就這樣，娘子冒著生命危險救活了我，但我對她的身分產生了懷疑，聽信了法海的話，不肯再回家，決定在金山寺出家為僧。

娘子得知我在金山寺，認為是法海從中挑唆，與青兒打上山門來，要求法海放我還家。法海不肯，她便和小青驅遣湖中的水妖興風作浪，淹沒金山寺。法海大師也不示弱，他和徒弟們用袈裟結成金剛陣法，擋住了一波又一波巨浪。就這樣，雙方你來我往，在水上鬥法，眼看的金山寺不保，法海請來了天兵天將，誅滅了小妖們，娘子也被他收進了金缽，一切變得不可收拾。我想起與娘子往日的種種深情，深覺自己欺心，娘子縱然是妖怪，但她不曾傷害任何人，更不曾傷害我，她對我情深義重，我對她也念念不忘。在金山寺的日子，我已確信她是妖怪，但我仍然愛她。當我得知她懷孕了，更覺得自己不配為人夫。妖有愛人之心，則妖勝於人；人無慈悲之懷，則人不如妖。我與娘子相比，不但軟弱，而且糊塗。我請求法海大師放我出去，也請求他饒恕娘子水漫金山的罪過，成全我與娘子。

法海卻說，人妖殊途，情愛不過是虛妄，讓我放下一切，迷途知返。他又說娘子只要肯放下情愛，不涉凡塵，必能修成天道，位列仙班。他一個和尚，只知道念佛持咒，哪裡懂什麼情愛，偏偏和我探討愛的哲學，還問我愛上一個妖怪，值不值得。我不跟他探討愛情，我只想和娘子在一起。

法海沒有答應我的請求，但他允許娘子生下腹中胎兒。

就這樣，我的兒子夢蛟出生了，他有一雙明亮的眼睛，長得像母親。

法海用金浮屠，一座十三層寶塔將娘子鎮在西湖邊，從此之後，我失去了她的消息。

當然，盜仙草和水漫金山的故事都是青兒後來告訴我的。

白娘子

我昏昏沉沉，從無盡的黑暗中醒來，一時想不起來自己是誰，在哪裡。

不知從哪裡照進來一束光，打在牆上。猛然間，我看到了牆壁上的佛陀、諸天、龍眾與金色的迦樓羅鳥，我想起了自己的前世與今生。我前世是影滅山下的銀鱗巨蟒，與山頂上的不死之鳥迦樓羅是宿敵。迦樓羅以毒龍和巨蟒為食，每日要捕食龍蛇五百條，集聚在體內的毒氣滿五百年後則化為烈火，將其焚燒成灰燼。我在深谷中陰暗冰冷的洞穴中躲避迦樓羅長達五百年，直到其毒發火焚，才敢見天日。山頂上的烈焰燃燒了三百多年未熄，我也即將化身為龍，然而迦樓羅的精魂在烈火中未滅，他化成了一顆金色的蛋，從蛋中脫殼而出，浴火重生，尖利的爪子和寬大的羽翼再次籠罩了整座山。我不知道他已出世，像往常一樣在山谷中晒太陽，被他發現了。為了保命，我化身為小蛇，倉皇逃竄，一個牧羊少年見巨鳥捕蛇，

心生憐憫，讓我鑽進他的皮襖，並將我帶出了影滅山。我錯過了化身為龍的時機，與牧羊人相伴數十年，在他壽滿辭世之後，我也迎來了自己的大限，死了。

再次投生世間，我成了峨眉山中的一條小蛇，或許是前世宿慧未斷，也或許是此山充滿靈氣，我無師自通的習得修持大道的法門，五百年後獲得人身，也就是那時，我結識了青兒，一條剛懂得修持法門的小青蛇。我將她帶回我的洞府，一則教她修習更高的法門，另外我也需要個伴兒。就這樣，時光又過去了四百年，無論我如何勤勉，道行再也沒有進境，就如同一個渡河的人，船到了渡口，卻如何也登不上岸。我想起了那個牧羊少年，決定去塵世看看他，只是近千年光陰已過，不知他是否再世為人。我到過很多城市，也去過不少鄉村，卻未見到他的後身，也許他數世積德行善，已脫離惡趣，轉生天界了。也或許，他數世作惡，早已沉淪地獄，不復為人。就這樣，我與青兒在人間又飄零了一百多年，看了些塵世煙火，卻未涉男女情愛，直到在杭州的那座橋上，我認出了他，那個牧羊少年。是的，一千年之後，他的樣子依舊未變，細長的軒眉，羞澀的眼睛，充滿慈悲的嘴唇，讓人想吻一吻。

我嫁給了他，他名叫許仙，是個郎中。我們在城中開了一家醫館，許郎無法治療的疑難雜症，我就施以道術，逐漸累積了些名聲，日子雖然過得平淡，但繾綣閨閣，耳鬢廝磨，遠勝於洞府的苦寒寂寞。許郎無甚才情，我也是山野之人，日常中雖無詩詞歌賦，但鍋碗瓢盆的生活自有一種樂趣。可惜，即便是這般愚夫愚婦的生活，也還是不得長久。一個叫法海的和尚看出了破綻，唆使許郎在端午的酒中放了雄黃，若是一般道行的精怪，當然是中了招。但於我而言，那實在是小伎倆，我明知酒中有雄黃，

但自恃法力高強，依舊飲了三杯。殊不知，我當時已懷了胎兒，喪失了法力，於酒醉後顯出了原形。許郎看見顯形後的我，驚悸而死。我為了給他還魂續命，與青兒到崑崙山盜取仙草，仙草雖然取得，但卻被困在鹿鶴二仙所設的法陣內。眼見得救許郎不成，反而喪了自己性命，我痛哭失聲。鹿仙見我哭的悲傷，生出憐憫之心，況且仙草移了位，再不能恢復其靈力，便提出讓我和青兒交出積千年靈力修成的內丹，保證不在世間害人。如果我二人作惡，他們就毀掉我倆的內丹。我與青兒吐出內丹交給鹿仙，帶著仙草回到杭州，救活了許郎，但許郎對我產生了疑忌，不復昔日的恩愛，跟著法海那賊禿在金山寺出家了。

雷峰塔

　　我和青兒到金山寺外請求法海放出許郎，那和尚卻說人妖殊途，勸我和青兒回深山洞府，棄絕俗念，斷卻情愛，修持大道。若是依法海之言，縱然修成大道，與日月同光，與天地同壽，無慾無求，則與山間的草木，溪流中的石頭何異？愛之於我，沒有值得與否，只有願不願意，便是刀山火海，粉身碎骨，我也要趟一趟。既然得了這個人身，來到這人間，與這男子結為夫妻，我便投身這紅塵。

　　為了救出許郎，我打破了大禹治水時封鎖湖底水妖的結界，在湖中掀起了滔天巨浪，淹沒了金山寺、杭州城和周圍六百里內的土地，法海則用陀羅尼經袈裟設下結界，阻擋洪水，並請求天兵天將下凡與我們鬥法。

　　我和青兒失去了內丹，法力大減，不是天將的對手，雙雙被困在法陣中。在亂鬥中逃出金山寺的許郎，和難民們逃離杭州，水退之後，他又和流離失所的人們一起返歸。他見遍野餓殍，又怨我欺騙了他，對我恨之入骨，只求法海將我與青兒一起盡快打殺。我自知鬥法傷害眾生，罪孽深重，甘受一切懲罰，只希望法海放過青兒，況且青兒失去內丹，又遭法陣摧殘，灰飛煙滅只在旦夕之間。法海見我懷著胎兒，同意了我的請求。

　　我生下兒子夢蛟後，交給了許郎，主動蹈入設下法陣的雷峰塔。我的兒子夢蛟一天天長大，許郎日日在塔外守候，向我痛陳他的錯誤與悔恨，我聽得見他，看得見他，他卻於我無所見，無所聞，只因我們在不相通的兩個世界。有愛之世界，一日則為一日，一年則為一年；無愛之世界，一日如一年，百日如百年。一千年的時光，我想他念他，他不知我、不明我，只在他的輪迴裡而已。如今也還是一樣。他的世界裡，有愛戀與悲歡，我的世界裡，只有無情的輪迴。他失去了我，但他看得見生命的盡頭，生死皆有界線，最終一死，是生的解脫，也是愛的解脫。我陷身虛

空，無生無死，無覺無知，不知何日是解脫。

沒有愛的日子，是無邊地獄。

我修行千年，始終無法靠岸，是因為無數世輪迴所攢下的業力，始終沒有斬斷嗎？

如果人世只是夢幻泡影，那依附在泡影上的愛戀不應與泡影一起破滅嗎？然而在虛空之中，我依舊記得放舟湖山，耳鬢廝磨的時光。如果這是情慾，肉身早已成了塔下的灰土，慾念更應熄滅。慾念如同燈焰，燈盞已毀，欲寄何處？

與日月山河相比，為人一世甚至不及曇花一現，可是愛之一念，便種下了無量的種子。我以千年的修行，換來這一世的愛，可是他猜疑我、恨我，甚至於要打殺我，這樣的無明，還不夠摧毀那一世累積下的淺淺恩情嗎？

青兒

從法海的金剛法陣脫身後，我直奔昔日在峨眉山修行的洞府。百餘年未歸，洞府周圍的一切大變，荒穢不堪，但我顧不得這些，用盡氣力爬上了斷崖邊的洞府。可憐我五百年道行，失去了內丹，又在金剛法陣中元氣大傷，還來不及導天地之氣重歸周天，便氣絕身亡了。念及姐姐尚在塔內，我的一點精魂不肯放棄，朝崑崙山奔去。崑崙山的鹿仙見我的遊魂飄飄蕩蕩，不忍我五百年修行白費，讓我保證三十年內不踏足人間，就救我的性命。我答應了他，他將我的魂魄裝進寶葫蘆裡，帶著我的內丹向峨眉洞府飛去，幸虧洞中清涼，肉身未毀壞，我不但重獲生命，而且重新得到了內丹。

我遵守承諾，在洞中閉關，三十年未踏入紅塵一步，我的道行也突飛

猛進。在這三十年裡，我無時不刻不掛念姐姐，閉關期限一滿，我便直奔杭州西湖邊那座鎮壓姐姐的金浮屠。顯然，法海早已料到我會來，命他的弟子們在塔院門口擺下了金剛法陣。三十年前，他欺我和姐姐失去了內丹，法力減半，用這法陣將我們困住。想我今非昔比，區區法陣算的了什麼，我不但要破了他的陣，還要推倒他的塔。

我闖進陣，法海的大弟子淨明端坐陣中高臺，他揮動金剛降魔杖，一波又一波金光像銅牆鐵壁般向我擠壓而來，企圖再次將我困住。我揮舞寶劍，劍氣暴漲，摧枯拉朽般的破了他的陣，淨明見困不住我，與他的師兄弟們退入塔院，並請法海親自結陣。擒賊先擒王，要破此陣，首先應取了法海那賊禿的性命。我二話不搭，直奔法海，那賊禿倒乖巧，他見我的劍氣厲害，用袈裟結成一座鐘形金罩。重重怒濤般的劍氣撞擊金鐘罩，發出嗡嗡的聲音，又化為漣漪般盪開。三十年來，想不到這賊禿也沒閒著，法力同樣精進，這倒令我對他刮目相看。

法海用他的袈裟抵消了我的劍氣，高宣佛號，對我說：「女施主，妳既已重回修行之路，閉關三十年，深通道法精髓，想那仙人境界，是何等逍遙，何苦又重涉這苦惱人間？」

　　我不跟他廢話，當即問道：「我姐姐呢？你放她出來，我便與她一起重歸洞府，修持仙界法門，再不來這人間。」

　　法海說：「人世如同火宅，白施主早已去了天界。」

　　我不信他的鬼話，對他說：「休得胡說，姐姐就在塔下，快放她出來。」

　　他見我不信，讓我自行去塔內尋找。那座金浮圖早已破敗不堪，就連銅牆鐵壁般的塔門也不知何時垮塌，我在塔內尋遍了，也未曾找到姐姐留下的任何訊息，只在牆上看到了一些模糊的壁畫。我猜這肯定是法海的鬼花樣，便再次奔入他的法陣。

　　「女施主，你該相信老衲了吧。」法海說。

　　「少廢話，今日不交出姐姐，我就打破你這賊禿的腦袋，一把火燒了你的破寺。」我揚起寶劍，向法海劈去。無邊的劍氣如泰山壓頂，他那護體金罩四分五裂，法海高宣佛號，聲音如同獅子吼一般，他身後生出金色兩翼，臉化為鳥頭，雙臂化為利爪，一爪舉著降魔杵，一爪拿著金鈴，向我迎擊。我大吃一驚，隱約記起適才在塔內的牆壁上曾看見這鳥的樣子。我迎戰了幾個回合，竟然不是他的對手，便化作一股清風逃遁走了。

　　那法海何以化身為神鳥，我一時也想不明白，但看他說的話，倒也不像誑語，那麼姐姐究竟去了何處呢？也許，問一問崑崙山的鹿鶴二仙就知道了。一念至此，我朝崑崙山奔去，將自己所見告訴了二仙。鹿仙告訴我，法海前世本為影滅山上的迦樓羅鳥，與姐姐的前世是宿敵，迦樓羅鳥

浴火重生後，沐浴佛法，成了護法神之一，後來投胎成人身，在人間傳道，未曾料到竟然與姐姐再次相逢。我與他在陣中鬥法，所看到的金色大鳥之形，便是他的法身，無怪乎我不是他的對手。鹿仙還告訴我，法海並未騙我，姐姐被鎮在塔下後，不甘心就此與許仙分離，在陣中重修道術，但她用心太切，走火入魔，落入了虛空之境。如今，已在那無明之境中流落了三十年了。

我問鹿仙：「如何才能讓姐姐離開虛空之境？」

鹿仙說：「白姑娘肉身已毀，要離開虛空之境的唯一法門，只有重新投胎。」

「你是說，姐姐投胎成人？」

鹿仙點了點頭。

「那她還記得前世的一切嗎？」我說。

鹿仙說：「既已重新為人，前世的一切也就都消散了。」

我說：「那不行，她連我都不記得了，重新投胎又有何用。」

鹿仙笑了笑，從琉璃瓶中取出姐姐的內丹，說道：「內丹儲存著她的一切，只要她修習道法，納入內丹，就能重獲前世的記憶和法力。」

我攜帶著姐姐的內丹，進入虛空之境，引導她離開那混沌世界，恰遇鎮江一個玄姓農婦臨盆。姐姐投胎到玄家，女嬰誕生之日，我化身為女道士登門拜訪。嬰兒目光如水，相貌仁慈，和姐姐很像，我給她取名素娘，並將一顆明珠掛在她的脖子上。十年之後，我再度到玄家，是時，玄素娘雖然體量未滿，但是姿容像極了姐姐，我得到那農人應允，帶她上峨眉山修行，命她拜我為師。想來五百年前，姐姐帶我到洞府，教我修習法門，也是今日這般。如今我將她帶到洞府，成為她再世之身的師父，這大概就

是五百年修來的緣分吧。

　　玄素娘 15 歲時，我命她張開嘴，將她前世所修的內丹吞下。她先是驚異，然後跑到了泉邊，水中映出她的樣子，她哭了起來。我知道，她記起了一切。

　　洞中無日月，時光又過去了一千年，我們決定去杭州，再次尋找宿命之人。夙世輪迴，滄桑劫毀，並不是將愛遺忘的理由。

【 文獻鉤沉 】

　　《白蛇傳》為中國古代四大民間傳說之一，早在宋代的《雙魚扇墜》中人物就已成型，明代馮夢龍《警世通言》卷二十八《白娘子永鎮雷峰塔》使這個故事更加豐富和跌宕起伏。清乾隆三十七年（1772）汪永章序本《新編東調全本白蛇傳》、嘉慶十四年（1809）序刊本《義妖傳》等書，使得白娘子這一人物更加飽滿，故事情節也與當今流傳的故事大體一致。值得一說的是，故事中的人物小青在最初的版本裡並不是青蛇精，而是一隻青魚精，這是傳說在流傳過程中的一個演化。晚清以來這個故事還被搬上舞臺，京劇、崑曲、秦腔、粵劇、豫劇等多種戲劇均有以這個故事為原型創作的曲目。

化蝶

夜晚的窗外，蟬叫個不停，一聲接著一聲，彷彿不停的抗議。雖然是炎夏，祝英台想到自己的婚事，仍然渾身發冷，汗毛也倒豎了起來。爹爹死了，梁哥哥也死了，她本該追隨他們而去，可是看著整日在房中垂淚沉思的老母，她又不忍心這麼做。況且梁哥哥臨終前曾一再叮囑她，要她好好的活下去。

三年前的夏天，那差不多已經是夏天的尾巴了，祝英台纏著父親要去杭州城讀書，父親以她是女兒家為由拒絕了，她只好裝病，嚇得父親勉強答應。可是，她一個女孩兒家，父親到底不大放心，臨行前又反悔了，只許她依舊在家中讀書。她便喬裝打扮成算命先生，為父親占卜，父親被她蒙了過去，竟沒看出破綻，直到她摘下帽子，露出一頭烏雲般的長髮，父親才意識到是自己的女兒。父親對她的愛，終究還是超過了世俗的偏見，就這樣，她喬裝成男子，與扮成書僮的丫鬟銀心一道往杭州求學去了。

祝英台小字九娘，自幼聰明穎悟，祝員外膝下無子，只有她一個女兒，就把她當兒子養，不但請了上虞最有名的私塾先生為她開蒙授課，又請了琴師教她彈琴，還親自教她書法，有空的時候就和女兒對弈，英台雖不能說琴棋書畫樣樣精通，但也十分出眾。英台鬧著去杭州讀書有一陣子了，祝員外佯裝答應，實際上只是緩兵之計，他以為女兒鬧一鬧也就過去了，誰知她十分堅決，非要去杭州城讀書不可，還說自己若是男兒身，說不定能考個狀元郎，要麼便去當大將軍。聽了女兒的話，祝員外半是惆悵半是歡喜。祝員外年輕時，也曾拔得鄉試的頭籌，考中解元，做過一任知縣，但他性格閒散，不慣官場的束縛，任滿便辭官回鄉了。他的同年馬生，如今已做了州官，其他的幾個同窗雖然高低不盡相同，但也在各處做官，倒是和他性情最相投的同窗好友何鏡湖，終生以治學為業，在杭州

「鏡湖書院」做山長，其飽學之名四方皆知，杭嘉湖一帶的學子無不以成為他的弟子為榮。祝員外修書一封，讓女兒英台攜書信去見老友，拜在其門下。

祝員外命管家僱了船，看著扮作男子的英台和丫鬟上了船，叮囑她們到了楓橋渡上岸後，即改坐轎子，他已託人在楓橋渡僱好了兩乘小轎，並派遣一個老成的管事人暗中照料。話說英台和銀心一路上倒也無事，船到楓橋渡後，果然有轎子在渡口等候，而且轎子上掛著當地知府的官牌。顯然，父親早已向這位老同年通了消息，故而僱得官轎。英台、銀心和轎伕們曉行夜宿，不久便進了杭州地界，英台掀開轎簾，見遠處的吳山匍匐在大地上，白日的光輝灑滿山峰，山間雜花照眼，一片蔥蘢，她心中十分高興，令轎伕停下腳步。問此處到入城的城門還有多遠，轎伕說還有十里路程。英台令銀心拿出幾錢銀子，將轎伕遣散，準備和銀心徒步進城。

二人走了六七里路，香汗淋漓，見前方有一座亭子，趕緊快步朝亭子走去，亭上掛著一塊匾額，上書「草橋亭」三字，匾額雖僅為一塊毫無雕飾的粗陋木板，但是「草橋亭」三字卻寫的遒勁有力，入木三分。英台暗暗嘆息，杭州城不愧文獻之邦，今去杭城，一定要學些真學問，莫讓那鬚眉男子看輕了。正思忖間，見一身穿白色縐紗長袍的書生，手持一支斑竹洞簫，身後跟著個憨頭憨腦的書僮，挑著書箱和劍匣，一前一後走了進來。那書生見英台先已在亭子裡，趕緊施禮說：「仁兄，在下有禮了。」

英台見書生身段修長，姿態閒雅，舉手投足間十分灑脫，趕緊回禮道：「這廂有禮了。」二人禮畢，相對坐在石凳上。

書生問道：「敢問仁兄尊姓大名，府居何處？可是往杭城去。」

祝英台說：「小弟姓祝名英台，上虞人氏，奉家父之命，往杭城鏡湖

先生門下讀書。」

那書生面露喜色，微笑著說：「極好極好，在下會稽梁山伯，賤字處仁，也正打算投往鏡湖先生門下。」

站在祝英台身後的銀心見自家大小姐與這書生才一見面，便談的十分投機，不由叫道：「大小姐……」隨即又住了口，意識到自己露了馬腳。好在祝英台十分機靈，趕緊向銀心使了個眼色，笑著說：「大小姐在家中，你怎的偏又想起了她？」銀心會意，趕緊說：「也不知大小姐怎麼樣了？」

梁山伯見祝英台與書僮說起什麼「大小姐」，便問道：「不知祝兄說的是哪一位大小姐？」

祝英台說：「自然是我家小妹九娘，她也喜歡讀書，這次我來杭城，她也鬧著要一起來，可惜她是女兒身，不能一同前來。」

梁山伯說：「女孩子家要讀書，那也是應該的。」

祝英台一聽，欣喜的說：「兄臺也認為，女子應該讀書？」

梁山伯說：「男女都是父母所生，為何女兒家便不能讀書，不知何等陋儒立下此等規矩，說什麼『女子無才便是德』，實在是可笑可笑。」

祝英台連連說道：「兄臺果然見識不凡，令小弟佩服。」

二人越說越投機，大有相見恨晚之感。

梁山伯說：「你我志趣相投，我欲與你結為金蘭，不知兄臺意下如何？」

英台當即點頭允諾，二人敘了年庚，英台16歲，梁山伯17歲，故而以梁山伯為兄，祝英台為弟。當下開啟書箱，取出文房四寶，寫了金蘭帖子，二人撮土為爐，插草為香，結為八拜之交。銀心見自家大小姐還未到杭城，倒先認了一門大哥，心中暗暗發笑，只是不敢笑出來。那名叫四九

的小書僮，憨頭憨腦，也是十分的可愛。至此，四人結伴入城。

　　有了伴兒，路便不覺得長了，不久就到了鏡湖書院。

　　何鏡湖老先生見了書信，十分高興，未料到故友多年未見，公子竟然這麼大了，又聽英台說梁山伯是他的契兄，當即設宴，為二人接風洗塵。宴後，令管家將二人暫時安置在後院的東西廂房，祝英台在東，梁山伯在西，正中是何鏡湖夫婦的居屋。何鏡湖先生對入門弟子要求甚為嚴格，入書院者必經其親自考試，其中最令入門學子發慄的便是講論學問，凡講論不合格者，就算是宰相推薦來的，也照樣得捲鋪蓋走人。好在英台和梁山伯都還入得眼，尤其是梁山伯講論《孟子》，令先生連連擊節稱讚。

　　光陰如梭，祝英台和梁山伯在鏡湖先生門下讀書大半年，一日祝英台正在書院附近的「聽雨閣」中撫琴，梁山伯身穿青色布袍，手持斑竹洞簫翩然而來，白皙的臉龐上掛著汗珠，一雙透亮的眼睛裡滿是笑意，朗聲說道：「英台啊，我在山下聽得琴聲，只覺紛披燦爛，戈矛縱橫，真是一支好曲子。」

　　祝英台笑著說：「今日琴聲異常，原來是有人偷聽，我倒要考教一番，梁兄可知這是什麼曲子麼？」

　　梁山伯說：「此曲名為《廣陵散》，本為刺客之曲，自魏晉時高士嵇康刑場彈奏後，遂成絕響，想不到今日倒是聽得賢弟彈奏。」

　　祝英台連連鼓掌說：「梁兄果然是知音，可惜我不懂劍術，先前曾見梁兄帶有劍匣，可試為一舞嗎？」

　　梁山伯點點頭。

　　他少時在家門前讀書，見到一個落魄的道士，便懇請父親賙濟道士一些盤纏，那道士為了答謝年少的梁山伯，就傳授了他一套劍術，離去前還

將自己的佩劍贈予他。後來父親過世，他與寡母相依為命，四處求學，書劍飄零，一直帶著這柄劍。

梁山伯回房取劍，不一會兒便攜劍而來。他換下袍服，穿了一身玄色勁裝，上身緊身短衣，下身褲腳塞進靴子裡，深色鹿皮短靴，靴筒四周為玄色花紋，這一身裝束灑脫極了，將梁山伯那狼腰猿臂的身形展露無遺，尤其是那一張臉，彷彿是從雪地裡升起的太陽，英氣四溢，耀眼奪目。

梁山伯見祝英台盯著她，眼神似呆似痴，遂遞上劍，說道：「賢弟直管看些什麼？」

祝英台說：「梁兄相貌出眾，真是儀表堂堂，不知將來娶得誰家女兒。」

梁山伯頓時臉色紅了，說道：「賢弟又來說笑。」話音未落，輕按劍簧，發出極細微的一生響聲，長劍出鞘，頓時光華四射，數丈之內，一片燦爛。他橫持長劍，用手指輕叩劍鋒，發出嘯吟之聲，祝英台小心的接過劍細看，寶劍式樣極古，劍鞘為綠鯊魚皮所製，裝飾有夔龍出水的圖案，劍格處有篆書銘文：泰阿。

祝英台輕輕的啊了一聲，說道：「如此上古神兵，竟然在梁兄之手，今日得見，幸哉幸哉。」

梁山伯說：「賢弟可知這柄劍的來歷？」

祝英台說：「據書上說，此劍為東周時鑄劍大師歐冶子與干將合力所造，最初藏於楚國宮廷，秦國滅楚後，為始皇帝所得，西楚霸王項羽滅秦，又為項羽所得，虞姬持此劍自刎於楚軍帳中，此劍便不知所蹤了。」

梁山伯說：「賢弟熟知經史，說的一絲不差。我師父說，虞姬死後，項羽攜此劍征戰，至烏江時，自覺無顏再見江東父老，遂將此劍沉入烏江

之下。我師父偶在烏江鎮夜宿，見其東南劍氣沖天，直指牛斗，他卜了一卦，依照卦象，推出那地方是流光溪，後在溪中青牛潭獲得此劍。」

祝英台嘆息說：「西楚霸王項羽英雄一世，亦是鍾情好男兒啊。」

梁山伯撫摸著古舊的劍柄說：「此劍到我手中不過數年，就是在師父手裡，也只有幾十年而已。它已流傳千年，不知經過了多少英雄佳人之手，我們只是它短暫的持有者。然而唯有英雄豪傑能知此劍，猶如相知之人能洞悉彼此。」

祝英台說：「此劍歸於梁兄，正是寶劍配英雄。」

陽光從閣子的菱花窗格裡照進來，在地上灑下閃爍的斑點，這些斑點慢慢移動，移動的速度非常慢，幾乎令人無法察覺，彷彿承載著無量的歡愛。

二人談笑一回，抱起琴囊，攜劍往山腰的「落月坪」去，那裡古松流泉，地勢開闊，祝英台彈琴，梁山伯舞劍，可謂快哉。一套劍術舞罷，梁

山伯將劍納入鞘中，祝英台趕緊起身將裝滿水的葫蘆遞了上去。梁山伯凝睇含笑，一身玄衣，雖作武人打扮，但卻宛若玉人一般。梁山伯見英台目光凝矚，笑著說：「賢弟今日怎麼了，一再盯著愚兄看？」

祝英台說：「梁兄風采卓然，如高士嵇中散重生。」

梁山伯笑著說：「只可惜，賢弟不是女子啊。」

祝英台羞赧的一笑，頓時兩片紅雲又飛上臉頰，近身向前，說道：「梁兄真會打趣人。」

梁山伯見祝英台舉手投足，別有一種蘊藉，與一般人不同，又見英台耳垂上似有戴過耳環的印痕，心中不由訝異，脫口而出道：「賢弟，愚兄倒有一事請教。」

英台說：「梁兄請講。」

梁山伯說：「賢弟耳朵上有印痕，莫不是曾帶過耳環。我曾見書中有記載，北方蠻族，男子倒是有戴耳環之俗，賢弟莫不是效北蠻之俗麼。」

祝英台大笑著說：「梁兄又說笑了，只因英台年少時，逢年節鄉人舉行盛會，我曾扮過觀音，頭戴觀音兜，頸佩瓔珞，耳垂玉環，身披羽服，站在高臺上被人抬著巡遊，這耳環印記，便是那時候留下的。」

梁山伯笑著說：「愚兄唐突了。」他見祝英台對自己的佩劍喜愛不已，想將劍贈予他。但此劍是師父所賜，未得師父允可，不敢輕易轉贈予人。他日與師父相見，一定請求師父允准贈予義弟。

天色晚了，二人一同回到書院，吃了晚飯後，照老師的吩咐，溫習了功課，便各自回房。丫鬟銀心服侍英台梳洗之後上床休息，翻來覆去，怎樣也睡不著，想起梁山伯說的「可惜賢弟不是女兒身」，莫非義兄看破了自己的身分？平日自己用脂粉掩飾耳洞，不料今日帶過耳環的痕跡為義兄

窺破，這倒也罷了，只怕鏡湖先生知道了，自己這書也就念不成了。她又想起義兄說那句話時的口吻，心頭不由一陣蕩漾，少女的心中頓時盪開了一圈圈漣漪。就這樣似睡似醒，半醒半睡，捱到了天明。

早課時，梁山伯像往日一樣與她打了招呼，同學們也都沒什麼異樣，看來義兄沒有告發自己的身分，也或是這個傻瓜並未發現自己是女兒身，也或是發現了不肯說破。總之，祝英台的一顆懸著的心總算放了下來。

此後，祝英台與梁山伯日日讀書論道，舞劍彈琴，愈加覺得情契魂交，一刻不能分離。年節來臨，英台收到家書，父親命老管家駕著馬車來接她回家。她向先生和師母辭行，又向義兄梁山伯拜別，臨別約定，來年春暖花開再相聚。話不多說，祝英台回到上虞後，闔府上下張燈結綵，瀰漫著年節的氣氛，半年未見，慈父嚴母對她更是視若明珠，呵護的無微不至，然而她心中掛念義兄，只盼著開春之後，趕緊回書院去。年節的假期雖只十日，但卻似度日經年般漫長，恨不能插上翅膀，飛回鏡湖書院，飛到梁山伯身旁。

祝英台和梁山伯在鏡湖先生門下讀書三年。忽一日，老管家神色倉皇的來接英台，未說是何事，只叫她趕緊回家去。不知為何，這次分別，祝英台內心十分惆悵。往年年節，她也曾與梁山伯小別，草長鶯飛之時，二人必再聚於書院，但這一次，她卻心頭恍惚，隱隱然有不祥之感。她早已對這位義兄芳心暗許，然而不知是梁山伯太呆，還是她裝扮的太妙，義兄竟始終不知她是女兒身。此次離別，雖不是生離死別，但千餘年來女子，縱然有親愛之人，有幾個為自己做得主？父親對她向來寵愛有加，凡事依順，她只要肯向父親吐露心思，不愁他不答應。然而，男娶女嫁，總須媒證，老師鏡湖先生嚴肅方正，尤重男女之大防，自不敢以男女之情事相

煩，師母倒是一片慈心，我何不請師母為大媒。想到此處，英台來到後院，以向師母辭行為名，敲開了師母的房門。

師母聽說英台前來辭行，笑臉應允，又見英台拜別之後逡巡不肯離去，便笑著說：「英台啊，看妳面色凝重，心事重重，何不向師母道來？」

英台深深施了一禮，對師母說：「還請師母饒恕英台欺瞞之罪，英台方敢說。」

師母說：「但說無妨。」

英台說：「弟子本是女兒身，只為讀書求學，不得已喬裝打扮，隱藏真相。」

師母慈祥的一笑，說道：「英台是女兒身，師母早已曉得。」

英台說：「師母既已知道，我便說來。我與義兄梁山伯早已情根深種，只是不知如何言明，今日相求於師母，還請師母為我二人做大媒，玉成好事。」說完，從袖中掏出一枚羊脂玉扇墜，遞給師母，作為信物。

師母說：「你二人堪稱天作之合，師母做這個大媒，那也是自然。」

祝英台大喜，當下一拜再拜，隨後與鏡湖先生、師母灑淚而別，準備再向義兄梁山伯辭行，見梁山伯早已在門外等候。

梁山伯說：「聽聞賢弟歸家，愚兄特來送行。」

祝英台令管家與轎伕先行，在山下長亭等候，她與梁山伯話別後，即與書僮銀心一起趕上。

祝英台滿腹愁緒，梁山伯亦有所感，二人默默無言，一起走過了往昔彈琴吹簫處「聽雨閣」，前面一方水塘，一群鵝正在水中自由自在的遊弋。

祝英台指著水禽說：「梁兄請看，那是什麼？」

梁山伯心中惆悵，隨便望了一眼，心不在焉的說：「尋常山水，有什麼好看。」

祝英台笑著說：「倒是有一隻呆頭鵝在哪裡。」

梁山伯知道這位調皮的義弟是在戲弄自己，並未生氣，蹲身坐在了塘邊的樹下。祝英台似也覺得剛才的話過於突兀，抵近坐了下來，不發一言。梁山伯望著鏡子一般的水面，吳山的影子和他二人的影子重疊在一起，風吹過，影子便碎了，風停息後，影子又清晰可見，山影重重，人影綽綽，忽動忽靜，光影變幻，彷彿那裡有個奇幻的世界。波光反射，映在英台的臉上，為她的面容鍍了一層光暈，一根根睫毛都染上了金色，通透的眸子，如同琉璃一般。不知什麼地方傳來伐木的丁丁聲，祝英台指著草木間看不見的樵夫說：「梁兄可知，砍柴人為何在此？」

梁山伯說：「自然是為了衣食。」

祝英台一笑，唸誦道：「南有喬木，不可休思。漢有遊女，不可求思。漢之廣矣，不可泳思。江之永矣，不可方思。翹翹錯薪，言刈其楚。之子於歸，言秣其馬。」

梁山伯說：「賢弟吟此《毛詩》中之《漢廣》，倒與那打柴人應景，只是不知打柴人心中是否有所念之人。」

祝英台說：「《毛詩》中但凡有『伐薪』之句，則大略不脫婚姻之事。我今倒有一樁美好婚姻，說與梁兄知道。」

「賢弟請講？」

「是為梁兄做媒，你可記得你我相識時，我曾說起家中小妹九娘。」

「不知九娘年庚幾何？品貌如何？」

「九娘與小弟年歲相同，乃是孿生兄妹，品貌亦如我一般。」

「如此,愚兄在此謝過賢弟了。」

「梁兄切記,回家後便做打算,速速到上虞來提親。」

梁山伯連連稱是。

話說祝英台回到上虞之後,方知其父祝員外身染沉痾,已然謝世。老母受此打擊,終日以淚洗面,已致目盲,闔府上下盼望她早些回來,主持家事。英台雖為女兒身,但性格沉毅,不亞於男兒,親自操辦老父的喪事,向父親的親朋故舊答謝,這其中也包括父親生前的同年馬太守。那日馬太守與其子馬文才來祝家弔唁,那馬生一見英台,頓時如雪獅子向火,渾身都軟了,再也移不開眼睛。回府之後,請求其父馬太守向祝家提親。祝英台心中只有梁山伯,一口就回絕了。馬太守以為,祝英台正在父喪間,故而推辭,便安慰其子馬文才,等喪期一過,就再次提親。

再說那日梁山伯別過祝英台後,心思煩亂,若有所失,恍恍惚惚回到書院,正欲回自己房間,卻見師母向他招手。他來到師母門前施禮,師母請他入室小坐,對他說道:「山伯,你與英台情深義重,可有意與祝家結親?」

梁山伯說:「適才與英台分別,他說願與我為媒,將其小妹九娘許配於我。」

師母神色凝重的說:「山伯啊,山伯,你果然是個書呆子,英台本是女兒身,九娘乃是英台閨中的名字,她是為自己做媒。」說完,開啟靠牆鑲嵌著螺鈿的紫檀櫃子,取出一個匣子,將一枚羊脂玉扇墜遞給了他,說道:「這是英台留給你的信物,快快到上虞去提親吧。」

梁山伯恍然大悟,原來英台就是九娘,又憶起往日英台時時流露出女兒態,嬌憨風流,別有風情,雖覺得他與眾不同,卻未曾深思。梁山伯

啊，梁山伯，你果然是個呆子。他接過扇墜，辭別了老師與師母，回會稽
郡稟明父母，隨後便到上虞去提親。到了祝府門外，梁山伯請求門子通
稟，不一會兒丫鬟銀心便出來迎接。銀心身穿女裝，已非先前那個俊俏書
僮的模樣，她告訴梁山伯祝父已謝世，大小姐英台正居喪，山伯大吃一
驚，五內惴惴，不知英台傷心成什麼樣了。

　　進了大門，銀心引著梁山伯與書僮九四一起進了大廳，請二人暫坐，
命僮僕奉茶，自己去閨樓喚祝英台。不一會兒，英台來了，身穿素服，青
黑色的秀髮梳成高髻，未多簪飾，只是斜插一支步搖。那張明月般的面孔
上，春山微皺，隱有淚痕，饒是如此，依舊令整個大廳為之生輝。這是梁
山伯第一次見英台身著女兒妝，不啻如見天人，竟是看得痴了。英台凝睇
微笑，顧盼間秋水盈盈，令他幾乎透不過氣來。二人相互施禮，分賓主坐
下，銀心向書僮九四使了個眼色，與之一造成偏房飲食，留下梁祝二人
說話。

　　梁山伯說：「鏡湖一別，如隔三秋。不料祝伯父竟然駕鶴西去，還望
妹妹節哀。」

　　祝英台說：「老父仙去，慈母又染上重病，門內無兄弟，門外無強援，
守孝期一過，還望梁兄盡快提親，切莫辜負愚妹的期待。」祝英台的聲音
裡隱隱帶著倦意，甚至含著幾分悲哀之音，但柔美婉轉，優美有韻致。

　　梁山伯直覺心頭湧動著夢幻般的震顫，從懷中掏出羊脂玉扇墜說：「師
母已將妹妹的信物轉交於我，君子比德如玉，我定然不會辜負妹妹的情
意。」說完，又珍重的收了起來。又說：「先前，我曾見妹妹極愛那柄泰
阿劍，只是未曾稟明師父，不敢輕易相贈，今日將劍奉上。」說著，將劍
匣遞了過去。

　　二人言語甚久，共登樓臺，從樓上望下去，遠處的山色被落日鑲嵌上了一個金邊。二人坐在欄杆邊，祝英台用手中的摺扇輕輕拍打梁山伯的手臂，低聲說道：「梁兄稍候，妹妹去換了衣裳吧。」

　　梁山伯微微頷首，祝英台進了內室。不一會兒換了衫子出來，她已脫了素服，穿了一件丹紅色綢裙，薄施粉黛，修長的脖頸上戴著七寶瓔珞，紫色的水晶和藍色琉璃襯映下，更顯得一張臉彷彿細膩的瓷一般，近乎是半透明的，手指白嫩而修長，彷彿盛開的花，輕攏裙袖，衣袖的突起部位閃爍著柔光，端坐在桌案的另一邊，儀態動作，輕緩而流暢，絲毫不凝滯，無不彰顯高貴的模樣，然而這一切在她身上，似乎並不是規訓來的，而是與生俱來。

　　梁山伯說：「妹妹就該穿這豔麗衣裳，才真正好看啊。」

　　祝英台粲然一笑說：「私室之內，自不必拘泥俗禮，我也是見了哥哥，才換上這紅妝啊。」最後這句話，說的不無親暱之態，然而在梁山伯聽來，卻並無越禮之處，反而覺得就該如此。二人你一言，我一語，長晝稍縱即逝，雖無耳鬢廝磨之歡，但言語間自有無限纏綣。

　　窗外下起了一場小雨，雨水來的快，去得也快，恰恰濡溼了院子裡的草木和地面，到處都閃爍著亮光，就像是為這個世界重新上色了一遍，使一切都顯得耳目一新，又生氣勃勃。

　　梁山伯在上虞旅寓一住經年，時長登門探望英台，轉眼到了第二年的早春時節，多次登門，銀心都告訴他英台身子不爽利，未能相見。這天正在屋內溫習功課，聽得樓下有個溫婉的聲音問店家：「梁公子在哪裡？」他趕緊起身下樓，見是銀心。銀心見了他，施禮說大小姐相請，原來是祝老員外的冥壽。

祝英台雖則還在三年的孝期之內，但因是日乃其父的冥壽，所以雖在廳堂之間，也換下素服，穿了一身新裙裝。梁山伯進門時，她剛從後院折了一枝梅花，多日未見，她那明豔的面孔略似消瘦了些，雖仍帶著一層淡淡的哀愁，但顧盼之間，神采飛揚，絲毫未減嫵媚。她的衣裝雖還是偏素雅，但換上了一身交裲裙，裙褶處鑲有銀邊，下襬也用銀線繡成花紋，輕移蓮步，銀浪翻湧，兩隻繡鞋如同飄在空中，足不踐地一般，真似飛仙一般。梁山伯說道：「妹妹也該在屋裡歇著，看樣子又瘦了。」

　　祝英台面帶喜色，卻又故作嬌嗔的說：「梁哥哥忒也狠心，若不是差人去請，便不來看妹妹嗎？」

　　梁山伯面色通紅，只覺英台的聲音愈加嬌媚而婉轉，貫穿肺腑，這個他熟悉的聲音，縱然是聽過一萬遍，仍舊覺得優美無比，他羞赧的說：「頻頻登門，卻又不得見，怕人們說閒話。」

　　祝英台也覺得自己的話說的唐突，兩朵紅雲飛上腮，一時間說不出話來。

　　還是丫鬟銀心伶俐，見僕婦奴子們紛紛側目，看著這一對璧人，趕緊對梁山伯說：「梁公子，院子裡風大，您和大小姐還是進屋說話吧。」

　　兩人轉身進了側首花廳，祝英台將手中的梅花插進一個灌了水的官窯白瓷瓶內，她湊近花瓣聞了聞香氣，將花瓶放回原位。銀心示意僕婦離開，自己親自為梁山伯和祝英台奉茶，祝英台微微一笑說：「好妹妹，你也下去吧。」

　　銀心戲謔的說：「大小姐才是那個狠心的，梁公子一來，眼裡就沒有我們這些下人了。」

　　祝英台輕叱道：「你這浪蹄子，還敢胡說，小心我撕破你的嘴。」

銀心低聲一笑，小跑著出了花廳。

兩人在花廳桌邊坐下，從窗外透進來的光，連同花樹的影子，也一併投射在英台的身上，彷彿那些花影附著於她，使她那青春容顏更具光彩，那一頭秀髮，烏亮的近乎閃爍青色，映襯著臉龐更加的豔光照人。梁山伯抵近身去，望著她那不畫而翠的雙眉，清澈的眸子，痴痴地說：「妹妹這副模樣，恐不是天上仙子下凡麼，不知梁某人是幾世修來的福分，怕是會折壽的吧。」

祝英台聽了這話，不但不喜，淚水卻撲簌簌滾落了下來，弄溼了衣襟，她用袖子擦拭淚水，寬大的衣袖翻滾，露出絳色的裡子，這姿態優美極了，雖然只是平常的舉動，但莊嚴而高貴，令人肅然起敬。原來，祝員外的喪事辦完後不久，夫人受此打擊，也染上沉痾，不久也謝世了。那馬太守愛子心切，日日遣人在祝家門外窺伺，奴僕早已將梁山伯拜訪祝家的消息通稟太守府上，所以催逼的更加緊迫了。適才，梁山伯說她是天人下凡，她想到自己現在無父無母，又沒有兄弟為支援，空有絕世姿容，卻難免被人欺侮，不由傷心落淚。

梁山伯望著她那因為淚水而更加透亮的瞳眸，說道：「妹妹不必傷心，伯父伯母的喪期一滿，我便下聘，早日成親。」

英台點了點頭，輕輕握住了梁山伯的手，牽著他的手進入內室，一同坐在榻上。她的手溫而偏涼，微微發抖，彷彿傳導著那怦怦亂跳的心，她的聲音美極了，低聲說：「梁哥哥休得再說那折壽的話，你我當效蕭史弄玉，攜手白頭，為神仙伴侶才好。」

梁山伯說道：「世間腐儒，但知倫常，不通情愛，似那般空度百年歲月，也只是殭屍死肉而已。我願與妹妹生同衾，死同穴，便是只此一刻，

也勝過百年。」

　　英台側身挨著梁山伯，聽了他的話，心旌搖盪，情絲纏繞魂魄間，覺得這人世間縱然是刀山斧鉞，亦可以承受，恍恍然有一夕萬年之感。

　　上虞山水明秀，佳處甚多，尤其是暮春時節，更有一番誘人流連之地。梁山伯寓居胡橋鎮雖然一年多，對這裡的一切早已非常熟悉，他得知謝安石曾隱居的「八分園」就在附近，其時園子雖然已易主，但仍存舊時風景，當即拜見園主，請求一觀。「八分園」為當地豪強劉千鈞所有，劉氏雖出身豪門，但卻有名士之風，無門戶之見，與出身寒門的梁山伯一見如故，還將園子的鑰匙交給他，請他暫居於此。梁山伯安頓停當後，便尋思請英台一遊，旬日置酒折花，讓書僮九四帶著自己的帖子去請英台。

　　英台穿了一身鵝黃袍服，腰間掛著一塊羊脂玉的玉珮，葛巾包頭，長髮披散，她重新穿上了男兒裝，但卻一副名士派頭，這在某種程度上，獲得了與梁山伯公開同行的機會。銀心並未扮成男裝，依舊是女子裝束，看起來像是侍女，甚至侍妾一般。她們沒有坐轎，而是騎著馬。到八分園門前，梁山伯早已在廊下等候，他命書僮九四將二人的馬匹拉到馬廄，他早已在白鶴池邊的亭子裡設了席。入席後，二人相互作禮，依舊以兄弟相稱，在一旁伺候的銀心和九四都哈哈大笑了起來。

　　祝英台固然換上了男兒裝，但在梁山伯的眼裡，已無法再將她當作男兒，縱然故作掩飾，她的一笑一顰中，都是女兒態。坐席四周壓著青銅獸席鎮，看樣子是相當有年頭的，說不定謝安石曾用過，蓆子上的經緯磨得閃閃發亮，但是十分潔淨，英台端踞其上，手持象牙柄麈尾，她的手也太白了些，和那扇柄幾乎無二，英風中帶著柔媚，言談間不下於竹林名士的風範。她不像是俗世，甚或不像是人間的女子，身在世家高門，卻全無閥

閥閨秀的那種偏見,她當然知道梁山伯出身寒門,然而自與梁山伯相識以來,對這些從不提及,反倒是梁山伯有些不自信,偶或提及,都被她一笑而過,笑容裡帶著超越世俗的東西。

英台像男子一樣,將手中的塵尾灑脫的插進腰帶間,右手端起一盞掛著紅色釉的陶製茶盞,在手裡細細端詳,茶盞的側面,用墨筆寫著「官奴」兩個小字,色澤很淡,不仔細看,幾乎不會太注意,這是書家王子敬的小名,她又拿起另一個掛著綠釉的茶盞,茶盞的側面也有兩個字,是「阿玉」,這是王子敬夫人郗道茂閨閣中的名字。閥閱世家的公子王獻之與同為閥閱世家的女公子郗道茂結婚,郗氏熱衷於茶道,督促工匠造了這麼一對茶盞,並親手在尚未燒製的泥胎上寫上自己與夫婿的小字。如此看來,這也是將近百年的遺物了。未曾料到竟然能夠傳世。梁山伯在兩個茶盞裡都注入茶水,略過須臾,祝英台端起那掛綠釉的茶盞,用左手的袖子遮擋,送到了唇邊,茶盞雖說粗拙,但因掛著一些綠色的釉,彷彿是春天裡淺嫩綠葉的顏色,在她手裡,有種十分特別的雅緻。她這種袖遮飲茶的姿態,伴隨著她白皙而修長脖頸的微微傾斜,彷彿在亭子裡勾勒成了一幅高士圖。

英台走後,梁山伯依舊經常來這白鶴亭坐坐,雖不設坐席,只在欄杆邊的花樹下席地而坐,但他沒忘帶上那盞青綠色的陶製茶盞,這是英台用過的,當他的嘴唇貼近茶盞,啜飲著茶水的時候,他想起了英台,她那潤澤的嘴唇輕輕的貼上這茶具的邊緣,發出並不存在的聲音。她飲茶時十分專注,似乎茶水的甘苦之味比一切都重要似的,那是一種大家族裡孕育的閨秀才有的嫻雅與恬淡。

春天快過完了,雨水漸漸多了起來,有時候一整天都在不停的敲打著芭蕉的葉子。梁山伯照舊來到亭子裡,他看著數日前設席的位置,英台曾

在哪裡坐過，似乎還遺留著那種獨特的芬芳，他知道，那是英台身上的香囊散發出的龍涎香的味道。也可能是天陰下雨的緣故，也或許只是自己的錯覺，他覺得亭子裡相當黯淡，總之，英台來的那一天，這裡有一種獨特的光明，那不止是柔情。

馬太守從奴僕口中得知，梁山伯隔三差五便去祝家拜訪，甚至與扮作男子的祝英台一起出遊，大為惱怒。一怒之下命人將梁山伯拘禁了起來，一頓拷打捶僽，試圖逼迫他放棄與祝家聯姻，未料拷掠太過，梁山伯一病不起，回旅店後不久，便辭世了。友人劉千鈞將他安葬在了胡橋鎮的一片竹林裡。

梁哥哥死了。

她不信。

直到梁山伯的好友劉千鈞將所有遺物送到祝府，才把「死」這個字和梁哥哥這個人連繫在了一起。梁山伯的遺物中有師娘轉交的定情信物羊脂玉扇墜，還有那隻掛綠釉的粗陶茶盞。書僮九四說，自從祝大小姐用過這隻茶盞後，就成了梁公子的最愛之物，經常用它來飲茶。祝英台握著茶盞，似乎能感受到來自梁哥哥的體溫。

梁山伯在遺書中說：

昔與賢妹初識於草橋，冰雪之懷，成金蘭之交。又同窗於鏡湖先生門下，詩書砥礪，辭章並進，如是三載，情契魂交。吳山別時，有結縭之約；樓臺相會，遂訂終身。玉窗之下，挑燈看劍；花廳筵上，吹簫聞琴；百年生世之好未成，奈何見欺於馬氏，至獲小恙，詢成遺恨。洛川波隔，銀漢離首。楚營綃帳，不得聯袂；杏簾桃溪，何以牽手。幽思一點，千里神合；此情所鍾，識於夢魂。天人永訣，後會無期。願言珍重，勤加餐飯，勿以兄為念。切切。

　　她拜祭了梁哥哥的墓，將墓碑擦拭的一塵不染，將自己用過的那個茶盞和羊脂玉扇墜一起埋在了墓碑下，彷彿連同自己的一生，也埋在了這裡。她背靠墓碑，彷彿靠在梁山伯的肩頭，撫摸著那柄泰阿劍。劍格錯金，金色紋理依舊絢爛。劍鞘雖然布滿磨損的痕跡，但是髹塗非常平滑，流溢著內斂的光芒，整體保存的很好，玉質劍璏上用高浮雕手法雕琢出一隻螭虎，虎口處帶有一些暗紅的沁色，彷彿是滲透在其中的血液一般。手經常握持的地方，留下了深重的印跡，那些印跡究竟是誰的手印呢？那個不肯過江東的西楚霸王項羽嗎？還是梁哥哥，也許是他們的印記疊加吧？時間過去了那麼久，大部分擁有過這把劍的人，包括梁哥哥都已經歸於塵土，但這些留在世間的痕跡，並未消散，那好像是一些神祕的符號，是留給能讀懂的人的密碼。祝英台用左手握在有印痕的地方，右手握持劍柄，輕按劍簧拔出了長劍，一泓清水般的絢爛光彩流溢在室內，她舉起劍來，劍光照亮了她的眉心，一張布滿寒霜的臉映照在劍鋒上，她輕輕一揮，空

氣被斬斷又匯合，真是一把好劍。她將劍也埋在了墓碑下，也許所有的力氣都用完了，她埋得很淺很淺，她決定立即答應馬家的婚事。

迎娶之日，祝英台要求馬太守與其子準備紙錠，到胡橋鎮再次祭奠亡兄，然後方予拜堂成親。馬氏父子雖覺得此舉不合常理，但馬文才求娶心切，仍然答應了所有要求。

迎親的隊伍抬著花轎到了胡橋鎮梁山伯墓前，英台額頭上纏著白絲，身穿素服，點燃紙錠，哭祭於墓碑前。祭奠完畢，從琴囊中取出琴來，在碑前彈奏了起來，邊彈便哭，愈哭愈悲，琴聲成變徵之聲，人人飲泣，個個悲戚，抬轎者、吹鼓手、僕人和圍觀者盡皆垂淚。馬太守見迎親之日，哭聲一片，實在不成體統，便走上前去，喝令僕婦將英台架上花轎，英台早已從墓碑下掘出寶劍，倉啷一聲，利劍出鞘，斬落了馬太守的束髮冠，斷髮遮面的馬太守唬的魂飛魄散，連滾帶爬的躲在了管家身後。

祝英台怒叱道：「狗賊，我生與梁哥哥為侶，死與梁哥哥同穴，豈會嫁入爾等奸人之家。」話說完，投劍於地，轉身向墓碑上撞去。一聲雷鳴，墓碑一分為二，墓穴裂開，祝英台縱身投於墓穴中。大地之下如同雷鳴，眾人紛紛後退，整片墓地籠罩在閃爍的電光中，空氣裡瀰漫著濃烈的芳香，一對團扇般碩大的絲帶鳳蝶從裂開的墓穴中飛了出來，越飛越高，越飛越遠，最終消逝在山水明朗，花木蔥蘢的天際。

馬太守受了驚嚇，回到馬府後便一病不起，不久就病亡了。接任的官員發現了馬氏一家貪墨的證據，上奏章彈劾，馬太守已死，不再追究，馬文才以罪人之子被流放嶺南，竄跡煙瘴之地，不知所終。

化蝶的故事一傳十，十傳百，經常有痴情男女在月圓之夜到梁祝墓前拜祭，據說非常靈驗。晚唐名士張讀聽說了這件事，有天晚上摸黑去憑

化蝶

弔，卻見四周銀光照眼，一對男女，靚妝盛服，立於花下。女子一襲紅裙，手持塵尾，男子身著白袍，腰懸長劍，向他遙遙致意，不一會兒就消失了。張讀懷疑自己做了個夢，然則四周雖陷入無盡的黑暗，空氣中飄渺的淺淺香氣並未散去。

【文獻鉤沉】

《梁山伯與祝英台》是中國古代四大民間傳說之一。唐代張讀所撰《宣室志》記載：「英台，上虞祝氏女，偽為男裝遊學，與會稽梁山伯者同肄業。山伯，字處仁。祝先歸。二年，山伯訪之，方知其為女子，悵然如有所失。告其父母求聘，而祝已字馬氏子矣。山伯後為鄞令，病死，葬鄮城西。祝適馬氏，舟過墓所，風濤不能進。問知山伯墓，祝登號慟，地忽自裂陷，祝氏遂並埋焉。晉丞相謝安奏表其墓曰義婦塚。」此篇雖短小而精悍，但卻是「梁祝」故事最早的完整文獻紀錄。後世如明代馮夢龍所撰《情天寶鑑》，明人徐樹丕所撰《識小錄》，清代瞿灝所撰《通俗編》，明清所修《上虞縣誌》中收錄的「梁祝」故事，內容大同小異，基本都沿襲了《宣室志》的故事架構。以上文獻均記錄祝英台為上虞人，梁山伯為會稽人，未曾提及英台小字，唯清代人邵金彪所撰《祝英台小傳》，稱英台的小字為「九娘」。後世舞臺劇大興，幾乎地方劇目皆排有《梁祝》的戲碼。

沉香

沉香

黎明時沒有風，然而雲層正醞釀著另一場大雨。

　　餓了一夜肚子的沉香早早就醒了，他摸黑走到了大海邊，海灣裡湧動的水波輕輕拍擊著海岸，好像一頭喘息的幼獸。他三天前來到垂雲灣，準備從這裡渡海，去宣夜島。不過，從他來的那一天開始，雨就一直沒停過，東北風瘋狂的呼嘯著，海灣裡濁浪翻滾，像一鍋煮開的水，整個海面上一片灰暗，更不要說有船了。他在距海灣三里遠的地方找到一個僅有三戶人家的漁村，寄居在名叫張老北的老漁民家。老人的房子十分簡陋，屋頂上到處都是窟窿，屋外下著大雨，屋內下著小雨。當他站在老人的門扉前，請求借住時，老人指著到處漏雨的屋頂無奈地搖頭，他看了一眼牆角的梯子，將自己小小的背囊扔給老人，自己冒雨爬上屋頂，花了大半天的時間，終於修補好那些被暴雨襲擊的洞。老人看著這個被冷雨凍得不停發抖的少年，臉色蒼白的像一張紙，趕緊煮了一碗鹹魚湯給他。捧著老粗碗，沉香連筷子都沒接，就將湯全部灌進了肚子，他實在太餓了。放下碗後，老人立刻又給他盛了一碗。

　　夜晚的狂風暴雨發出震耳欲聾的聲音，簡直令人心驚膽顫，似乎隨時都會將那薄薄的屋頂扯個粉碎。夜晚過去後，暴雨絲毫沒有停息，依舊下個不停。張老北告訴他，這場大雨斷斷續續下了半個多月了，家裡的糧食早吃完了，海上情勢十分危險，村裡的三戶人家誰也不敢下海打漁，都只剩下一點鹹魚乾了。

　　不知何時，雨聲停了，和張老北一起捱了兩天餓的沉香半夜醒了很多次，他從自己的背囊裡取出弓箭，決定去海灣邊上碰運氣，也許能射到一隻兔子。順便看看海面上的情況，如果天氣好的話，他想借張老北的船渡海。

沉香

　　在海灣凝望了一會兒，沉香看見海面上的雲層間隱隱然有一顆星星，星星的下面就是宣夜島。他的肚子又咕咕咕的叫了起來，只好轉身離開海灣，朝灑落大片黑影的山林跑去，令他意外的是林子裡比外間亮的多，他顧不上思考其中的玄奧，飢餓促使他豎起了耳朵，他聽見了獵物發出的聲音。三年的流浪漂泊，他成了一個好獵手。當他得知能拯救母親的法寶在宣夜島後，一刻也不停留的趕來這裡了。

　　山林裡的一切都在發光，樹木、花朵、小草，就連那些爬在背陰處的苔蘚也發出微弱的光芒。沉香聽到一種非常衰弱的聲音，彷彿是呼喚，又好像絕望的嘆息。他拉滿了弓，循著聲音小心翼翼的往前走去。聲音越來越大，林木發出的光芒也越來越亮，將山林照的像白晝一般。在巨大的美人松下，躺著一隻斑斕的巨獸，它的渾身都在閃光。沐浴在光芒裡的沉香感到內心充滿了溫暖，他鬆弛了弓，將箭插回箭筒。這是一隻四蹄如雪的動物，脖子上有青色的細長鬃毛，頭像馬，兩隻眼睛像藍色的寶石，額頭上長著碩大的獨角。巨獸看到人，鼻腔裡發出哀鳴般的聲音，沉香走上前去，見它腹部像隆起的一座小山，他伸手摸了摸，迅疾縮了回來，巨獸的腹部簡直像燒紅的火爐一般，將他的四根手指灼傷了。他注視著巨獸的眼睛，忽然心中一動，這隻巨獸是要生產小獸啊。他蹲守在巨獸的身邊，聽著一聲又一聲叫聲，簡直像一柄銼刀銼著他的心。天亮時，巨獸發出一聲哭泣般的哀鳴，一匹粉紅色的小動物從產道滾落在草叢裡。他趕緊將那小東西抱了起來，溼漉漉的，還沒有睜開眼睛。這時，彷彿天崩地裂一般，巨獸發出最後一聲哀鳴，一團藍色的火焰包圍了它，那團火焰越來越亮，又越來越弱，最後化作一縷藍色的光，消散在草木間。林木所發出的光芒，也跟著消失了。沉香知道，巨獸已經死了。他看著臂間的小獸，淚水

落了下來，灑在了小獸的身上。

「你和我一樣，生來就沒有見過媽媽，不知道她是生是死。好吧，讓我們一起去尋找。」他將胸前的袍子撐了撐，將小獸塞了進去，那小東西十分安靜，依舊沒有睜開眼睛。

沉香沒有射到兔子，不過倒打了兩隻野雞，這讓張老北十分欣喜。當他從懷裡掏出那匹小獸的時候，張老北的眼珠子都差點掉下來，他告訴沉香，這是「圖南獸」。圖南獸是上古神物，傳說在黃帝時期曾出現過，不食人間煙火，吸風飲露，喜歡吞金。沉香不信老人的話，他將野雞湯羹遞到小獸嘴邊，小獸毫不客氣的將他碗裡的湯羹吃了個乾淨，他又盛了一碗，結果又被吃了個乾淨。還餓著肚子的沉香無奈的拍了拍小東西的腦袋說：「還說光喝西北風就能活，原來也是個餓死鬼託生啊。」說完又哈哈大笑了起來，這時小獸睜開了眼睛，一下子竄進了他胸口的衣服，他癢極了，趕緊將它掏了出來。然而剛一揪出來，它就又鑽了進去，簡直把他溫暖的懷抱當成了巢穴。

早晨存在了片刻朦朧的微光，沉香就和張老北一起出海了，他跟這位老漁民學習駕船的技術，為渡海做準備。然而，他們剛剛下了網，又下起了大雨，風逐浪高，他們不得不匆匆收網，帶著可憐的漁獲回到港灣。儘管沉香還餓著肚子，但有了圖南獸（既然張老北說這是圖南獸，那就把它當做圖南獸好了）這個小夥伴，他似乎不太餓了。他已經習慣了忍飢挨餓，自從12歲時從家鄉逃出來，三年裡他四處流浪，尋找有關母親的消息。他知道，只有活著，活下去，才能找到母親。

張老北十分喜愛沉香，一有空就帶他出海，並承諾天氣適合出海，就把船借給他。12歲以前，沉香不知道自己的身世，他以為前宰相的千金

沉香

大小姐王桂英就是自己的母親，直到他在學堂裡打死了人，父親才捅破了他身世的祕密。他的父親劉彥昌年輕時無意功名，四處遊歷，有一次路過華山，夜宿華山神女廟，見一女子棲身廟中，便上前施禮，那女子毫無凡俗女子的扭捏，與劉彥昌談起歷朝故事，王朝興衰，信手拈來，令這位自負的大才子折服不已。二人談史、論道，如師如友，幾乎忘記了歲月的流逝，劉彥昌在這深山古廟逗留了半年之久，他已深深愛上了這思想深邃的女子，儘管他還不知道她的名字。他遣散了僕人，準備和這名女子一起隱居古寺。有一天那女子卻告訴他，她即將離去，他們的前世宿緣已盡。她名叫瑤華，乃是華山神女、小聖二郎真君的三妹。她已懷有他的骨肉，十個月後，會有一名仙姬將孩子送還給他。臨別時，她送給他一塊沉香為念，又告誡他千萬莫要尋找自己，人神相戀，已觸犯上界大忌，將面臨一場大劫。他只管撫養好他們的孩子，只有這個孩子才能解除她的劫難。最後，她又勸告他考取功名，既然身負奇才，就應以天下黎民為念，造福一方百姓，豈可獨善其身。

當年的秋闈，劉彥昌考中了狀元，並被點了翰林，致仕的前宰相王坦十分看重他的才華，將女兒王桂英嫁給了他。不久之後，劉彥昌在家門口發現了一個嬰兒，他知道，這就是自己的兒子，給孩子取名沉香。他將自己與瑤華的愛情往事告訴了王桂英，桂英接納了沉香，將他當自己的兒子一樣看待。一年之後，他與王桂英的兒子秋兒也出生了。劉彥昌翰林散館（相當於畢業），被授為編修，在禮部任職。沉香和秋官雖然相差一歲，但卻長得一樣高，斗轉星移，轉眼間都長大了，和禮部侍郎的外孫、兵部尚書的幼子等官家子弟一起在名為「歲寒堂」的學堂讀書。秋兒性格柔弱，沉香性情剛烈，雖然沉香是哥哥，但倒是秋兒讓著他的時候多。劉彥

昌念著沉香是沒娘的孩子，對他也更寵溺一些，凡是沉香想要的東西，他都會先給予沉香，好在沉香和秋兒兩兄弟互相敬愛，彼此懂得謙讓。有一天學堂裡轉來了個紈袴少年，名叫秦官保，是當朝太師秦璨的孫子，他依仗權勢欺辱老師，打掉了老師的一顆門牙，看著老師摀著流血的嘴，秦官保和一眾奴才們哈哈大笑，秋兒見老師受辱，十分不忿，上前和秦官保理論，結果也被推倒在地。沉香見弟弟受了欺負，飛起一腳踢向秦官保，也是那小子命當該絕，腦袋恰好磕在桌角上，斷氣了。闖下彌天大禍，兄弟二人趕緊逃回了家，告知父母打死人的事，兄弟二人都爭搶著說自己是凶手。聰明的父親很快就搞清楚了，打死人的是沉香。然而，他一想到沉香是個沒娘的孩子，就心痛不已。他讓秋兒承擔官司，卻讓沉香逃走，並告知了他母親的身分，他是神的後裔，他應該找到母親。就這樣，沉香背著簡單的行囊逃離了家鄉。他不知道的是，他逃走不久，太師就上書向皇帝參了劉彥昌一本，以縱子行凶之罪被流放嶺南，秋官也被太師家害死了。

　　父親說母親是華山神女，那母親應該在華山吧。逃離家鄉後，沉香一路乞討，經常棲身荒野，四個月後終於到達了華山腳下。在華山中峰下，他看到了一座破敗的古廟，匾額上隱隱寫著「神女廟」三個字。院中荒草叢生，狐狸和野兔出沒，配殿早已倒塌，只有主殿還算完好，殿頂上破了一個大洞，看得見天空，神像蕩然一空，只剩下殘破的神龕和遍地的碎磚斷瓦。他走到神龕前，跪了下到，心中默默祈禱：「娘啊，如果妳真的是神明，就顯靈吧，這麼多年過去了，妳為何不來看孩兒？」

　　沉香跪在地上，他把逃亡路上累積在心裡的話都向母親說了。忽然，神龕四周湧動起大團紫色的雲霧，響起一陣環珮叮咚的聲音，一隻金色的鳳凰顯形，鳳凰的影子裡走出一位仙子，頭戴玉冠，手執拂塵，身穿五彩

長裙，她俯身牽著沉香的手說：「我的孩兒，一隔十二年，為娘想你想的好苦。」沉香凝望著眼前的仙子，他好像在哪裡見過她，她的眼裡有他熟悉的東西，他想起來了，她就是經常出現在童年夢裡的人。

「娘，孩兒想妳想的好苦……」

瑤華的眼中垂下了淚水，像斷線的珠子一樣。她告訴沉香，當年之所以忍痛和他的父親分離，是因為他們的戀情已經被上界巡按神使發現，神使告訴了她哥哥二郎真君，真君非常憤怒，準備殺了劉彥昌。瑤華向二郎真君苦苦哀求，請求他饒恕夫君，自己願意承擔全部罪責。二郎真君命黃巾力士舉起華山，將瑤華壓在了山下，並立下大誓，日月易位，華山崩裂，她的劫難才能解除。瑤華說完了這一切，抖了抖衣袖，露出了鎖在手腕上的一條細長的銀色鎖鏈，那條鎖鏈已經深入骨肉，沾染著斑斑血跡。沉香心如錐刺，大叫一聲醒了，原來是個夢。他臥在一堆瓦礫中，周遭草木搖曳，寒蛩哀鳴，透過屋頂上的大洞，唯見殘星稀疏，一鉤清冷的彎月懸掛在西峰上。

怎樣才能讓日月移位，華山崩裂？

沉香在亂山裡走動，大聲呼喊著「娘，妳在哪裡，他把妳壓在哪裡，娘⋯⋯」

他一遍又一遍呼喊，他幾乎走遍了華山的每一條山溝，登上了每一座山峰，然而群山回應他的，唯有沉默。他在亂山間流浪，餓了就吃草根和樹皮，渴了就飲山泉水，僅僅過了半年時間，他的形貌就發生了巨大的變化，那個養尊處優、皮膚白皙的公子哥兒不見了，他變的面黃肌瘦，衣服破碎不堪，一頭長髮又髒又亂，腳上的鞋子早已掉了底，只好赤著腳，儼然長期乞討的乞丐，只有眼睛裡還閃爍著堅毅的光芒。既然救不出母親，那就在這裡陪伴母親吧。他在朝陽峰找了一個石穴，棲居其中。

他相信母親就被壓在這座山的某個角落。

造訪石穴的第一個人，或者說第一位神仙是雲華仙子。那一刻，沉香以為自己又做了個夢，他用力掐了自己大腿上的肉，確定不是做夢。雲華仙子腳踩祥雲，降臨在了他的洞穴門口，她告訴沉香，她是他母親的姐姐，準確的說是他的二姨。沉香一聽，立即問道：「我怎樣才能救出娘呢？」

雲華仙子說：「寧海蓮花山紫霞洞有個赤腳大仙，是個熱心腸，他會幫你，孩子。」

臨別，雲花仙子送給沉香一副弓箭和一顆火靈珠，作為見面禮物。

寧海距離華山何止千里，沉香再次踏上了乞討的道路，他一路上練習射箭，技藝逐日提升。路遇山林，便打獵為食。

蓮花山並不難找，知道紫霞洞的人卻很少，他幾乎問遍了在蓮花山見到的每個人，都不曾聽說過那座神仙洞府，就連那些在深山中採藥的人也搖頭。

沉香

也許，只有自己親自找才能找到。有些事，除了自己，別人是幫不上忙的。

蓮花山是一座林木茂密的山，一過午後，整座山就陰鬱了下來，彷彿被一個巨大的罩子罩住了。路上遇到的採藥山民和獵人，全都健步疾行，以便在天黑前離開這座山。沉香攔住一個上了年紀的採藥者，問他為何如此焦急，太陽還掛在半天呢。採藥人告訴沉香，這座山夜晚是屬於山神的，如果天黑前還在山裡，會遭到山神的懲罰，並勸告他也趕緊離開。

眼見的山色越來越陰暗，山道上的人影也越來越少，只剩下他一個人了，夜梟發出陰慘的怪笑聲，他的心中犯起了嘀咕，究竟要不要繼續進山？如果現在離開，也許還來得及。可是離開後，母親怎麼辦，不找赤腳大仙了嗎？他在山道上猶豫徘徊，眼見的遠處夕陽的餘暉越來越弱。他決定先下山，明天重新上山。為了說服自己，他不斷自我安慰，明天早些上山，也許就遇上赤腳大仙了呢。就在他轉身準備下山時，聽到身後傳來陣陣「篤篤篤」的聲音，是什麼東西在擊打山石，他朝聲音傳來的地方望去，林木太密，什麼也不看不見，他從箭筒裡抽出了一支箭，捏在手裡，隨著那聲音越來越近，他緊張的渾身冒汗。突然樹葉後閃爍起一盞燈光，燈影裡出現一個背木箱的人，木箱比人頭高，向前伸出一塊遮陽棚，棚子邊緣掛著一盞燈籠，照亮被濃密的鬍鬚包圍的黝黑面孔，那是一張稜角分明的臉，儘管臉上有不少歲月留下的傷痕，但絲毫無損其凌厲感，就如同一塊千錘百鍊過的精鐵。看樣子，也是採藥人。不過這個人只有一條腿，代替另一條腿的，是一支柺杖，原來那「篤篤篤」的聲音，就是柺杖磕在山道上發出來的。那人看見沉香後，並不覺得意外，似也不急著趕路，不疾不徐的在山道邊坐了下來。沉香趕緊上前施禮，說道：「大哥，你也是

採藥人麼，為何不像其他人一樣著急趕路？」

那黑臉漢子冷淡的看了沉香一眼，似乎不屑於回答他的問題，不過他的目光一落在沉香肩頭的那張弓上，目光頓時一亮，如同跳躍的火焰。

「小乞丐，你在哪裡撿到的弓。」黑臉漢子說。

「這是我自己的弓。」沉香生氣的說。

「哈哈哈……」黑臉漢子笑了起來，接著說：「你的弓，那它叫什麼名字？」

「名字？」沉香頓時一愣，他沒想過，原來弓也有名字。

「讓我告訴你吧，小乞丐，你背上的弓名叫『落烏』，是上古時后羿射日用的弓，是帝堯時的製弓名匠師張所造。你不配擁有它，把它給我吧。」

沉香見他不懷好意，轉身便走，黑臉漢子卻攔在了他，伸出熊掌般的大手說：「快把它給我。」

沉香一低身，靈巧的從黑臉漢子的肋下鑽了過去，拔腿朝山上跑去，那人雖只有一條腿，速度卻絲毫不慢，像影子一樣黏著他。就這樣，沉香在山道上跑了大半夜，始終也沒能甩掉那詭異的「篤篤」聲。他越想越怒，從肩上解下弓來，回頭覷的準了就是一箭，就聽「噹」的一聲，黑臉漢子的影子搖擺了一下，摔倒了。沉香見他中箭，心下頓時大悔，暗想那人與自己並無深仇大恨，只是想要弓罷了，何必置他於死地。此時，天色已完全暗了下來，伸手不見五指，沉香從懷中掏出雲華仙子所贈的火靈珠，五丈之內，頓時亮如白晝，他走到黑臉漢子倒地的地方，卻不見那人身影，向路邊搜尋，一大片野草被壓得東倒西歪，大約滾到坡下深谷裡了。他心中更加懊悔，那人墜落深谷，只怕生機渺茫。不如下去看一看。

他擎著火靈珠，搜尋通往谷底的小路，就這樣折騰了一整夜，天亮時終於下到了谷底。谷底並無那人的蹤影，或許沒死，沉香不由鬆了一口氣。此時的他累極了，靠在谷底的一塊大石頭上休息，不料卻睡著了。

沉香又夢見了母親，母親長出了幾縷白髮，他輕聲呼喚：「娘……」

母親面色十分緊張，一再催促道：「快跑，快跑，我的孩子。」

沉香猛的驚醒，聽得草木間傳來「篤篤」聲，那黑臉漢子早看見了他，嘶吼著喊道：「我非撕碎你不可！」沉香邊跑邊搭箭張弓，一個白猿望月，一箭射了出去，那人聽得弓弦響，張嘴咬住了沉香射出的箭。沉香大為窘迫，才跑出五六丈便被捉住，臉朝下狠狠摔在了地上，拳頭像雨點般落下，差點被打昏過去。黑臉漢子見沉香不動了，將他翻轉過來，企圖去拿那張弓，藏在沉香懷裡的火靈珠滾落了下來，此寶能照明、闢邪和照妖，那黑臉漢子被火靈珠的光華一照，頓時臉色如土，化為一道黃光不見了。

沉香從地上爬起來，不知發生了何事。他撿起火靈珠，用袖子擦拭了擦拭，珠子閃爍出五彩光華，光華中跳出三寸高的小人。沉香大奇，問道：「你是何人？」

小人兒說：「我是珠靈，適才你遭遇那老怪物的襲擊，是我救了你。」

沉香稽首說：「多謝仙靈救命大恩，那怪物為何要奪我的弓？」

珠靈說：「那怪物也算是有修為的人，識得寶物，不過畢竟是塊頑鐵罷了，它的法力遭受禁制，我會幫你找到它。」

沉香還想再問，珠靈已消失，但珠子不斷射出金光，指向山谷的西側。沉香手持珠子，跟著光芒，走了二裡多地，看到一個洞口，他快步朝洞內走去，洞內有桌案、生活用品，只是久無人整飭，落滿了塵土。洞壁

右側，有塊巨石，石頭上插著一柄劍，劍鋒上傷痕累累，但依舊閃爍著寒光。他握住劍柄，用力一拔，倉啷一聲，劍光閃爍處，那石頭已裂為兩半，握在自己手中的，是一柄殘劍。身後有人大笑著鼓掌，聲如洪鐘一般。沉香回頭一看，見身後站著一位袒胸露腹，身穿紅袍，手中拿著大蒲扇的禿頂老者。沉香稽首說：「貿然闖入仙長的洞府，罪過罪過。」

禿頂老者又發出一陣大笑，說道：「這並非我的洞府，不過是劍穴罷了。」

沉香說：「不知仙長在何處修行，還請賜教。」

禿頂老者盯著他的眼睛說：「我就是你要找的人。」

沉香一聽，喜從天降，趕緊下拜說：「原來是赤腳仙人，沉香有禮了。」

赤腳大仙將沉香扶了起來，沉香向他講述了自己一路尋訪的經歷，並說起昨夜那個怪人。

赤腳大仙說：「這就是緣分啊。」

沉香不明其意，疑惑地看著赤腳大仙。赤腳大仙告訴他，這把劍是上古戰神蚩尤所鑄，名為「龍缺」。蚩尤與黃帝在涿鹿爭雄戰敗，劍折身死，殘劍被丟棄在這裡，已經三千年了。此劍雖為上古頑鐵所鑄，但也有些靈氣，吸日月之精華，能幻化為人形。此劍為戰劍，其性嗜血，長在沒有日光的夜晚出現襲擊人，被人們相傳為「山神」。火靈珠為烈火之精，專能剋金鐵，故而照射之下，便禁制了它。昨夜的黑臉漢子，就是這把劍的劍靈。劍穴，就是「龍缺殘劍」的本身所在。採藥人，打獵人，修道之人，都知道這裡有個劍穴，人人都嘗試拔出這把劍，但誰也沒有成功。人會尋找合適自己的劍，劍也會尋找它的主人，沉香拔出了這把劍，意味著這把劍也接受了他。

沉香

沉香又問：「我最近經常夢見我的母親，是否意味著我距離她越來越近了？」

赤腳大仙反問：「你相信夢嗎？」

沉香沉默不語，也許那些夢不過是虛幻罷了。

赤腳大仙說：「孩子，你一定要記住，不要輕視你的夢，它會指引著你前進。」

沉香請求赤腳大仙用法術救出母親，赤腳大仙卻告訴他，二郎真君立下了「日月易位，華山崩裂」的重誓，除非誓言被打破，不然縱是大羅神仙也無能為力。

沉香不信的說：「過去立下的誓言，就不能收回嗎？」

赤腳大仙神情嚴肅的說：「我們無法改變過去，只能把握現在和未來。孩子，你應該著眼於自己，去戰勝你的敵人，而不是幻想你的敵人收回誓言。」

「怎樣把握？」

「需要兩件寶物，一件是盤古神斧，另一件我也不知道是什麼，也許到時候你就知道了。」赤腳大仙接著告訴他，太古之時，宇宙還處於洪荒時代，天地未開，混元之氣中孕育了一位巨人，名為盤古，他感到氣悶，心中的念力化為火焰，鍛造了一把巨斧，他用這把斧子劈開了天地，神族世界和人族的世界都從這裡開始。盤古開天闢地後，就沒人知道這把斧子的蹤影了。

沉香調皮的拍了拍赤腳大仙鼓鼓的肚皮說：「我猜，你肯定知道。」

赤腳大仙哈哈大笑著說：「你果然是個聰明的孩子。」

東海邊有個名叫「垂雲灣」的漁村，從那裡出海，一直向東，如果

順風的話，也許只要十天時間，就能看到「宣夜島」。盤古神斧，就在島上。

就這樣，沉香來到了垂雲灣。

惡劣天氣似乎結束了，天氣放晴，碧空如洗，大海平靜的像一塊青藍的磨刀石。沉香請求張老北將船借給自己，這位老漁民爽快的答應了，他在船上裝了兩罐淡水，還有醃好的鹹魚，三塊米飯糰，以及僅剩的幾塊乾糧，沉香帶上了弓和劍，看準了風向，獨自駕著船出海了。出海半日後，他聽到狹小的船艙下傳來一陣輕微的響聲，掀起船板一看，原來是圖南獸，不知何時，它也上了船。出海前，他曾將這個小東西託付給張老北照料，沒料到它還是偷偷上船了。也罷，既然上了船，那就陪我出海吧。

沉香學會了在航行中釣魚，他已經習慣了海上的日子，對船隻的熟悉程度和一個老漁民沒有區別。順風的時候，他調整好船帆，讓自然的力量推著船前進，逆風時，他也能利用船的側帆，不過更多的時候他都是奮力揮槳，因為他害怕那可憐的帆被風撕壞。有時候海面上出現一些巍峨的大山，山上長著蒼翠的松柏，逶迤而下的山脈動人極了。有時候他看到水中升起一座九層琉璃寶塔，寶塔每一層的門口都端坐著一位衲子，用平靜的目光注視著他。他還曾在夜晚看到一艘燈火輝煌的巨船，與他的小船相比，那簡直就是一座移動的島嶼，船上笙歌不絕於耳，划船的都是長著三個腦袋的巨人，更令他驚異的是，這些巨人的手腕上全都拴著鐵鐐。他曾聽張老北說過，這些都是幻像，是一種名為蜃的巨大海怪吐出的氣息幻化而成的，看到這種景象要十分警惕，以免落入海妖的圈套。事實上，那些神奇的景象雖然不少，但是海妖一次也未曾遇到過，倒是恐怖的風暴隔幾天就來一次，每次都讓他心力憔悴，他時時擔心小船被風暴扯成碎片，自己墜入萬劫不復的大海。

沉香

　　不知在海上度過了多少時日，有風暴的日子越來越少，好天氣一直持續著，海水彷彿是透明的一般，可以看到水中游動的魚和蝦。圖南獸成了他旅途中最好的夥伴，它已經學會了游泳，常常躍進海水裡，有時候會跑的很遠，消失了蹤影，不過只要他一呼喚，立刻就會游回來。

　　帆順著風，船航行的十分快捷，坐著掌舵的沉香經常打盹。有一天，圖南獸又像往常一樣跳進海水，向遠處游去了。原本通透的海水忽然變得像墨汁一樣，黑乎乎的，就連天空也暗了下來，黑暗一層壓著一層，層層疊疊，天空竟連一絲星光也沒有。張老北曾告訴沉香，東邊的大海有個地方叫黑龍洋，盤踞著一條上千年的黑龍，十分凶殘，即便是航行最遠的漁船，也不敢到那個地方。沉香大吃一驚，大聲喊道：「圖南，圖南……快回來。」他沒有得到任何回應。

　　圖南獸肯定是遇到了麻煩。沉香掏出火靈珠，照亮了海面，海水黏連稠濁，無風而浪，浪高數丈，忽然海水下響起一陣鐘聲，那聲音由遠至近，越來越響，不停的撞擊著沉香的耳膜，整個世界都像被扣在一口敲擊

的鐘下面似的。沉香感覺船有異常，拿起槳奮力向前划去，但已來不及了，船隻被吸進了一個直徑幾十丈的巨大漩渦裡，鐘聲正是漩渦中發出來的。他用老船伕交給自己的方法，奮力划船，嘗試擺脫漩渦，然而細小的船槳擊打在水波裡，收效甚微。鐘聲越來越響，最後簡直如同雷鳴，被火靈珠照亮的水波裡，隱隱然似有魚龍游動，沉香暗想，海上鐘鳴，必定是海妖作祟，他彎弓搭箭，朝海水中閃光的地方射去，霍喇一聲巨響，小船幾乎被掀翻，一條黑色的巨龍從海面上飛了出來，眼睛上插著沉香射出的那支箭，在空中蜿蜒飛翔數周，凌空而下，直擊沉香的小船，沉香放下弓，拔出殘劍，奮力揮向襲來的龍，電光火石間，一隻龍角被斬落艙中，黑龍長嘷一聲，鑽入了水底。沉香一手高擎火靈珠，一手執劍站在船頭，見黑龍在周遭遊弋，須臾不敢放鬆警惕。黑龍見無機可趁，潛入深水中去了。

折騰了大半個晚上，沉香疲倦極了，他剛想打個盹，忽然被人推醒了，原來是劍靈，那黑臉漢子怒目圓睜，斥責他說：「大敵當前，你還有心思睡覺。」

沉香側耳傾聽，水中果然有聲響，那聲響極為細微，好像是無數人在躡手躡腳的走路，又像是一群螞蟻在啃噬大象，令人頭皮發麻，毛骨悚然。沉香拍了拍黑臉漢子的肩膀說：「有你在，我必能戰勝黑龍。」

一個巨浪，小船被掀飛到半空，黑龍伴隨著一條淡金色的螭龍左右夾攻，沉香縱身一躍騎在了黑龍脖頸上，掄圓拳頭便打。劍靈也飛舞在半空，與那螭龍周旋，墜落於海水中的小船，瞬間被撕得粉碎。兩條龍在海天之間上下翻飛，不斷的發出長嘯，海水彷彿開了鍋一般，上千條大大小小的蛟龍從水中飛騰而出，沉香和劍靈彷彿風暴中的枯葉，眼看性命不

保。就在這千鈞一髮之際，海面上響起了一聲清越的嘶鳴，圖南獸從雲間飛了下來，口中噴吐著火焰，利爪所到之處，蛟龍猶如朽木枯枝，紛紛墜落於大海中，黑色的海水被染成了赤紅。沉香大喜，高聲喊道：「圖南，快過來。」

圖南獸張開兩翼，疾飛而來，黑龍向騎在背上的沉香哀求道：「請英雄饒命。」

沉香說：「乖乖回你的水府，管好你的龍子龍孫，若是再敢攪擾漁民，傷害往來船隻，我必定取你性命。」

黑龍連連稱是。

沉香躍上圖南獸的背，望著黑龍鑽入水底。天空的黑幕慢慢撤走，天穹掛滿了繁星，沉香心知脫離了危險，劍靈也不見了蹤影，他拍了拍劍鞘說：「謝謝你幫助我。」他趴在圖南獸的背上，準備好好睡一覺，神獸會將他帶到他想去的地方。天亮的時候，海面上射出一道道光芒，雲層從魚

肚白變成了金色，最後變成了火焰般的顏色，和海水連為一體，整個海面好像也燃燒了起來。沉香被眼前的一切迷住了，他還是第一次騎在圖南獸的背上，看到這樣的景色，更令他欣喜的是，他看見了島嶼，沒錯，是島嶼，一座懸浮在半空中的島嶼，烈焰般的陽光給它鍍上了一層玫瑰色。

他終於跨過了命運的那道門檻。

得到盤古神斧的沉香騎著圖南獸飛回蓮花山，拜赤腳大仙為師修習法術。為了盡快將母親救出來，他十分勤勉，經常天還沒亮，已在後山練功了。歲月如梭，時光又過去了兩年，他將師父傳授的一百零八路「逐日趕月斧法」練習的精熟。這一天，師父將他叫到法床前，對他說：「沉香，你的法術已成，下山去救你娘吧。」

沉香激動的眼淚流了下來。

從宣夜島歸來時，他就曾準備去拯救母親，但赤腳大仙卻告訴他，沒有法術，盤古神斧和一柄普通的劈柴斧沒有區別。在這三年裡，他無時不刻的想去救母親，然而每當他向師父陳說時，師父都說「時機未到」。有一次，他激動的問師父，什麼時候才算「時機到了」。

師父只說了一句話：「能戰勝你的敵人的時候。」

這一天終於來了，他對著後山打了一個響亮的口哨，圖南獸就歡樂地跑了過來，它徹底長成了一匹巨獸，登山渡水，騰雲駕霧自不必說，發出一聲嘶鳴，就足以讓龍虎顫抖。沉香灑淚拜別師父，拎著盤古神斧跨上圖南獸的背鞍，一聲風響，已起在半空中，片刻間，蓮花山越來越小，像小土丘一般了。

圖南獸的腳程足可追星趕月，到了華山中峰，落下雲頭，沉香騁目四望，雲海茫茫，千峰林立，不知母親被壓在何處。他跳下獸背，站在山石

上大聲呼喊:「娘,孩兒來救你了……」一聲聲呼喊,化作了回聲。他掄起神斧,朝山峰劈下,轟隆一聲,一道雷火從天而降,斧子被彈了回來,沉香情知有異,抬頭見一隻白色的細犬從雲中奔襲而來,兩目如火,閃爍著紅色的光,尖嘴利齒,如同兩排短劍,沉香不敢大意,從鞘中拔出殘劍,向空中一撩,劍氣化作銀虹,直貫蒼穹,哮天犬被劍氣擊傷,嚎叫一聲轉頭朝雲間逃去了。雲層裡鼓聲如雷,閃爍的電光在空中劃出無數金色的弧線,彷彿金蛇在雲層中狂舞。雲開處,一群神將身穿獵裝,披著短甲,雁翅般向兩翼排開,中間一匹白色的天馬,馬背上端坐著一個三十多歲的中年人,頭戴金冠,披著紅袍,額頭上比旁人多了一隻眼睛,馬前站著黑色的粗矮蒼頭,一手牽犬,一手架鷹,看樣子似出獵一般。馬背上的人看了一眼沉香,喝道:「哪裡來的小兒,敢在華山撒野。」

沉香見那人三隻眼,架鷹帶犬,心中暗想:「此人大概就是我舅舅,小聖二郎吧。」他不屑於搭話,躍上了圖南獸,拍拍獸角,朝中峰飛去了。二郎真君見這少年不將自己放在眼裡,氣不打一處來,一揮手,天兵天將將沉香圍在了空中,上下東南西北,如同一張大網一般。沉香凜然不懼,一手持劍,一手執斧,催動圖南獸四面攻擊,一時間空中雷聲大作,天空被撕開了無數口子,神將們像被撕碎的紙人,從雲端倒撞下去。二郎真君見這少年身手不凡,又見他的兵器都是利器神兵,便按住火氣說:「那小兒快報上名來,不然休怪我下手無情。」

沉香冷笑一聲說:「我母親是瑤華仙子,我乃劉彥昌之子沉香。」

二郎真君先是一陣驚愕,隨即哈哈大笑起來,說道:「原來是你這孽種,今天正好將你斬草除根。」說著,一拍馬頸,揮舞著三尖兩刃刀刺來。

沉香也不示弱，一拍獸角迎了上去，舅甥二人斧來刀往，殺得難分難解，頓時陰雲慘淡，華山峰頂捲起一場巨大的風暴。二人大戰三百回合，不分勝負，二郎真君元神出竅，化作一隻金雕朝沉香襲來。沉香曾聽師父赤腳大仙說過，舅舅最擅八九玄功，有七十二種變化，就連大鬧天宮的齊天大聖，也曾著了他的道兒。好在圖南獸能窺破幻象，且擁有一雙隱翼，他見金雕飛來，立刻豎起隱翼，金雕撞在隱翼上，如蜻蜓撞在石牆上一般，歪歪斜斜的飛了出去。沉香見舅舅的招式慢了，摧動圖南獸繞到他身後，從腰間解下師父所贈的銅錘，猛擊其後背，二郎真君聞聽風聲，早化作了一道白氣，但還是慢了半拍，他只覺得嗓子眼發甜，一口熱血噴了出來，朝東南方逃走了。

　　沉香並不追趕，將圖南獸降落於西峰，祭起盤古神斧，斧子如同被一隻看不見的大手舉了起來。他跪倒在地，默默禱告：「如母親壓在西峰，則斧落山開；若母親不在此處，則斧劈山不開。」一聲驚天動地的巨響，山峰被一劈為二，形成巨大的峽谷，谷中湧起紅色的霧氣。沉香縱身一躍，朝谷底墜了下去。甫一落地，見紅霧從一孔巨大的石穴中湧出，他一邊往洞穴中跑，一邊大聲喊：「娘，娘……」

　　洞中傳來一陣微弱的回應：「孩兒，為娘在這裡。」

　　沉香從懷中掏出火靈珠，霎時穿透霧氣，洞中被照得雪亮。洞中石柱上，兩根銀色的鏈子間鎖著一個中年婦人，形貌與夢中所見的母親一般無二。他立刻衝了上去，揮劍斬向鎖鏈，電光四射，利劍卻未斬斷鏈條。

　　沉香撲通一聲跪在了母親面前，望著母親的慘狀說：「娘，孩兒來晚了。」頓時淚如雨下。

　　瑤華仙子牽著沉香的手，替他擦乾淚水，說道：「你舅舅雖然戰敗，

必定不肯罷休，況且誓言只打破了一半，華山雖然崩裂，但日月不曾易位，這根鎖著娘的鏈條也就不會斷開。」

沉香說：「娘，怎樣才能讓日月易位？」

瑤華仙子注視著長大的兒子，這是個天不怕地不怕的孩子，她輕輕的說：「孩子，靠近些……」

沉香向前挪動，將頭貼近母親的臉。

瑤華仙子用低的幾乎聽不見的聲音說：「能讓日月易位的法寶是寶蓮燈，你舅舅曾想讓娘用這件法寶來換自由，可是如果給了他寶蓮燈，娘就再也見不到你了。」她將祕藏寶蓮燈的地方告訴了沉香。

沉香告別母親，離開了石穴，他剛一離開華山，劈開的山又重新合在了一起。

寶蓮燈藏在泰逢山的無怨寺，那是一座既不在人間，也不在天界的山，而是幽冥之山，只有死去的人，才會去往哪裡。那是一個大羅神仙也不願意涉足的地方，踏入泰逢山地界，所有的法力和仙術都會遭到禁制。也就是說，所有進了泰逢山的人，都會變得非常脆弱，無論是神仙，還是普通人，都沒有分別。

無怪乎二郎真君搜遍三界，都沒有找到寶蓮燈。

泰逢山的山門入口有一座廢棄的古塔，旁邊豎立著看不清碑文的石碑。沉香望了望天空，天空是灰色的，他知道，這是一條沒有任何外援的路，就像荒野的旅行者，只能一個人趕路。然而他並不覺得孤獨，因為他心裡裝著母親，那是一種燃燒在血液裡的東西，永不枯竭，永不熄滅，不斷的給予他力量。那是愛。是母親對兒子的愛，也是兒子對母親的愛，是雙向奔赴的情感力量。

過了古塔，整個天空突然像被蒙上了寡婦的面紗，所有的一切都喪失了色彩，只剩下灰色。沉香感到內心空蕩蕩的，雙足彷彿踩在沙子上，從內到外都沒有著力的地方，就連內心深處那厚實的，確定無疑的信念，也變得不可靠。他對一切都產生了懷疑，母親、宣夜島、師父、舅舅、華山、蓮花山、垂雲灣，還有被自己打死的秦官保……所有的人，所有經過的地方，都好像是在夢中，也許自己一直都在夢中，在思念母親的夢中不肯醒來。他恍恍惚惚的沿著腳下的路往前走，看到一座影子般的大殿，殿門的匾額上隱約有「無怨寺」三個字。他並未看見那三個字，便抬腳走了進去。兩腳跨進門檻之後，他被一股巨大的力量吸引著，進了一個狹窄的、螺紋式的洞，洞非常狹窄，將他擠扁、拉長，將他身體內與現實有關的東西都擠了出來，擠進了一個木碗裡，最先流進去的是眼淚，他感到悲傷、哀痛、悽苦，眼淚不停的流著，最後流完了，開始流血，他感到錐心的痛，彷彿一萬把刀子攪動著他的五臟，無數鋸子切割著他的皮肉，巨大的錘子敲碎了他的骨頭，利爪扯斷了他的腸子，磨盤將他的五臟六腑全都碾成了粉，最後他變成了一根羽毛般輕盈的遊絲，飄在一個虛空的世界。

　　我是誰？

　　我為何在此？

　　他不斷的重複著這兩個問題，然而每次他問完，還來不及思索，便又忘了為何而思索。

　　再次問自己，我是誰？

　　我為何在此？

　　……

　　他被困在了一個虛空世界，一個連自己是誰都不知道的世界。

沉香

　　他喪失了對一切的座標，來自世間的所有一切維繫都斷了，先是視覺，然後是聽覺，最後是味覺和意識、情感、記憶、顏色、光、形狀……所有，一切，全都斷開。他不但喪失了對愛的感覺，也失去了飢餓、困惑、痛苦、恨意，就像一灘沒有任何水分的沙子。

　　他做了個夢，夢見自己躺在懸崖上，一隻白色的紙鳶飛在天上。

　　一瞬間，他夢見了母親。

　　我的孩子，記住媽媽，不要忘記回家的路。

　　他在尋找母親，母親何嘗不也在尋找他。母親在他的夢裡，他也在母親的夢裡。

　　他寂靜獨行，但是從來沒有忘記自己是誰。

　　一剎那間，彷彿太陽突破了烏雲，所有的一切重新灌注進了他的身體，就像空口袋裝滿了糧食，內部是甘甜的。沉香發現自己站在一座巨大而空蕩的殿堂裡，大殿正中央有一座雕像，雕像背後的牆壁上，隱隱約約有壁畫，雕像前的臺案上有幾千盞早已熄滅的銅燈，落滿了灰塵。沉香將燈盞一一點亮，他看清了壁畫上，是〈目犍連救母圖〉，父親曾給他講過這個故事。目犍連的母親名青提夫人，出身於豪富之家，但是為人貪婪而刻薄，經常宰殺動物，滿足自己的口腹之慾，對世間的生靈沒有慈悲心，後來落入餓鬼道。目犍連尊者成道後，不忍母親受苦，就用自己的法力給母親送飯食，但是飯食入口，立刻化為火炭。為了給母親贖罪，目犍連不斷行善業，向眾生施捨，將光明帶給他們，最後終於使母親解脫，脫離了苦難。壁畫前的這座雕像，正是目犍連尊者，他一手指向虛空，另一隻手舉著燈盞。

沉香望著雕像手中的燈，靈機一動，他意識到那就是寶蓮燈。他從雕像手中取下燈，準備將它點亮，卻聽得虛空中一個聲音說：「沉香，你已拿到寶蓮燈，盡快離去吧。」

　　「為何不讓我點亮它？」

　　「點亮寶蓮燈，泰逢山、無怨寺都會消失。」

　　「消失又何妨？」

　　「這裡積聚著眾生之哀，你既已突破苦恨之海，何不快快離去？」

　　「此處既不為沉香所設，又何必為眾生所設。」

　　「你以為點亮寶蓮燈就夠了嗎？」

　　「若點亮一盞不夠，我就點亮十盞，十盞不夠，我就點亮百盞，百盞不夠，我就點亮千盞、萬盞。」

　　「若要你留在這裡呢？」

　　「若能救出母親，何妨以我為燈；若能盡除眾生之哀，何妨倒掛一天星河。」

　　他點亮了寶蓮燈，一切都灰飛煙滅了，只剩下一座殘破的古塔，彷彿遠古時代的遺物。

　　大地似乎在顫抖，天空也在顫抖。

　　彷彿翻轉了一面鏡子，整個世界倒了過來，大地在上，天空在下。太陽未升起來，月亮先突破了雲海，放出了銀色的光華。仙人們驚慌失措，不知發生了什麼。

　　日月易位，乾坤顛倒，一天星河盡落人間，他點亮了億萬盞燈。

沉香

原來，寶蓮燈有這般巨大的威力。

沉香騎著圖南獸，朝華山飛去。神獸剛一落地，他便劈山入穴，砍斷鎖鏈，救出了母親。

我的孩子。我知道，你一定會回來。母親凝視著他的臉。

「娘，泰逢山和無怨寺都沒有了。」

「我知道，我的孩子。那是為娘之哀，是娘的哀怨和恨意積聚成的幻像，你點亮了燈，驅散了幻像。」

「娘，我們回家吧。我們去找爹爹。」

【文獻鉤沉】

「沉香」是中國神話傳說《寶蓮燈》中的人物，這個故事又名《劈山救母》，元雜劇中已有劇目。明代南戲劇本《劉錫沉香太子》講的也是這個故事。劇中沉香的父親名叫劉璽，字彥昌，與華山神女三聖母相戀，被其兄二郎神壓於華山下，生下其子沉香。但在清代致文堂本

《新出二郎劈山救母全段》中，卻記載了二郎神劈山救母的故事，另外如明代小說《西遊記》，明人朱鼎臣所撰《唐三藏西遊釋厄傳》，民間所刻《二郎寶卷》、《惠民大帝解厄新懺》、《祈祥品經》等書中都零星記錄了「二郎劈山救母」的故事，很可能「二郎劈山救母」才是這個故事的原始版本。

三生石

三生石

　　名士王暢性格疏闊，樂善好施，尤其嗜好飲酒，經常杯盞不離手。有一年赴蜀中，寄居在廢棄驛站中，看到冀土中有具骷髏，就命令僕人將骷髏清洗乾淨，第二天移到山坡向陽處重新安葬，並用酒食祭奠。此後數日，天氣隱晦，大雨下個不停，他便暫居廢驛讀書。

　　有天夜晚，雨漸漸小了，他聽到有敲窗的聲音，便問道：「窗外是誰？」

　　窗外人回應說：「我受了您的大恩，避免陷於汙穢之苦，無以報答，願受你的驅使。只怕貿然現身，會驚嚇到您。」

　　王暢素來豪邁，笑著說：「既然來了，不妨一見。」

　　門開了，進來一個道士，年約四十歲左右。

　　王暢當即拿出酒，與道士同飲。道士也不推辭，連飲數盞。王暢見道士的酒量很好，非常高興，喚醒睡在隔壁的僕人，命他搬出大罈佳釀，與道士豪飲起來。道士告訴王暢，他名為李霄，本貫襄陽，二十年前從陝道入蜀，寄居在驛站，適逢盜寇，遂在此處遇害。王暢不因他是非人，而有所輕視，坦言自己數次科舉考試，都未能中榜，故而沉溺於酒，以排遣不得志的悲哀。

　　李霄說：「我略懂得相面術，您現在不得志，只是時運不濟，二十年後，您定然能夠位居節度使。」王暢這時已經醉了，對李霄的話並不放在心上。

　　次日，王暢酒醒，窗外晴空麗日，涼風怡人，他就和僕人騎著驢出發了。翻過驛站前的小山，見道士李霄站在路旁，懷裡抱著一個大酒甕，招呼他一起共飲。王暢感到十分訝異，他曾聽人說鬼物白天不能現身，不知李霄何以與常人無異，但他並未詢問，而是下了驢，兩個人坐在路邊又喝

了起來。一直喝到日上中天，王暢邀請李霄一同入蜀，李霄爽快的答應了。至此，兩人登峨眉山、訪武侯祠，遊巴山大峽谷，遍遊蜀中山水形勝，成了莫逆之交。

　　成都豪門卓大官人聽說名士王暢在蜀，十分仰慕他，就透過相熟的朋友居中引薦，請王暢來赴宴。卓家有個名叫雅兒的歌姬，卓大官人對她十分喜愛，視若性命，雅兒善於彈琵琶，胡旋舞更是名動巴蜀，只是不能飲酒。王暢當時喝高了，藉著酒勁，強行令歌姬每人喝一杯，雅兒只得硬著頭皮喝了一口。沒想到酒一入喉嚨，渾身顫抖，面白如紙，癱倒在地氣絕身亡了。

　　王暢嚇得魂飛魄散，酒也醒了。眾人手忙腳亂，不知該怎麼辦，李霄走過去把手放在雅兒的額頭上，似乎還有些溫。他告訴眾人，自己有個偏方，只是需要一個白牛頭和一大甕酒。卓大官人立即命僕人到市上去，用高價買了一個白牛頭和一甕美酒。

　　李霄讓卓大官人找了一間僻靜的房間，將雅兒放在床榻上，在榻下放大木盆，將甕中酒都倒進盆裡，在木盆上橫放一塊木板，將牛頭安置在板上。設席焚香，焚化了一道符。退出來，順手將門關上。李霄告誡卓大官人，天快亮的時候，聽到曉鼓響，屋子裡有牛吼叫的聲音，必須立刻將門打開。

　　卓大官人派了兩個謹慎的老僕專門守在門外，王暢和其餘人都夜宿隔壁院落。半夜過去了，毫無聲響，眾人也各自睡著了，守門的兩個老僕人也不例外，只有王暢衣不解體，始終未闔眼。忽然聽得牛吼如雷，他衝進院子，打開了靜室的門，一頭牛怒目而出，不知去向。他進入房間，盆裡的酒已乾，歌姬雅兒茫然若失的坐了起來，彷彿丟了魂似的。

　　過了幾天，雅兒恢復了正常。她告訴王暢，那天一杯酒落肚，忽然來了一輛馬車，車中少年強行將她擄上車，帶到了一所大屋子。屋內的人都衣冠鮮亮，列筵張樂，請她在筵席上彈奏琵琶，她彈奏到高潮，座中少年

郎歡呼大笑。她懇求離去，但宴席上的人堅決不許她出門。酒過三巡，門外聲震屋瓦，座中少年相顧失色，一個高達兩丈的牛頭金甲天神闖了進來，手中拿著大戟，把酒席打得粉碎，酒客們抱頭鼠竄，紛紛逃避。雅兒駭的一步也不敢動，牛頭天神到了她跟前，將她扛在肩上，一路狂奔，不知跑了多久，醒來後卻發現自己在床榻上。至此，卓大官人對王暢和李霄視之如神，留著二人小住了一年，三日一小宴，五日一大宴，日子過得像神仙一般。

留居蜀中久了，王暢漸漸厭倦，他建議李霄和自己同出三峽，由巴蜀入荊襄，李霄卻希望王暢原路返歸，回長安去。王暢從前在長安應科舉，五次不第，發誓再不入長安，聽李霄說要去長安，以為他迷戀長安的浮華，就有些慍怒之色。

李霄笑著說：「行止天定，既然你想順江東下荊襄，我便隨你去吧。」王暢這才又高興起來。

船到了奉節，見船首有五彩光芒，李霄說：「江中必有至寶，我為王兄取寶。」便突然扎入江水，一會兒托著一塊璞玉浮出。王暢愛不釋手，不停地撫摸著那塊石頭。船暫時靠岸，二人尋酒家飲酒，見一個婦人，頭上纏著絳色頭巾，身懷六甲，背著水甕正在泉邊汲水。李霄面有不豫之色。王暢問他為何不樂。李霄說：「我魂遊二十年，被困在驛站，雖然修成鬼仙，但卻不能投胎。幸虧得到您的協助，脫離苦海。這個婦人懷孕十三個月，一直不能臨盆，就是我躲著不肯投胎的原因。我不願走水路，是希望能和你相處更久一些。現在躲不過去了，我們就此分別吧。」

王暢聽了他的話十分悲傷，流下了眼淚。

李霄卻面色平靜，對他說：「你我宿緣深厚，我雖再世為人，但我們

的交情不會斷。三天後,請你到我家來看新生兒吧。」當夜,李霄就不見了。

王暢找了個雕琢玉的工匠,請他把江中得來的那塊璞玉雕琢成玉珮,那工匠一見這塊石頭就連聲稱讚。

王暢問他:「石頭好在那裡?」

老玉工說:「這種玉石,名為三生石,傳說為上古仁人君子精魂所化。俞伯牙和鍾子期在溪谷相識,就曾遇到過這樣一塊石頭。」

琢玉的玉匠在玉珮上雕琢了麒麟,王暢就將玉珮命名為「麒麟佩」。

三日後,王暢打聽到了汲水婦人的家,帶著琢好的玉珮去拜訪。

柴門蓬戶,雞鴨滿院,一隻大黃狗溫和的叫了幾聲。王暢剛走進門,就聽室內傳來嬰兒的哭聲,一個婆子喊道:「老劉家的,你老婆生了,是個大胖小子。」

一個強壯的漢子從對面的屋子跑了出來,進了產房。王暢請求看一眼嬰兒,那漢子就抱著孩子給他看。王暢細看那孩子,眉眼間似有幾分李霄的神色,他用手撫摸著嬰兒的額頭,輕輕的說:「老朋友,你還記得我嗎?」

嬰兒睜開烏溜溜的大眼睛望著他,發出一陣咯咯咯的笑聲。那漢子和接生婆都感到十分驚奇,尤其是那婆子,更是瞪大了眼睛,她還從未見過初生嬰兒睜開眼睛就笑的。

王暢也不說破,留下三十兩銀子和那塊玉珮,說此兒將來必定非凡,應善加教養。

此後,王暢蹉跎了五年,進入將軍侯希逸的幕中。當時,正逢安史之亂,節度使割據,天下洶洶。將軍侯希逸採納了王暢的奇謀,以少勝多擊

破了向潤客、李懷仙等叛軍，被朝廷任命為平盧節度使，王暢也被侯希逸推薦為將軍，單獨率領一師。安史叛亂徹底平息後，侯希逸入朝被拜為右僕射、封上柱國，由王暢代行節度使之職。

　　王暢投效軍旅十五年，以幕賓而為將軍，又因平定叛亂有功而入帥府，治軍極嚴，士兵凡入民舍，即便只取一芥，也立刻斬首。故而，其大軍所過之處，秋毫無犯，人們都稱他為「王鐵面」。他每次查營，營中士兵鴉雀無聲，大氣也不敢出。有一天傍晚，王暢帶著牙兵進了軍營，見士兵們正在蹴鞠，兵士們見了他，立即垂手恭立，只有一個極善鞠的健兒，好像沒看見似的，一腳將球踢得數丈高，輕輕一伸腳，腳尖兒上好像有磁力一般，又將落下的球緊緊黏住。王暢覺得那健兒十分眼熟，但一時想不起來在哪裡見過，命牙兵將那人喚來，問其姓名，那人自稱劉漢。王暢將劉漢留在身邊當牙兵，後來一步步提升為牙門將軍。

三生石

有天清晨，王暢起床準備辦理文案，卻發現官印不見了。他不動聲色，命幕僚在軍中暗加查訪，然而偵查數日，都沒有任何線索。

劉漢見王暢雙眉不展，便問他：「王公深受朝廷信任，但面色不樂，是出了什麼事嗎？」王暢就將丟了官印的事據實相告。

劉漢說：「王公治軍極嚴，馭下有方，必定不是軍中之人所為。我願意為公效勞。」王暢便授命他辦理此案。

會天降大雨，王暢在城中赴宴歸來，喝得半醉，劉漢為他牽著馬回衙，走了一個多時辰，他猛然發現不是回衙的路，當即責問道：「為何不走平日的路？」

劉漢說：「請王公與我一起辦那件緊急案子吧。」

這時王暢酒也醒了，看清了街市，乃是北城的勝業坊一帶。春雨新霽，有一個十七八歲的女子，身穿青衣，腳蹬木屐，面罩紗巾，站在路邊的花樹下。

王暢喝問：「你是何人？」

那女子沒有正面回答他的話，而是說：「王公的官印有了著落，恭請大駕明日光臨西山大覺寺。」話音一落，轉身飛上屋簷，幾個起落，不見了蹤影。

王暢暗想，這必定是劍俠一流。

第二天天沒亮，王暢就帶著牙兵們到了大覺寺外。寺廟前有一座鐵浮屠，雖有九層，但高不過丈，每層的門都非常小，容不下一個拳頭，實在是座微型的塔。最高一層處似乎有個影子，飄忽之間，宛若黑色的蝴蝶，瞬間落在馬前，逐漸變大，是昨日那個女子。

那女子揚手將包裹拋入王暢懷中，又消失於塔中。

王暢打開包裹，藉著曙光，發現正是失而復得的官印。

回到府衙後，王暢將劉漢招入內室，問他是否也是劍俠一路。

劉漢神祕的一笑，說道：「王公還記得二十年之約嗎？」

王暢覺得這話蹊蹺，劉漢又說：「王公忘了故人李霄嗎？」隨即掏出麒麟玉珮放在了桌上。

王暢啊呀一聲，緊緊握住劉漢的手，無怪乎他覺得劉漢的樣子似曾相識。他一再詢問劉漢的經歷，劉漢卻笑而不答。當夜，王暢置酒帳中，二人一直飲到二更。王暢喝得大醉，隱隱然聽劉漢說：「宦海浮沉，王公當急流勇退，不然恐大難及身。我與公日後還會相見，望您善加珍重。」

天亮後，王暢發現劉漢不辭而別，立刻派人在勝業坊一帶查訪，但未得到任何線索。

王暢任平盧節度使十年，時已五十多歲，有天出城打獵，晚歸回城，見城門緊閉，他命牙兵喝令城守開門，卻見副節度使趙功成站在堞牆邊，大聲對他說：「王公，你居官太久，對兵士苛刻，士兵們都畏懼你，我恐怕你入城會有殺身之禍。不如我將家眷送出，你速速離開吧。」

王暢知道城中發生了叛亂，自從安史之亂後，驕兵悍將屢次劫持節度使自立，或者驅逐節度使另立留守。他只好無奈的答應了趙功成，在500名牙兵的護送下，和家眷一起直奔長安。當時，侯希逸早已謝世。朝廷依照慣例，加封王暢為檢校工部尚書，這是一個有職無權的名譽銜。他託病不上朝，隱居在長安城外。

王暢離開官場後，閉門謝客，幾乎日日縱酒，逐漸眼花耳聾。有天管家告訴他有訪客求見。他命管家引入廳堂，見一黑衣男子偕著懷孕的婦人走了進來。王暢雖覺眼前人十分面善，但腦子裡一片空白。

三生石

男子走到近前說：「王公，你還記得我嗎？我是劉漢呀。」

王暢扶著短幾，向前伸長脖子，搖了搖頭，表示聽不清楚。

男子掏出一枚玉珮，在案上以手畫字：「你還記得李霄嗎？」

王暢盯著男子的眼睛，眼眶逐漸變得朦朧。劉漢將玉珮繫在他腰間的玉帶上，兩個人都笑了。

那女子始終未摘下面紗，大約就是從鐵浮屠中取回官印的女俠吧。

次日，王暢辭世了。

家人按照遺言，像僧人一樣將他火葬。

不久之後，劉漢的妻子生了一個男孩。令人驚異的是，嬰兒一直攢著拳頭，不肯鬆開。直到滿月，來了個僧人，他捏捏嬰兒的臉蛋兒說：「三生之緣，還未解開嗎？」

嬰兒鬆開了手，赫然攥著那塊麒麟玉珮。

劉漢的眼淚流了下來。

【文獻鉤沉】

「三生石」的傳說見於宋代所編大型類書《太平廣記》，講述了僧人圓觀和士大夫李源的友誼和緣分。明代小說家馮夢龍根據這個傳說，進一步創作了《明悟禪師趕五戒》的故事。另外，明人張宗子《西湖夢尋》，清初古吳墨浪子《西湖佳話》都記載杭州有名為「三生石」的景緻。其中宗子記錄尤詳，云在下天竺寺後。

歌仙

嶺南有山名鈞天峰，草茂林密，蛇蟲遍布，暮猿哀吟，常年籠罩在雲霧之中。天氣晴爽的日子，偶爾有人聽到山中傳來唱歌的聲音，婉轉動人，如同天籟。人們口口相傳，山中有座歌仙臺，是天上的仙子唱歌的地方，也有人說是山精樹妖作怪，總之，從沒有人敢進山。羅城女子劉姝，年齡十三歲，在家排行第三，喜歡唱山歌，挑水時唱歌，煮飯時唱歌，縫補衣服時唱歌……，幾乎沒有什麼是不能編成歌來唱的，當她唱歌時，公雞停止了打鳴，騾馬忘記了鞭傷，農人們忘記了一天的辛勞，人們都說她是歌仙轉世。

劉姝聽過歌仙臺的故事，她十分心動，很想去聽聽仙子們唱的歌。有一次，族中的兄弟們去柳州經商，她便在後半夜女扮男裝混進了隊伍，天亮時才被大家發現，已走出太遠了，無法遣回，只好帶著她。船到鈞天峰下，大霧瀰漫，溪谷中波浪翻湧，船家畏懼不敢前行，把船暫時停靠在了峽谷中的一個荒僻村莊。所有人都下船，把貨物卸在岸上，將船也拖上岸，避免被水漂走。入夜後，借宿在農家的商隊完全睡著了，只有劉姝睡不著，她聽到山頂上傳來一陣歌聲，悄悄下了床，躡手躡腳走了出去。

劉姝走到江邊，見橫波如鐵，漁火村燈，沙明山靜，一陣狗叫的聲音，心中充滿了喜悅，這是她從未有過的經歷。她沿江岸往前走，過了一座小山，到了溪江交會處，山高岸束，蔥蔥綠色中有隨風搖曳的花朵，不知什麼鳥兒還沒有歇息，發出一片清脆的聲音，簡直像是琴聲叮咚。大霧早已散去，群山沐浴在一輪皓月之下，遠處山頂上有個纖細的身影，高髻紗裙，歌喉婉轉。劉姝聽得痴迷，循著歌聲向前走，不知不覺越走越遠，高一腳低一腳，登上一座丹紅色的山峰，峰頂十分平闊，中間有一方池塘，泉眼裡汩汩的不停冒著水，那池塘並不見滿。池邊長著七八株美人

松，如同傘蓋一般，遮住了池塘的一半，使得池塘一半澄靜，一半折射著月光，彷彿半明半暗的鏡子。忽然大風吹來，林木瑟瑟，牛犢般大的雲豹跳了出來。劉姝來不及呼救，就被豹子撲倒，叼著朝山中跑去，她直覺的兩耳生風，就昏死了過去。

豹子叼著劉姝到了一座洞府前，低聲嚎叫一聲，丟下她跑進深草中去了。

劉姝甦醒後，見一位身穿綠衣的女子坐在身旁，恢弘的洞府邊飛泉流瀑，鹿鳴鶴翔，高聳入雲的殿閣間有飛橋連綴，橋上的女子有的抱琵琶，有的抱笙，有的手拿玉笛……只有斜靠在松蔭下的白衣女沒有樂器。劉姝顧不得拍打身上的塵土，向身邊的綠衣女施禮說：「我被豹子叼來不死，定然是神仙姐姐相救，請姐姐告知芳名則個。」

綠衫女笑著說：「我輩是瑤池金母座下十二玉女，我名王子瑤。大貓並無傷人之意，你誤闖歌仙臺，它便將你叼來，也是我們之間有緣。」

劉姝驚訝的說：「姐姐就是歌仙臺的仙子嗎？」

王子瑤說：「怪不得人家說你是下界的歌仙，真是聰明伶俐。」

手拿鼓槌的仙子石芳菲說：「既然人家上了山，好歹也開開口，唱一曲。」說著，用手推了一把身邊抱著七弦琴的仙子范成君。

歌仙

　　范成君微微一笑，嘴角顯出兩個淺淺的梨渦，縱身飛下長橋，拍著松樹下小憩的白衣仙子安法嬰說：「要跟人間的歌仙比唱歌，還得是小妹呀。」

　　安法嬰振衣而起，斜睨了一眼諸位仙子，微嗔道：「姐姐們就愛拿小妹尋開心。」又朝劉姝調皮的眨了眨眼說：「說不定，你比我唱的好。」

　　劉姝見安法嬰體量未滿，頭上紮著下垂的小辮，看起來只有八九歲的樣子，憨態中別有一番情致，趕緊欠身說：「請仙子妹妹賜教。」

　　安法嬰說：「我們還是去那耍子的地方吧。」話未說完，挽起劉姝，頓時腳下生雲，諸位仙子朝歌仙臺飛去。到了松下池邊，石芳菲雙手在空中輕輕一劃，座前便出現一架金鐘，流溢著金光。她拿著小錘子輕輕一敲，諸位仙子們奏起了一支名為《元靈》的曲子，安法嬰輕啟朱唇，頓時連天空的流雲都停了下來。劉姝頓覺心境澄澈，陶然忘機。一曲唱完，劉姝拜伏於地，朝安法嬰叩首說：「仙子妹妹如同天日，劉姝我好比燭火，實在是慚愧，慚愧。」

　　安法嬰扶起劉姝說：「姐姐切莫自謙，你在人間的歌聲我們都聽到了。」

　　劉姝再次下拜說：「不知仙子妹妹肯收我為徒否？」

　　安法嬰說：「你若想學音律，何必拜我一人為師，向諸位姐姐們討教便是了。」

　　劉姝一聽大喜，當即向八位仙子一一施禮。仍舊是石芳菲敲響金鐘，爾後董雙成吹奏雲龢笙、王子瑤擊打青玉璈、許飛瓊吹玉笛、阮凌華起舞、范成君彈繞梁琴、段安香擊紅牙板。一時眾聲澂朗，靈音駭空。安法嬰唱起了一首名為《簫韶》的歌。過了一會兒，空中異香撲鼻，白鶴飛舞，有人笑著說：「諸位妹妹在這裡快活，卻把姐姐我忘了嗎？」一位身

穿五綵衣裙，騎著鳳凰的仙子從天而降，落在了池邊。

石芳菲敲一記金鐘，曲子戛然而止。

八位仙子放下手中的樂器，起身向乘鳳的仙子施禮，為首的王子瑤說：「簫韶九成，有鳳來儀，還是姐姐來的巧。」

跨在鳳凰背上的仙子弄玉說：「我在天上聽到歌仙臺絲竹不斷，就知道是你們，真是天上清涼不如人間樂。」

年齡最小的安法嬰拉住弄玉的手說：「姐姐來的正好，我介紹一位來自人間的歌仙給你。」說著，將劉姝拉到了弄玉跟前。弄玉上上下下打量了一番，粲然一笑說：「真是個可人兒，我來的匆忙，沒帶禮物，就送你這個吧。」說著，從自己的皓腕上褪下白玉環，戴在了劉姝手上。

劉姝趕緊辭謝，安法嬰卻說：「弄玉姐姐的禮物，可推辭不得，將來引你回歸上界，這便是憑信。」她只得拜謝收下。

就這樣，劉姝在山上向仙子們學習音律和歌唱，轉眼間九天過去了。她失蹤後，人們在村口發現了雲豹的腳印，都說是被豹子叼走吃了。和她同來的人哭了一場，無奈的離去了。

過了些日子，鈞天峰的溪谷裡傳來一陣悠揚的歌聲，有個身穿青裙的女子腳踩一根竹子，激起的白色浪花有一丈多高，像飛箭般疾行而來。人們紛紛傳說歌仙下凡了，跑到岸邊圍觀，卻只聽得餘音裊裊，不見人的蹤影。

劉姝回到家中後，得知父母思念她成疾，都已在三年前去世。她悲痛欲絕，始知天上一日，人間一年，時間已經過去了九年。劉姝回來的消息很快傳遍了四鄰，上門求親的人絡繹不絕，就連羅城縣令也遣媒人上門為兒子說媒。

男大當婚，女大當嫁，劉姝答應了街坊鄰居們說媒的事，但她有個條件，那就是誰能對上她的歌，她就嫁給誰。

對歌的地方在村前的塘堰邊，一條大溪從堰邊流過，十里八村的青年男女們都來對歌，大多是來尋找自己的意中人的。劉姝划著竹筏，在川流中唱到：

清風陣陣吹過塘，
遍地野花香。
這裡的蜂子，那裡的蝶兒，
亂紛紛的過了牆。
何處的少年郎，
令人斷腸。
……

有那豔羨劉姝容貌和歌喉的年輕人，立刻上前對歌，然而不是文辭粗鄙，便是斯文掃地，一個個窮形盡相，接不上劉姝的歌，就連縣令請來的最有學問的人也敗下陣去。眼看得太陽偏西，也沒有一個人俘獲她的心。年輕的小夥子們讚嘆著劉姝的歌喉之美，又哀嘆自己命運不濟。劉姝唱到：

手執絲線江中流，
線上是金釣鉤，
不為釣魚龍，
只願釣著那如意郎君
不怕個人兒害羞。
……

就在人們準備散去時，忽然從下游傳來一陣歌聲，那人唱到：

手持竹篙江中流，
你在上游我下游，
人間最是個惹人羨，
相親相近水中鷗。

劉姝聽到那歌聲，頓時喜上眉梢，接著唱道：

入山看到藤纏樹，
出山看到樹纏藤。
藤生樹死纏到死，
樹生藤死死亦纏。
……

歌仙

　　就這樣兩個人你一首我一首，誰也不讓誰，誰也贏不了誰，不分高下。

　　那是個名叫阿牛的青年。

　　羅城縣令得知劉姝與阿牛相戀後，氣的七竅生煙，大發雷霆。命令衙役將他二人拘捕到公堂上，戴上了鐵鐐和鎖鏈，想透過威脅使劉姝屈服，嫁給自己的兒子。百姓們聽說劉姝和阿牛被抓去審訊，都紛紛趕到公廨圍觀。羅城縣令命劉姝下跪，劉姝唱道：「我上跪天，下跪地，中間跪父母，為何跪你這昏官……」

　　歌聲未歇，她和阿牛頸項上的木枷碎裂墜落。她繼續唱，公堂上的瓦片紛紛滑落，打的縣令和師爺頭破血流，鑽進了桌椅底下，來不及鑽桌子的衙役紛紛抱頭鼠竄。

　　百姓們拍手稱快，劉姝和阿牛趁機逃走了。

　　羅城縣令遭到羞辱，很不甘心，命令縣尉帶著衙役們到處抓捕劉姝和阿牛，他們在江上轉了幾個月的圈，聽得見歌聲卻看不見人。有人說劉姝在右江，也有人說她在左江，還有人在紅水河看見了她，也有人說她已經搬去了柳江。總之，八桂之地，到處都有她的歌聲。

　　數百年之後，還有人曾在灕江一帶看見劉姝，她划著竹筏，在江中悠悠然的唱著歌。還有人看見她騎著一隻雲豹，出現在鈞天峰外的峽谷裡。民間傳說，她本是天上的歌仙，憐憫人間疾苦，主動請求降臨凡塵歷劫，劫滿後被天上的仙子弄玉接引，重新回到了天界。她經常降臨人世，為民除害，人們親切的稱她為劉三妹。傳說過於久遠，人們逐漸忘了她的名，又稱她為歌仙劉三姐。

　　「劉三姐」，或又稱為「劉三妹」、「劉三太」、「劉三媽」，是中國古代傳說中的人物。南宋王象之《輿地紀勝·三妹山》云：「劉三妹，春州人，坐於岩石之上，因名。」系最早的記錄之一。清代《蕉軒隨錄》記載：「廣東陽春縣北八十里思良都銅石巖東之半峰，相傳為李唐時劉三仙女祖父墳，今尚存，春夏不生草。劉三仙女者，劉三妹也。《寰宇記》、《輿地紀勝》均載陽春有三妹山，以三妹坐巖上得名，今不知何在。」以神仙之名命名山川形勝，意味著這個故事流傳之廣。清人屈大均《廣東新語》，王士禎《池北偶談》也都記載了劉三姐的傳說，並稱之為「蠻歌之鼻祖」。

鞭龍

鞭龍

劉雄是金城郡人，初任州官，為官清廉，能體恤百姓。有一年他管轄的會州發生了大旱，從春天到夏天，數百里之內的泉眼全都乾涸了，河流斷流，水塘見底，禾苗枯萎，百姓苦不堪言。境內有一村，名為馬纏嘴，三面環山，綠樹成蔭，赤崖成峽，懸崖下有深潭，廣闊二十餘丈，碧波如鏡，天旱水不減一分，洪澇水也不增一毫。村中原本無潭，百餘年前一夕，突然雷雨暴作，金龍從天而降，將碧潭從遠處移來。此處原本四面環山，與外界不相通，當晚山脈被鑿開一處缺口，形成大峽谷，峽谷曲折幽深，潭水從遠處奔流而入，在峽谷盡頭形成此潭。晴明後，人們發現新出現的峽谷極為巧妙，繞開了民居和墳塋，就連草木鳥蟲，也一無所傷。水潭周圍的樹上棲居著一種紅腹小鳥，每有風將樹葉或雜物吹入水潭，小鳥就飛下去叼走，使得水潭彷彿一面被勤加拂拭的鏡子，纖塵不染。遇到天旱的季節，州內吏民聚集在潭邊，設席焚香祈禱，向潭中投擲明珠螺鈿，進行祈雨，必定有所應驗。

有個從外地卸任的官員帶著家眷經過馬纏嘴，與家人一起遊賞碧潭，談起祈雨的事，官員的頑劣兒子不信，還向潭水中吐了口痰。不一會兒，有巨魚從水波中躍起，金鰓紅尾，鱗甲如雪，風雨大作，潭水暴漲，將官員一家捲入滾滾洪流。事後，僥倖未淹死的官員尋找自己的家人，發現都只受了些輕傷和驚嚇，不過車馬和搜刮來的財物都丟失乾淨了，只得垂頭喪氣的離去。當地吏民感於金龍靈驗，在潭邊修建了一座龍祠。然而這一次，劉雄帶著官員和絡繹不絕的百姓來祈雨，卻絲毫未見一滴雨水。

有個并州女巫，姓曹，流落到金城，得到金城郡守王原的賞識，長期住在其府上，恰逢朝廷的監軍使來辦理公事。曹姓女巫給監軍使看相，說他將來必定大貴，監軍使心花怒放，將她帶到了都城，並推薦給了皇帝。

這個女巫不知使了什麼花招，皇帝也聽信了她的話，還賜給她紫袍，頒給了「天師」的稱號。自此之後，她以「曹天師」的名號隨意出入宮廷，還在官民中招搖撞騙。御史實在看不下去了，向皇帝上了一個奏本，請求將曹天師斬首，皇帝沒有接受這個諫言，但下詔讓曹天師離開京城。

曹天師離京後，又回到了金城，郡守田原像對待欽差大臣一樣厚待她，為她建造府第，提供飲食。曹天師更加跋扈，收了不少門徒，還欺凌官員，大肆斂財，出入都乘坐著豪華的車駕，氣派等同於王侯。適逢會州大旱，民間有傳言，只有曹天師到龍祠祈雨，才能解除大旱。州官劉雄給郡守寫信，請求曹天師來祈雨。曹天師自從得到皇帝頒的名號後，十分狂妄，連王原也不放在眼裡，故而對劉雄的書信不加理會。

劉雄久不得信，只得親自趕赴郡城拜會曹天師，曹天師答應了他的祈雨請求。

在官員們的簇擁下，曹天師乘坐著有傘蓋的車駕，一路從郡城到了會州，州內大小官員悉數來參拜。州衙內盛設供帳，宴席上陳列著各種珍饈佳餚和美酒，從早到晚絲竹之聲不絕於耳。到了第三天，劉雄離開酒席，到階下躬身下拜說：「上天久不降雨，老百姓活不下去了，勞請大師祈雨吧。」

曹天師很有派頭的抖了抖袖子，輕鬆的說：「這是小事一樁，我飛符到天界，命職掌雨水的天曹降雨。」說完，就和一眾官員出發，到龍祠舉行祈雨儀式。

四方百姓聽說曹天師祈雨，紛紛來觀看，可儀式結束後，天空絲毫不見一朵雲，連續三天都萬里晴空。曹天師說：「上天不肯降雨，是因為州官無德。我將明日親自到天界，七日內必定會有一場大雨。」

劉雄自稱有罪，對曹天師更加恭敬，每天提供精美於之前十倍的飲饌。

曹天師第二次祈雨後，老天絲毫不給他顏面，依舊沒有下一滴雨的意思。眼見的不下雨，圍在州衙外的百姓們鬧成了一團，曹天師有些害怕，半夜和土地們駕著車準備逃走，出城時被守軍發現了，攔了回來。

劉雄獲悉消息，趕緊去拜見曹天師，請求她留下來繼續祈雨。

曹天師面有怒容的說：「你這庸官，天不下雨乃是天道，你留我幹什麼？」

劉雄恭順的說：「我並不敢強留天師，只不過是想等天亮後和官員們一起送別罷了。」曹天師放下心來，面容也和緩多了。

次日天亮，曹天師左等右等，也不見僕人送來洗臉水，更不見人請她飲宴。她一向跋扈慣了，大發脾氣，砸毀了館舍內很多東西，這才見劉雄慢騰騰的帶著幾個執矛披甲的猛士來拜會。曹天師雖然膽怯，但仍然假意責難劉雄怠慢。

劉雄斥責說：「你這個左道巫婆，今天就是你的死期，你還敢再侮辱人嗎？」說完，命甲士將她捆起來綁在馬上，拖到了碧水潭邊，扔進了水潭。

圍觀的士民們像炸了鍋一般，紛紛呼喊：「上官殺了天師，上官殺了天師。」

當時天空一絲雲也沒有，曹天師被扔進水潭後，劉雄的頭頂出現了一片雲，大小如同車蓋，很快烏雲四合，雷聲大作，下起了雨。百姓們紛紛歡呼。然而雨才下了不多的幾滴，就颳起了大風，雲被吹散了，烈日依舊噴吐著爍石流金的光芒。百姓們像被施了定身法，絕望的跪在地上，發出一陣陣哭號。

劉雄仰頭望著烏雲飄散、不見纖翳的天空說：「上天有好生之德，豈會坐視百姓餓死，這必定是天曹瀆職。我應當親自祈雨。」說完，他命士兵們將祠堂內的龍神塑像搬到水潭邊，他一手執香，一手執鞭，大聲祈禱說：「我劉雄身為州官，為民之利害不懼生死，以一個時辰為限，天若降雨，我必定供奉三牲酬謝。時辰一到，若還不降雨，我必定鞭打瀆職之神。」

　　龍神塑像被搬到烈日下曝晒，百姓、州吏、士兵們圍堵的裡三層外三層，不知劉雄葫蘆裡買的是什麼藥。

　　光陰一寸一寸的流逝了，龍神雕像貼金的臉在烈日下閃爍著刺眼的光，絲毫不見下雨。劉雄看了看日影，時辰到了，他手執鋼鞭，砸向龍神塑像，隨著幾聲脆響，泥塑木胎裂成了一攤。吏民們看得瞠目結舌。與此同時，天空響起了炸雷，烏雲翻滾著，排山倒海一般，傾盆大雨連續下了兩天，數百里之內的焦枯原野無不得到潤澤。

鞭龍

郡守田原聽說劉雄將曹天師投入水潭淹死，非常震驚，但得知他鞭龍祈雨的事，又轉怒為喜，向皇帝上書，陳述了事情的始末。皇帝認為劉雄是一位正直無畏的官員，不但赦免他無罪，而且親自下詔書嘉獎，賜錢十萬。不久，調任到京城，讓他追隨齊王領兵作戰，因戰功進封為侯。皇帝對他說：「富貴不歸鄉，猶如錦衣夜行，我讓你擔任本州守官吧。」旋即任命他為河州刺史。

當時，吐谷渾經常侵襲河州地面，自從劉雄來了之後，數次射殺吐谷渾的騎士，從此之後邊關平靜多了，關隘的大門夜晚也不關閉，商旅通行無阻。

劉雄多謀善戰，多次率領小股騎兵突襲敵人的大營，累積戰功，最後被授為上大將軍、封趙郡公。皇帝命他出鎮幽州，他與突厥人作戰而死，追授為亳州總管。他當年鞭打龍神的那座神祠，慢慢荒廢了，鳥兒們再也不來叼落葉了，潭水最後也乾涸了，但是那裡的大峽谷，至今猶存。

【文獻鉤沉】

「鞭龍」的故事是甘肅靖遠一帶的民間傳說，以口頭敘事的方式存在，在地方戲劇，民歌中多有傳唱。

青丘天狐

青丘天狐

　　青丘是一座險峻的山脈，終年為雲霧遮蔽，偶爾雲霧散去，隱約可見飛瀉的流泉和山崖上的亭臺樓閣，然而很快又隱沒，如同海市蜃樓。有人說那是神仙的居所，也有人說那是狐族的領地，雖然只隔著一條河，但百樂村的人從未涉足。

　　彷彿是一種默契，河對岸也不曾有人過來，甚至連一隻飛鳥也沒有。

　　百樂村只有幾十戶人家，村舍圍繞打穀場，村裡有一個鐵匠鋪，幾戶獵人，還有一個郎中，在這蠻荒之地，算得上方圓百里內最大的村莊了。怪事發生在十月初十的「豐年祭」，那天全村人都集中在村子中央打穀場，桌案上擺滿了一罈又一罈農家釀造的酒醪，還有一年到頭很少見的炙肉，男人們從早喝到晚，女人們忙前忙後。晚暮時分，一輛牛車衝進了打穀場，車子還未停穩，車上的人就大聲嚷嚷：「黃郎中，黃郎中在嗎？」

　　喝的滿臉通紅的黃大郎從酒桌上抬起頭說：「誰叫我？」

　　車上的人跳了下來，三兩步衝到他跟前，拽起他的袖子說：「快跟我走，我娘子要生了。」

　　黃大郎打了一個酒嗝，掙脫那人的手說：「我瞧病，不接生，去找接生婆呀？」

　　那人火急火燎的說：「接生婆早到了，她說是難產。」

　　黃大郎一聽站了起來，打了個趔趄，那人趕緊扶住他，幾乎被扛上了牛車，黃大郎胡亂揮舞著手說：「藥箱，藥箱在家裡。」

　　一個穿青布裙子的姑娘跑過來說：「爹爹，你趕緊上車吧，我去拿藥箱，你們在村口等我。」她是黃大郎的女兒，阿含。

　　黃大郎的家在村西頭，距村口不過十來丈遠，阿含抄近路，反而先到家。走到門前，她剛要推門而入，聽到屋子裡傳來說話的聲音，她不由一

218

驚。村人們幾乎都在打穀場上，誰會跑到自己家裡來呢，雖然村人並無閉戶鎖門的習慣，借東西也不必向主人知會，用完放回原處便是，但聽那說話聲，卻是陌生口音，莫非是來了賊嗎？她正驚疑不定，門開了，露出一張凶惡的臉，一把將她拉了進去。屋子裡有兩個人，拉她進去的男子頭上包著塊破布，滿臉絡腮鬍子，臉上有條刀疤，腰帶上插著一柄刀，看樣子凶惡極了。靠窗站著的另一個男子，身穿白袍，看樣子倒還斯文，只是面色十分陰鬱。疤臉男子將阿含拉進屋內，遭到白袍男子的喝斥：「六郎，別胡來。」

疤臉男子譏笑道：「就你多事。」

白袍男子冷笑一聲說：「你若胡來，我便取你性命。」

阿含雖是女子，但平時牽牛、扶犁、挑水的粗活重活都幹，適才一時恐懼，但此時已冷靜下來，她趁疤臉男子和白袍男子鬥嘴時，狠狠扇了疤臉男一巴掌，轉身撞開門向打穀場跑去，大聲呼喊救命。這是個非常小的村莊，呼喊一聲，全村都聽得見。村人們聽到阿含異常的呼救聲，拎起鐮刀、斧頭、頭、火銃迎了上來。

阿含上氣不接下氣的說：「有，有強盜。」

村人們拎著工具吶喊著衝向阿含的家，兩個強盜聽到聲音後，跳出窗子便跑。村民們緊追不捨，有的扔石頭，有的揮舞鐮刀，追在最前面的獵戶還開了幾銃，空氣裡瀰漫著濃濃的硫磺火藥味，人們一直追到了河邊，白袍男子不知去向，疤臉男被追上一頓痛打，打死了。人們意識到打死了人，面面相覷，個個都露出惶恐的神色。忽然，一個小孩指著疤臉男的屍首大聲說：「快看，快看。」

屍體冒起一股灰色的煙霧，煙霧散去，成了一隻灰黃色的死狐狸。人

們轟然四散，有人顫抖著說：「是狐狸精呀，我們打死了狐狸精。」

有大膽的人將那死狐狸翻了個面，並沒有什麼異常，就埋了。不過，村人們心中隱隱湧起一股不安，他們望著河流對岸的那片山林，擔心大禍臨頭。名叫趙二郎的青年說：「聽人說紫陽宮的道人法力高強，不如我們湊筆錢去請他來捉妖。」

寡婦李三娘說：「萬一那道人不肯來怎麼辦？」

又有人說：「萬一那道人捉妖不成，我們豈不是反受其害。」人們七嘴八舌，吵嚷了起來。

阿含雖受了驚嚇，但還算鎮定，她和爹爹黃大郎帶著藥箱一起去了二十里外那名叫韓五的漢子家，黃大郎不虧是這一帶的名醫，他一針下去，嬰兒就呱呱墜地了。他說是嬰兒的手抓住了臍帶，導致臍帶纏繞，他用銀針炙了嬰兒的手，小傢伙一鬆手，就降生了。

黃大郎和阿含回來後，人們依舊聚集在打穀場上爭吵，這裡是他們平時議事的地方，村民們天性純樸，通常很容易達成共識，但今日之事涉及生死，誰也不肯輕易接受對方的想法。黃大郎行醫回來乏了，加上女兒阿含遭襲，雖然有驚無險，但仍感到十分疲倦，未置一語，朝家裡走去。阿含搶上前去，扶著衰老的父親。

剛一推開家門，阿含就聞到一股血腥味，她吃驚的看到白袍男子坐在地板上，胸前有一個大洞，正在汩汩的往外流血，手執一張拉滿的弓指著她。

白袍男子冷冷的說：「別出聲，快進來，不然我就射死你。」

黃大郎面如死灰，和阿含進了屋子。

「關上門。」白袍男子命令道。

阿含望著白袍男子流血的傷口，說道：「你受傷了，我爹爹是郎中。」

白袍男子看著阿含，用陰鬱的目光凝視了片刻，放下了弓箭，頭一歪，暈了過去。

黃大郎推開門說：「我去喊人。」

阿含拽住爹爹的衣袖說：「爹爹，別喊，是他救了我。」

黃大郎和阿含把白袍男子抬到了床上，脫去了他外面的衣服，仔細檢視傷口，原來是被火銃射出的鉛子打傷了，取出鉛子，清理汙血，並敷藥包紮。黃大郎讓阿含轉過身去，他反覆檢查那白衣男子的身體，他曾聽人說，狐狸變人後，無論多麼像人，但有一個地方卻不能變化，那就是狐狸尾巴。不過，白衣男子並沒有，他不由的鬆了一口氣。如此說來，他並非狐狸，而是人。既然是人，為何會和狐狸在一起，這令他百思不得其解。也許，等他醒來，問一問就知道了。

白衣男子自稱「陳川」，黎陽人氏。黃大郎年輕時曾在黎陽一帶行醫，陳川所說黎陽風物，倒也與他所知道的一切吻合。當黃大郎問陳川為何與狐狸在一起，他卻不肯回答。黃大郎也不再問了，因為他已確信，他的確不是狐狸。

阿含將陳川的衣服都燒了，那身白袍太顯眼了，而且血跡也洗不掉。陳川穿上黃大郎的衣服，除了寬大了些，別的也還不算壞。在阿含的精心照料下，傷勢漸漸好了起來。黃大郎看得出來，女兒喜歡這陌生地方來的男子，不過他並未說破，他相信，傷勢好了之後，這個人會離開，他不屬於這蠻荒的村莊，也不會留在這裡。

陳川的傷勢基本痊癒後，在村子裡到處走動，村民們很快就知道郎中家來了客人，阿含對外謊稱，陳川是她的遠方表兄。

陳川身材修長，外形俊朗，舉止灑脫不羈，與村人們樸實憨厚的氣質大不相同。很快，村子裡就有了流言，說陳川是那晚跑掉的狐狸。黃大郎並不信這種流言，因為他親自檢查過，他認為，這人傷好了後就會走，那時候流言自然消失。

紫陽道人是什麼時候請到村裡來的，陳川並不知道，阿含更不知道，但有一件事他們知道了，那就是村民們不再信任他們，這才悄悄請了道人來捉妖。

紫陽道人在村中的打穀場排起香案，在每個路口都貼了符咒，做起法術。陳川飄然而至，看著法壇前手持桃木劍，行禹步，口中唸唸有詞的紫陽道人，大聲說：「老道士，你看我像妖怪嗎？」

紫陽道人停駐腳步，朝陳川連揮三劍，三道火焰落在陳川的身上，都熄滅了。

道人搖了搖頭，笑著說：「公子豐神俊朗，怎麼會是妖怪呢。」

圍觀的村民們見陳川無恙，也就只好散去了。

午夜時分，阿含被一陣竊竊私語驚醒。她沒有叫醒爹爹，悄悄的朝後牆的窗外望去，當晚有月亮，儘管後牆外是一片林木，但一切都還看的清楚。背對窗子的是陳川，面對窗子的是一個穿黑色披風的人，也許是紅色也說不定，那人用尖利的聲音問道：「小子，你殺了六郎？」

陳川低聲說：「六郎並非孩兒所殺。」

那人說：「你為何不回青丘？」

陳川說：「這裡很好，孩兒不回青丘了。」

那人說：「六郎是我的兒子，你也是我的兒子，我失去了兩個兒子，這個仇我不能不報。」

陳川哭泣了起來，懇求道：「請爹爹不要這樣做。」

那人說：「那你跟我回去。」

陳川搖了搖頭。

那人說：「你知道與我為敵的代價嗎？」

陳川說：「爹爹若是傷害這個村子的人，就不能怪孩兒與你為敵了。」

那人冷笑一聲說：「你以為你保護了他們，他們就會把你當自己人嗎？」

阿含直覺眼前一花，被人拎了起來，扔在了地上，差點摔暈過去。那人對陳川說：「你已暴露，快殺了她，跟我走。」

陳川搖了搖頭，護在了阿含的身前。

那人冷笑一聲，化作一陣清風不見了。

陳川告訴阿含，他並不是人族，而是天狐。

阿含問道：「什麼是天狐？」

陳川告訴阿含，百年之狐，其色為紅，名為赤狐，雖然能夠幻化成人形，迷惑人，但遇到金劫、火劫、水劫、雷劫都會打回原形，身死形滅。金劫是刀槍之災，火劫就是火燒之苦，水劫就是水溺之苦，百年之狐和人一樣，遇到刀槍水火，同樣會死。就算不死，到了渡劫之日，也難免雷劫。百物修真，除了人之外，都要受雷劫之苦，渡劫成功，則化為仙；渡劫失敗，則灰飛煙滅。修行千年之狐，其色為白，名為銀狐，銀狐已度過雷劫，且法力高強，但仍然有壽數，滿二千年，有五雷之劫，若不能成功渡劫，仍然會煙消雲散。修行三千年之狐，脫胎化形，有狐名但無狐形，即為天狐。

阿含說：「那你和我們一樣了？」

陳川說：「我雖然是天狐，脫離了五雷之劫，但若動了凡心，還是會像人一樣死去。」

阿含問道：「剛才的人，是你爹爹？」

陳川告訴阿含，剛才那人是他的義父舞夜，青丘九尾狐。三千多年前，他和族人們居住在朝歌城外的軒轅墳，千年老狐借用了冀州侯蘇護女兒的身體，化為蘇妲己，迷惑商紂王，結果暴露了行跡。紂王的大臣比干和黃飛虎追尋小妖們的蹤跡，發現他們進了空墳，因而縱火焚燒，將一窩狐狸都燒死了，只有他因為貪玩，當晚不在墓穴，才躲過一難。後來，千年老狐舞夜在女媧娘娘的庇護下，在青丘創立了「狐國」。當時群仙大戰，狐族躲之唯恐不及，青丘狐國建立後，成了唯一的避難地。只是此處也有壽夭，不論法力多高強，活了多久，壽數一到，千年的老狐狸也會像人一樣壽終正寢。也就是那個時候，舞夜收留了陳川。舞夜修行一千年後，修為無法更進一步，不過他善於攝生，倒也活得夠久，其他的狐族們就沒有這麼幸運了，或百年，

或千年，最後都死了，陳川是唯一一個修為達到天狐的人，也是狐族法力最高的人，被族人們視為守護者。作為狐族的王，老狐舞夜很樂意看到陳川的修為，他有很多妻子，孩子們一個接一個，但修為都很平庸，大多百年即歸於冥界，那個喜歡到人間拈花惹草的小狐狸六郎，就是舞夜的兒子之一。

若非小狐狸六郎跑到百樂村搗亂，也許一切並不會發生。當年舞夜在青丘建立狐國，仙人雲中子以英水河為界，要求狐族不得越過此河，並要舞夜發下重誓，越界則受誅。三千多年過去了，當年參加群仙大戰的仙人們，包括雲中子在內，都已歸於太古洪荒，新的神靈們統治著一切，人們幾乎忘記了當年的事，老狐舞夜大約也忘記了當年的誓言。

怪事一樁接著一樁，先是村中的穀倉起了無名大火，把村人們積蓄了三五年、用以抵擋歉收年分的救命糧都燒光了，接著村裡的牛在一夜之間全死了。之後，有少人失蹤。

陳川明白，這是狐王的報復。

恐懼，在村子裡四處蔓延。

儘管村民們對陳川的身分始終將信將疑，但阿含始終相信他，她還盡可能讓村民們也相信，陳川站在他們一邊。

陳川要求村民們暫時不要離開村莊，也不要去山坡上的農田。他在村莊與河流之間設了一座法陣，用硃紅色的麻線將村莊圍繞起來，每隔三尺，掛一枚闢邪鈴，懸掛五雷符。

當天晚上，鈴鐺亂響，雷聲大作，天亮後，人們發現被雷震死了大大小小十幾隻狐狸，而村人再未受到新的傷害。

次日晚上，村外傳來一陣恐怖的嘶吼，吼聲裡傳來響鼓般的聲音：「陳川，你以為你的破符能攔得住老子嗎？」

　　天亮後，人們發現陳川懸掛的符咒被撕得粉碎，鈴鐺扔得到處都是，又有幾戶人家失蹤了。

　　陳川深知，要盡快找到打敗狐王的辦法，狐王數千年不曾越過河界，大約也有忌憚的原因。他將自己的想法告訴了阿含。阿含告訴他，村東頭有一座古廟，曾是村子裡的禁地，但現在被人們當倉庫使用了。

　　陳川請求阿含帶自己去看看，在古廟的牆壁上，他看見了八根砌進牆的石柱，每根石柱上都刻有劍形圖案。

　　他明白了，這是劍陣。

　　按照陳川的要求，村民們將石柱拆了下來，按休、生、傷、杜、景、死、驚、開的方位埋在了河岸邊。陳川又砍伐向陽山坡上的桃樹，用桃木削製成劍，選了八位壯年村民，在他們的胸口貼上護身符，手執木劍，站在埋有石柱的地方。陳川告訴他們，直管閉上眼睛，站在固定的地方，不論發生什麼，聽到什麼，都千萬不要睜開眼睛，更不能拋下手中的劍。

　　夜黑如墨，沒有月亮，也沒有星星，連平時叫成一片的蛙聲都聽不見，一切都好像藏匿了起來，村民們誰都沒有睡，全都擠在打穀場邊的那座大祠堂裡。

　　先是颳起了一陣陰風，看不見的霧霾籠罩了整座村莊，那種厚重的感覺，壓著每個人的胸膛。黑暗中有一個恐怖的聲音嘶吼道：「陳川，陳川……取你性命的時候到了。」

　　一片紫紅色的光在河岸邊閃爍，直衝天宇，照亮了整個夜空，八柄巨劍橫貫長空，無數劍刃聯翩飛行，彌天的劍氣形成了劍陣。

　　舞夜在劍陣中，像一縷風，而那些追隨著他攻擊村莊的狐狸就沒有這麼幸運了，紛紛被劍氣所傷，哀鳴著墜落於河流，被水流沖走了，百千年

道行瞬間化為烏有。

大戰持續了一夜。

天亮時分，金色的朝霞落滿了村莊，受了重傷的舞夜半跪在河岸邊的淺水中，左手執劍，右手持長矛。

狐王的大軍，未能踏上河岸一步，層層劍陣依舊向他們的頭上壓去。

陳川從劍陣的生門闖入，大聲喊道：「停下，快停下。」

手持木劍的村民們站了一夜，身體僵硬，雙手持劍，似乎未聽到他的話，他將其中一人的木劍奪下，扔在地上，怒吼道：「結束了，都結束了。」

村人們疲倦極了，丟下劍，癱坐在地上。

劍陣消失了，狐王舞夜也倒在了水中。陳川將他抱了起來，想送回河流對面的青丘，舞夜卻一劍刺入了陳川的身體。

青丘天狐

陳川說：「義父，你忘了，刀劍奈何不了我，我送你回家吧。」

舞夜的臉上閃爍著慘淡的笑容，說道：「別忘了，你也是狐族。劍陣啟動，玉石俱焚……」

舞夜的話未說完，隨著一聲雷響，整個河流的水都被抬升到了空中，化作一片箭雨，穿透了舞夜和陳川的身體。這才是真正的誅妖利器。

阿含奮不顧身，跳進了河裡，村民們也紛紛下河。

陳川緊閉著眼睛，像睡著了一般，漂在河面上，他的懷中抱著一隻傷重而死的銀狐。

【文獻鉤沉】

「青丘」見載於《山海經·南山經》，云：「青丘之山……有獸焉，其狀如狐而九尾，其音如嬰兒，能食人。」《太平廣記》承襲了《山海經》的說法，云：「青丘國，其人食谷……其狐九尾。」在古代文獻中，青丘被視為狐族的繁衍生息之地，後世的文學作品借作意象，創作了大量充滿瑰麗色彩的故事。此外，《呂氏春秋》、《淮南子》、《北史》、《十洲記》、《雲笈七籤》等文獻中都有關於青丘的零碎紀錄。

化虎記

落日熔金，彷彿無數金鱗游動在水面上，灑下點點金光。

多吉把船划到最荒僻的海子的一端，將船拖上岸，藏進草叢裡，他穿過濃密的林木，扮成打漁人混進了城，土司府的碉樓遙遙可見，他想像著靠山的那座繡樓窄小的窗子後面，有一雙眼睛也在看著自己。但這是不可能的，他與阿月已經三年沒見了。阿月是格玉大土司的女兒，還才 13 歲就已經出落的令人過目難忘，與粗壯黝黑的格玉大土司不同，阿月身材高挑修長，膚色白皙，有著深邃立體的五官，一雙大眼睛彷彿寒星一般，她繼承了母親的容貌。那年多吉跟著父親來格玉土司的領地，第一次見到了阿月，不過那時他還不知道阿月是格玉土司的女兒。

格玉大土司是方圓數百里之內最大的土司，占據著海子周圍遼闊的土地，那是一片山茶花盛開的低地。人們都說，日頭出來的時候就騎馬跑開始跑，跑到第三天的日落還跑不出這片土地。相比之下，其他土司的領地要小的多，多吉的父親芒施就曾自嘲說，比起格玉大土司，他是袖筒子裡的土司。

朝廷認定的土司裡，只有格玉大土司能上京城覲見，其他的土司們只是附庸，所以每次新天子登基，朝廷派禮部官員勘合印信，大大小小的土司們都趕往格玉大土司的領地去見朝官。朝官會在每個土司的封冊上加蓋印鑑，重新認定他們的身分。那年多吉 14 歲，已經長得十分高大，甚至比父親還高出一些，儼然好男兒。他跟著父親騎了三天的馬，終於進入月亮河谷，進城後，他們被安排在了城裡規格最高的一家旅店，這是格玉土司接待其他土司的地方。旅店已經擠滿了各色人等，大呼小叫，尤其是大堂更是鬧的厲害。父親指著不同的服色和旗幟，告訴多吉這些人的身分，鷹徽是麓川土司，星徽是謀黏土司，狼徽是柔遠土司……最後指著一個胸

襟上繡著大象的厚嘴唇男人說：「那是木邦土司，我和他交過手，那是真正的勇士，我希望你也能成為那樣的勇士。」對這種辨認族徽和旗幟的遊戲，父親在他 3 歲時就訓練過了，不過像這樣親眼看到族徽繡在衣服上，他還是第一次。他們家的族徽，是一隻怒吼的老虎，他從小就見慣了。當然了，其他家族的土司也曾嘲笑過他，說老虎不會有那麼小的領地，大概是狸貓吧。父親希望他成為勇士，擴大自己的領地，但他知道，自己永遠成不了父親那樣的人。

多吉和父親入住旅店的第二天，格玉大土司派大頭人領著一干人來慰勞土司們，他們帶來了整隻的羊，還有月亮河谷產的最好的酒，不過真正引人矚目的是夾在粗壯敦實的男人中的阿月，簡直就像一堆瓦片中的美玉。這群豪放的漢子們看見了阿月，剛才還大呼小叫、粗話連篇，頓時都安靜了下來。格玉家的大頭人貢蓋向土司們一一問安，土司們的目光卻都落在阿月身上。阿月根本不會看他們一眼。宴會一直持續到深夜，貢蓋的人走了以後，土司們紛紛猜測那俊俏姑娘是誰，有人說要找媒人拉縴給兒子做媳婦，有的說要娶回去做小老婆。多吉看著這群糙爺們，氣不打一處來，一個人悄悄離開了宴席，溜到了街上。

或許是夜深了的緣故，大街上一個人也沒有。多吉一直走到寨子外的青石板橋上，清冷的月光隱在了雲中，只有微弱的光，多吉坐在橋欄上，想起了父親的話，他從骨子裡不願成為父親和木邦土司那樣的人，他們是殺戮者。他在橋上坐了很久，感到三分鐘熱風寒，起身往回走，卻聽得背後有人叫他：「嗨，你的刀。」是一個姑娘的聲音。

他回頭，看見了阿月，手裡拿著他的腰刀。原來他剛才坐在橋上時，遺失了刀。

「一個男人，不應該輕易丟了他的刀。」阿月把刀遞給了他，他插在腰間，羞怯的笑笑，露出雪白的牙齒。阿月看著他的笑容，仰起了臉，非常認真的看著他，好像要從笑容裡找到什麼東西，他幾乎能從她的瞳孔裡看見自己的影子。人就是這樣奇怪的動物，有些人相識了半生，也不過泛泛之交，有的人才初次相見，便確定這是一輩子要守候的人。

「你叫什麼？」阿月問。

多吉茫然地不知如何回答。

「我是說你的名字。」

「多吉，你呢？」

「阿月。」

「阿月，阿月，這個名字真好。」多吉嘴裡唸叨著。

「能把你的刀送給我嗎？」阿月說。

多吉攥著刀柄，略微抱歉的說：「這是祖傳的刀，沒有父親的同意，不能送人的。」

「那就算了。」阿月失望的說。

「妳，妳……真的喜歡的話，送給妳好了。」

「怎麼向你父親交代？」

「我、我就說丟了。」

阿月笑了出來，帶著少女的嬌羞，她的笑容簡直比月光還美，蕩漾在多吉的心頭。即便是幾十年後，多吉依舊記得這晚上的笑容。

「男人不能輕易丟了他的刀。」阿月再次重複。

比起白天彷彿在雲端的阿月，夜晚的阿月更加具體，她的目光清澈的令人不敢對視，多吉只好低下了頭，他看見了她的靴子，細長的靴筒上裝

飾著金環，一走動就發出悅耳的撞擊聲。靴子尖上有幾點泥痕，他很想蹲下來幫她擦掉，但終究不敢那樣去做。

　　勘合印信之後的第二年，多吉的父親芒施土司死了，他是和木邦土司爭搶領地時戰死的。他家的土地丟了一大半，連府邸也被木邦土司搶走了，母親帶著年幼的孩子們逃到了西邊的頭人哪裡。儘管朝廷給每個土司都劃分了明確的領地，但土司們的戰爭從未停息過。只要他們效忠朝廷，管轄土司們的宣慰司老爺們也只能睜一隻眼閉一隻眼。按照土司們的傳統，多吉應該率領領地內的頭人們一起宰了木邦土司，當然，木邦土司的兒子們長大後，也會找他算這筆血帳。多吉不願意陷入這種復仇循環中，事實上，領地毗連的土司之間幾乎都有血親之仇，打來打去，誰也算不清楚誰才是始作俑者。多吉的父親就曾殺了木邦土司的哥哥，那是前任木邦土司。

　　多吉決定請格玉大土司從中調停，只要木邦土司肯歸還奪去的土地，他願意放下仇恨。

　　格玉大土司對少年多吉的膽識十分看重，將多吉一家留在了自己的府中，並給宣慰使司寫了一封信。但過了幾個月，始終沒得到回應。格玉土司又給朝廷上了一封奏疏，同樣沒得到回應。就這樣，多吉一家在格玉大土司的府上住了兩年，寄人籬下的日子固然沒有太多樂趣，不過老天卻給了多吉另外一個他意想不到的東西，他這時候才知道阿月是格玉大土司的女兒。他們一起騎馬，一起射箭……在夜晚的荒野裡一起蹓躂。他們並未表明心跡，但彼此都在心中留了一個位置。

　　母親經常在多吉耳邊唸叨報仇的事，頭人們也曾派了一個代表，願意在他的帶領下復仇。但他無法拿刀去殺人，尤其那人還是父親讚許的勇

士。他無法理解，父親為什麼要和他自己欣賞的人拔刀相向。

上一任天子在位只有三年，就駕崩了。禮部官員來勘合印信時，多吉趁機遞上了自己寫的解決土司爭鬥的條陳，並懇請朝廷派人來調停，目的還是讓木邦土司歸還自家的領地。禮部官員對此十分重視，讓他一同進京。

多吉和阿月在少年時相識的那個橋上告別。那天晚上沒有月亮，只有幾點可憐的星子。

「多吉，你要快點回來啊。」

「快的話半個月，慢的話三四個月，我肯定會回來的。」

「我會想你的。」

「我也是。」

阿月的頭髮編成無數小辮子，辮梢綴著紅色珊瑚珠、綠松石珠、瑪瑙和說不上名字的寶石，在星光下閃爍著晶瑩的光，她的目光如此灼人，多吉低下了頭，又看見了她的靴子。阿月一蹲身，從靴子上摘下一枚金環，遞給多吉說：「這個給你吧，一定要記得喲，環就是回還，不要讓我等得太久。」

多吉將金環戴在手腕上。從腰間解下那柄家傳的腰刀，說：「這個，送給你吧。」

這一次，阿月沒有拒絕。

多吉看著她過了橋，隱沒在了黑暗裡，最初還能看見辮子上那些五色珠子的瑩光，後來就只能聽見靴子上的金環碰撞發出的幽微聲響了。

新天子向多吉詢問了土司爭鬥的內情，多吉應答得體，天子十分滿意。下詔書命宣慰司出兵，威懾木邦土司交出了土地，並讓多吉的二弟多

忠接任土司，卻將多吉留在京城擔任扈從官。

　　一晃三年過去了，多吉幾乎無時不刻掛念著阿月，他給二弟多忠寫了很多信詢問情況，但多忠一封信也沒回覆。

　　多吉決定逃出京城，去找阿月。

　　他輾轉數月，終於回到了藍月河谷。不過他未奉詔私自離京的行為引起了天子的震怒，追捕他的文書早已發到了土司手中。他穿過月亮河谷的關口時就看見了緝捕自己的文告，他不敢通關，只好等入夜後翻越城牆，回到自家的領地。弟弟多忠看到他時，先是一陣驚愕，隨後緊緊地抱住了他。多忠已長成了真正的大人，而且當上了新的土司。多吉問他為何不回信，多忠驚訝的說他從未收到過信，很顯然他的信全都被截留了。但是被誰截留了呢？

　　多吉向多忠詢問阿月的情況，多忠卻讓他不要再問了。

　　多吉是在人群裡看見阿月的，他化妝成賣魚的混進了城，還沒走到格玉大土司府門前的長街，就聽到鳴鑼的聲音，洶湧的人群將他擠到了路邊。他不知發生了什麼事情，伸長脖子去看，一剎那間，猶如五雷轟頂，他看見了阿月。三年未見，阿月已完全褪盡了少女時的嬌羞，多了一些成熟女子的豐腴，然而那種撼人心魂的光芒絲毫未減退，甚至某種程度上還有增加。她頭上的步搖閃爍著金光，秀髮像烏雲一樣美，肌膚白的炫目，兩道黛眉下的眼睛裡閃爍著光，但那目光並不凌厲，那是貴族女子才有的優雅和自信。這一瞬間，多吉感覺自己的心碎裂了，他意識到了自己和阿月之間的距離是多麼的判若雲霓，因為他的心頭湧動著一個詞：王妃。是的，她穿戴著王妃的服色，和一個穿淡黃袍子的青年男子並轡而行，那是當朝天子的兒子。原來他進京向皇帝陳說了土司們的私鬥後，皇帝就將他

的第三個兒子封為鎮南王，並娶了格玉大土司的女兒阿月。格玉大土司病逝後，領地也併入了鎮南王的封地。

怎麼會這樣？

阿月嫁給鎮南王的第二年，世子誕生了，之後，接連生了兩個女兒，但不久鎮南王就薨逝了，他的身體本來就不好。侍衛們多次在夜間發現，王妃的屋頂上有一隻大貓，也有人說那不是貓，那是夜色下的老虎。多吉不知道自己是什麼時候變成貓的，或者說老虎，自從看到阿月後他就沒有再回家，而是回到了海子邊的樹林，發出了野獸一樣的嘶吼，他被岩漿般的痛苦灼燒著，在樹林裡奔跑、翻滾，瘋狂的情緒徹底主宰了他。不知什麼時候，他的手臂上、腿上長出了野獸一樣的毛。他隱隱約約記得，小時候父親曾說，他們的祖先是一隻老虎，所以他們的族徽是一隻虎。他一直以為，那只是個傳說。可事實卻是，一到晚上，尤其是他被痛苦所主宰的時候，就會變成老虎，白天又重新變成了人。

多吉從未想到，他會以老虎的樣子和阿月相見。是的，阿月屋頂上的那隻大貓確實是他，自從鎮南王病逝後，土司們便開始窺伺他留下的龐大領地。外間更是傳言，鎮南王不是病逝的，而是被土司們刺殺的。他聽說了這個傳言，便夜夜守護著阿月。

「多吉，是你嗎？」

他不知阿月是怎麼出現在屋頂上的，出現在他的身後，並且認出了他。他後退著，踩得瓦片吱吱響，弓著身子，張大嘴，露出尖利的雪白的牙齒，向阿月發出低聲的嘶吼。

「不要忘記了，我是土司的女兒。」

多吉假裝聽不懂。

「你變成了老虎，我就不認得你了嗎？」

多吉依舊假裝聽不懂。

「你這個傻子，你變成了老虎，但是金環還在啊。」

多吉才發現，自己的虎爪上確實套著阿月送給他的金環。他一下子被羞憤攫住了，他竟然以這種面孔和阿月相見。在此之前，他和阿月之間只是身分懸殊，而現在他連人都不是了，成了徹頭徹尾的異類。他伏身在瓦片上，不敢看阿月的眼睛。

「你這個傻子，我等了你一年又一年，你為什麼不早點回來？」

他多麼想和阿月訴說自己內心的苦痛，把這些年來的遭遇都告訴他，但你能想像，一隻老虎突然像人一樣說話嗎？他狂嗥一聲，掀飛了屋頂的瓦片，跳到了外牆上，幾個跳躍就消失在了茫茫黑夜裡。

人們都說，鎮南王的領地上有一隻虎妖。

化虎記

　　《新唐書‧五行三》記載：「顯慶三年，普州有人化為虎。」此外，《廣異記》、《太平廣記》中都有人化為虎的故事。志怪文學中，人化身為虎，化身為其他獸類，屢見不鮮，這是中國古典文學的一個獨特敘事。

運河異聞錄

　　河面上徐徐吹過一陣清風，成片蘆葦被吹傾斜，露出小河汊裡的小舟。船板上躺著一個中年男人，雙目微閉，手裡攬酒葫蘆，他將葫蘆口對著嘴，搖了搖，一滴酒也沒倒出來，顯然已喝了不少，而且喝得精光。男人的鬍鬚亂糟糟，與披散的長髮一樣，俱都花白了大半。命運像一頭拉著犁鏵瘋跑的犟牛，在他臉上犁下深淺不一的溝壑。儘管如此，從他高高的眉弓，英挺的鼻梁，還有冷峻且稜角分明的嘴唇，仍然看得出他年輕時是個相當英俊的男人。他將葫蘆丟到一邊，嘴裡發出一陣喃喃的囈語：「五娘，五娘……」

　　北歸的船隊浩浩蕩蕩，運載著南方的特產進了北運河，漕運司的小官人手持黃色旗子，不斷呼喊著，船伕們小心的調整著船與船之間的距離，最後在縴夫們的牽引下進入張家灣石壩碼頭。自從入夏以來，天氣越來越旱，好幾條河的水都乾了，就連潞河的水也淺了不少，大船距離碼頭還有好幾里遠就擱淺了，不得不依靠縴夫們牽引著通過淺水區。好在這些船上裝的都是宮裡採買的蘇杭絲綢和布匹，載荷較輕，要是裝滿糧食的漕船，那可就麻煩了。船終於過了淺灘，船上的槳手們發出一陣歡呼，縴夫們也暫時緩了一口氣，東倒西歪的躺在岸邊的爛泥地上，東一句西一句的擺起了龍門陣。這時，蘆葦蕩裡響起一陣笛聲，那聲音悽婉哀傷，纏綿悱惻，所有人暫時都閉上了嘴巴，豎起了耳朵傾聽，個個好像丟了魂一般。

　　掌舵的老舵手皺了皺眉說：「那瘋子怕是又喝醉了。」

　　「瘋子？什麼瘋子？」手持黃旗子的小官人問。

　　老舵手神色恭敬的說：「那瘋子經常在這一帶釣魚，喝醉了到處亂跑亂唱，有人說姓田，有人說姓王，誰知道呢。」

　　小官人再側耳細聽那笛聲，卻聽不見了。

　　田三郎的確喝醉了，他原本是香河王家擺村人，那是個只有二十餘戶
人家的小村落，村人世代務農，交稅賦，雖然清苦，日子倒也過的安省。
三郎的妻子張五娘是漁家姑娘，但容貌十分俏麗，是十里八村的一朵花。
有一天她到水邊捶洗衣服，看見七八艘細長的船像箭一樣順流而下，船頭
激起的白色浪花有三尺多高，一條船直接向她衝撞而來，她起身後退，一
驚慌衣物順水漂走了，她趕忙伸手撈衣服，小船的側窗伸出一隻手將她擄
上了船。

　　張五娘被水寇擄走的消息很快傳遍了運河兩岸，田三郎像瘋了一樣，
到處尋找，那群水寇卻像河裡的水花一樣，一閃而逝，再也沒有出現。半
年後，水寇打劫了官船，那是南洋渤泥國進獻貢品的船，皇帝大怒，命北
鎮撫司限期破案，剿滅了臨清靠運河的一處賊巢，並找到了贓物。被抓的
水寇們不論男女悉數押解進京處死，田三郎曾去觀刑，但其中並無五娘。
他為了找妻子，沿著運河到山東，又從山東到江浙，或乞討，或為人打短
工，兩年間足跡遍及運河沿線六省，一無所獲。

　　北歸的田三郎在船上看見了燃燈佛塔，當年他曾與妻子一起到塔下的佑勝教寺拜佛，祈求佛祖給他們一個孩子，然而婚後不到一年，妻子就被擄走了。想到此處，他淚如湧泉。船伕在西海子碼頭短暫靠岸，田三郎下船朝岸上走去，他想再去拜一拜佛祖。他盤纏用盡，在船上已經好幾天沒有吃飯，剛一上寺廟的臺階，就昏倒了。守門的小沙彌見狀，趕緊去向住持和尚稟報，大悟法師命監院帶領兩個年輕僧人將田三郎抬進後院救治。他做了一個夢，夢見了一座霧氣籠罩的山，霧氣裡隱藏了無數猙獰的眼睛。醒後，他懇請大悟法師為自己剃度，法師卻說他俗緣未了，還不是出家的時候。他只得作罷，打算身體康復，便離開寺廟。

　　田三郎是個勤快人，身體稍好，便在寺中做些力所能及的事，他見後面的塔院很少有人關照，落滿了樹葉，就借了掃帚打掃起來。甫到塔下，聽得一陣叮噹聲，清風撩撥著塔簷上的銅鈴，發出悅耳的聲音，令人心神澄澈。他抬頭仰望，隱約見相輪上似有人影，彷彿是為了印證他的猜測，那影子如一片落葉輕輕落在地上，三郎吃驚的倒退四五步，這才看清是個灰袍中年人。他在寺中住了這些日子，雖未必將寺中所有僧人都識得，但上至主持和尚，監院、維那、知客、藏主，下至鐘頭、菜頭、門頭，包括清掃前院和大殿看守燈燭的小和尚都見過，卻從未見過這個人。那人見他面有疑色，笑著說：「我不是寺中人，看樣子你也不是。」

　　田三郎輕輕「嗯」了一聲，又抬頭望著那高高的塔頂，難以相信灰衣人是從那裡一縱而下的。灰衣人顯然看出了他的疑惑，問道：「你想上去看看？」

　　三郎似是而非的點了點頭，便覺自己雙足離地，那人揪住他的後頸，一晃到了塔頂。塔剎旁僅有尺許之地，三郎雙手緊抓塔剎上的鐵鏈，向下

只看了一眼，頓時魂飛魄散，再也不敢看了。灰衣男子面色如常，背靠塔剎，兩袖飄飄，姿容灑脫極了。他笑著對田三郎說：「你莫看腳下，只看遠處便是。」

三郎那敢再看，只是一意雙目緊閉。

灰衣人說：「那好，下去吧。」

三郎只覺身體一晃，已經到了地上。他確信自己沒有摔死，身子一軟，癱倒了，渾身上下冒著熱汗。灰衣人從袖子裡取出一方手帕，丟給他就要離去，三郎卻一把拽住了他。

「您是仙人麼？」

灰衣人大笑，說：「你聽過劍客嗎？」

三郎茫然的搖搖頭。

灰衣人淡淡的說：「果然是個莊稼漢，我不是神仙，只是個劍客罷了，不過劍道的極致，倒算是神仙一流。」

三郎跪拜在地說：「請您收我為徒吧。」

灰衣人再次笑了起來，說：「你資質平庸，不堪練武，只怕會汙了我的大名。」

三郎將水寇擄走妻子，自己流落寺中的事說了一遍，只求能練得些本事，從水寇手中救回妻子。灰衣人似被三郎的話打動了，神色變了變，說：「我教你幾招，擊敗區區水寇，足夠了。」

三郎趕緊叩頭，灰衣人攔住他說：「我不收你為徒，你也不必稱我為師，只是習得這門技藝，切莫作惡，不然我不會放過你。」

三郎連連稱是。

「你跟我來罷。」灰衣人說。

　　田三郎跟著灰衣人到了佛塔背後，灰衣人拎著他的後頸輕輕一躍，就到了兩丈多高的蓮花瓣形的塔基上，輕輕一推門，門無聲的開了，裡面黑洞洞的。灰衣人從懷中掏出火摺子，晃了晃亮了起來，伸手關上門，低聲叮囑田三郎說：「千萬莫讓任何人知道你來過這裡，就是住持和尚也不能知道。」

　　田三郎點了點頭，跟著灰衣人順著地宮內的石階走到底，地宮四壁飾滿了藍色的琉璃，彷彿深藍的海水。正中有一口井，上面蓋著足有千斤重的磨盤石，石上雕刻著兩隻猙獰的鎮水獸。灰衣人抬腳輕輕一踹，輕喝聲「去」，磨盤石飛了出去，不偏不倚的立在了地宮的東北角。井口裸露，一根兒臂粗的鐵鏈固定在井口，灰衣人拽起鐵鏈，嘩啦啦一陣亂響，他不停地向上拽，不一會兒便拽出了三十多丈長，堆滿了整個地宮。井底下傳來三分鐘熱風響，越響越大，不斷有海鹽的腥氣飄上來，還伴隨著陣陣吼聲，似乎有一隻巨獸在井底呼嘯。田三郎嚇得面無人色，灰衣人卻依舊不停地向上拉動鐵鏈，直到拉了五十多丈，像一座小山般堆滿地宮，才罷手。

　　田三郎聽著井底的喘息聲，驚恐的問道：「下面⋯⋯下面究竟是什麼？」

　　灰衣人搖搖頭說：「我也不知道，我是無意中發現的。」

　　田三郎說：「我們⋯⋯為何要拽這鐵鏈？」

　　灰衣人說：「你膽小力弱，筋骨不強，不堪練武，若要修成劍道，務必每日拉這鐵鏈，能拉出二十丈時，或有小成。」

　　田三郎說：「只怕劍道未成，反而成了這井下怪物的點心。」

　　灰衣人說：「那倒不會，我在這座塔中觀察了多年，曾從早到晚不停的拉這鐵鏈，曾拉出一百多丈，地宮內堆不下，也未見有何變化。你聽到的聲音，恐怕只是風聲和水聲罷。」

　　田三郎膽顫心驚，說不出一句話。

灰衣人又說：「你須每日三更來拉這鐵鏈，不可一日懈怠。」

田三郎勉強點了點頭，問道：「師父何時教我劍術？」

灰衣人神祕的一笑，出了地宮。

「愛恨之海，有際無涯。高山之寺，飛鳥可達。」這是灰衣人留給他的一句話。

寺僧們入睡了，就連巡夜僧人也熄滅了火燭。田三郎從管木工泥瓦的僧人院中偷了一架梯子，摸黑扛到塔基下，順著梯子爬上去，確信四周無人，才推開塔門。塔內十分黑暗，比前一晚上和那灰衣人來時還要黑好幾倍。他從懷中取出一盞壞掉被棄用的油燈，點亮後順著石階下到地宮，眼前的景象差點讓他昏過去。昨日白天拉上來的那一大堆鐵鏈，已然自動回到了井中，彷彿一切都未發生過，那只是個夢。只有千斤重的磨盤石靠在牆邊，證明那不是夢。他從地宮逃出來，幾乎是順著梯子滑到了地上。他扛起梯子正要離去，忽然，他想到了五娘，那雙剪水眸子正在某個地方凝望著他。

他確信她還活著，就在某個地方，等著他去拯救。

田三郎重新回到了地宮。

他在牆壁的縫隙裡插了一根香，雙手抓住鐵鏈，用力向上拉，鐵鏈彷彿生了根，一寸也拉不動，半夜過去了，依舊如此。他看著那一炷香將燃盡，決定明天晚上再來。儘管拉不動那鐵鏈，但田三郎天天晚上都來下力氣，就這樣過了兩個月，終於能拉動鐵鏈了，用盡了力氣拉出三丈長，再也無法多拉出一寸。

三郎夜夜都來拽井中鐵鏈，奇怪的是拉出來的鐵鏈每次都會自動歸位。他不知箇中原因，也懶得去深究，遂習以為常。田三郎做事勤勉，又肯吃苦，儘管並非出家人，但住持和尚不驅逐他，別人也無話可說。就這

樣,他夜夜在那鐵鏈上下力氣,又過了半年,能拽出二十丈長了。田三郎最初爬上塔基,尚需藉助梯子,後來徒手攀爬竟也絲毫不費力氣。

　　一年多的光景過去了,灰衣人並未出現。田三郎懷著與灰衣人再見的希冀,照舊夜夜去拽那井中鐵鏈。有一天三更,田三郎像往常一樣從地宮出來,準備回自己的屋子,卻聽得黑暗中有人低聲喝斥:「站住。」他轉頭去看,見住持和尚大悟禪師掌著燈站在兩丈外。

　　田三郎低著頭,緊張的想著應對之策。大悟禪師走到近前,問道:「你為何進入塔內?」

　　田三郎急中生智,謊稱:「弟子半夜出恭,聽到塔內異常的聲音,故而入內檢視。」

　　大悟禪師似乎相信了他的話,問道:「你可發現異常?」

　　田三郎一直對井底的聲音感到困惑,此時忽然福至心靈,趁機投石問路:「弟子聽到些奇怪的聲音,好像是猛獸的吼聲,又像是風的聲音,入塔後十分害怕,就又出來了。」

　　大悟禪師說:「你跟我到禪房來。」

到了方丈的禪房，大悟禪師讓田三郎坐下，令小徒弟端了一杯茶給他，隨即命弟子出去了，並囑託他關上門。大悟禪師告訴田三郎，佛塔下原本是一片深潭，潭水很深，潭下的泉眼直通東海，深潭中有條孽龍，經常興風作浪，使得西海子一帶洪災氾濫。佑勝教寺的第一代禪師鐵缽和尚降服了孽龍，造了一根八百丈長的鐵索，將那孽龍鎖住。為了避免它掙脫鐵索，建造了這座塔，鎮壓孽龍。鐵缽禪師圓寂後一百年，孽龍在塔下修成道術，寶塔搖搖欲墜，眼看孽龍要突破禁制，從代北來了一位修行者，自稱是鐵缽和尚的弟子木頭陀，他將一柄寶劍插在了塔頂，一切又恢復如常。過了幾年，那柄寶劍變成了一棵榆樹，更有僧人曾看見奇獸在塔頂出沒。人們都說，那奇獸是木頭陀留下來看護寶塔的，有了這隻奇獸，孽龍再也掀不起什麼浪花了。至於那奇獸的樣子，誰也說不出個所以然，有的說像獅子，有的說像狻猊，也有人說像一隻大壁虎，總之說什麼的都有，大概誰也沒見過。聽完大悟禪師的話，田三郎嚇得面如土色，他暗暗發誓，再也不去拽那鐵鏈了。

　　大悟禪師見田三郎自進屋後臉色一變又變，始終不吭聲，又問他：「你來我寺中，快滿兩年了吧。」

　　田三郎微微點頭，其實他根本未聽清和尚說什麼。

　　大悟禪師接著說：「你不是出家人，尚有宿緣未斷，明日就離寺吧。」

　　這次田三郎聽見了，他微微一怔，撲通一聲跪在禪師座前，說道：「弟子離開師父，只怕無處可去，再說，弟子也捨不得離開您。」

　　大悟禪師搖了搖頭，不再多說什麼。

　　次日，田三郎接過小僧人遞給他的行囊，準備離開寺廟，除了大悟禪師外，他已經向寺中的每個僧人都告過別了。小僧人說：「方丈讓你去一趟他的禪房。」

運河異聞錄

　　田三郎進了方丈室，恭敬的立在座前，大悟禪師將一弔錢放在他的手心，似有所指的說：「你不肯離開，是等人吧，你去晉南，會找到你要找的人。」

　　田三郎抬頭凝視著大悟禪師，張大了嘴，激動的說：「師父，你知道我……」

　　大悟禪師眼中滿含慈悲的笑容，說道：「去吧。」

　　三郎再次跪拜禪師，灑淚而別。他心中暗暗思索，禪師好像知道他的心事，他讓我去晉南，是找誰呢，他首先想到的是那灰衣人，隨後又想到了妻子張五娘。

　　田三郎走後，大悟禪師命人將塔上的木門拆掉，用石塊徹底堵死。同時，宣布塔院為禁地，任何人不得邁入一步。

　　田三郎進入山西境內後，天氣耨熱無比，感覺快要暈過去了，他見路邊有棵大古樹，就到樹下乘涼。過了一會兒，來了個番僧，相貌十分古怪，他對田三郎說：「我的寺廟距此不遠，彼處有窮林積水，遠離塵囂，是避暑的好地方，何妨同去呢？」

　　田三郎見番僧雖然形貌怪了些，但並無惡意，就跟著去了。走了二三里路，果然看到一大片樹林，林中的水塘面積很大，碧波盈盈。不過，令他驚異的是，水中有一群番僧正在游泳，有幾個甚至在淺水處戲水，雖說天熱泡在水中並無不可，但是看著一大群和尚戲水，仍然覺得不太對勁。為他引路的番僧說：「此池名為玄陰池，是方圓百里的避暑勝地。你可願意聽我的徒兒們的梵唱。」田三郎剛一點頭，池塘裡的群僧就發出一片聒噪聲。這時，水中一個小僧人對他說：「天氣酷熱，何不下水呢？」便將他拽入了水中，他頓覺寒意刺骨，打了一個冷顫，醒過來，才知道是個夢。是時，天已晚暮，古木樹蔭裡下了寒露，他的衣服完全溼透了。他見

不遠處有燈火，起身趕去，原來是座村莊。沒料到的是，田三郎染了風寒就此病倒，在村民家靜養了半個多月方才痊癒。

田三郎對照顧自己的農人一再感謝，留下了幾文錢。離開村莊後，走了約二里許，聽到一陣蛙鳴，聲音十分熟悉，似乎曾在哪裡聽過，他循著聲音走去，見一大片林子，似乎也是見過的。入林不遠，看見一大片池塘，水中的青蛙正長大嘴巴聒噪。

這時，池塘那邊走過一個頭髮花白的鄉民，他上前詢問道：「老丈，此處是何處？」

老人說：「這裡沒有名字，但人們管這水塘叫『玄陰池』。」

田三郎恍然大悟，無怪乎看著眼熟，這不就是半個多月前夢見的地方嗎，夢中的番僧，就是水中之蛙，夢中的梵唱，就是蛙鳴。這些青蛙看起來平平無奇，實際上已近於妖，能夠幻形惑人，自己險些喪命。他一怒之下，跳入水中將群蛙打殺。

田三郎在水中折騰了大半天，就連水邊的草棵子都搜檢了一遍，確信無漏網之魚，才跌跌撞撞的上了岸。他又累又餓，一屁股坐在了地上。氣還沒喘勻，就聽得身後有人鼓掌，一邊鼓掌一邊讚嘆：「好身手啊。」他扭頭看，林中走出穿綠衣的中年女子，額頭上纏著紅色紗巾，皮膚白皙，眉弓很高，一頭青絲垂到腰間，腳上穿著薄底兒鹿皮靴，看樣子不像中原人。田三郎為免招是非，沒有理會她，起身便走。沒想到那女子動作極快，攔住了他的去路。田三郎施了一禮說：「娘子攔住在下，有何見教？」

綠衣女人柳眉倒豎，冷笑一聲說：「你殺了我家養的蛙，你說呢？」

田三郎知道是胡攪蠻纏，但仍然客氣的說：「照娘子的意思，我該怎麼辦？」

「當然是賠償嘍。」

「如何賠償？」

「五十兩銀子。」

田三郎差點噴出一口老血，這簡直是打劫啊，把自己全賣了也值不了這麼多銀子，再說小老百姓出門，誰帶這麼大一筆錢。

綠衣女人見田三郎不說話，咬著牙尖惡狠狠的說：「怎麼，沒錢？沒錢就把命留下，給我的蛙償命。」

田三郎一再退讓，這女子卻蠻不講理，他冷哼一聲，反問道：「妳說蛙是妳的，誰能證明？妳說蛙是我殺的，誰看見了？」

綠衣女子語塞，一腳將田三郎踢倒，一腳踩在他的臉上，將匕首抵住喉嚨，怒責道：「好你個凶手，竟敢抵賴。」

田三郎打了個寒顫，汗毛也倒豎了起來。趕緊哀求道：「姑奶奶切莫動手，銀子在村裡，妳跟我去取便是。」

中年女子見田三郎神色惶恐，不像撒謊，便收起匕首，笑嘻嘻的說：「這還差不多。」

田三郎趁她不備，飛起一腳，將那女子踢倒，他不知自己在塔下地宮拽那鐵鏈，已經練出了非常穩固的下盤，尤其是雙腿的力量極大。隨便一腳，就將那女子踢飛了出去。那女子惱羞成怒，連臉上的灰也不擦便追了上來，就這樣在昏暗的夜色中，一個在前面跑，一個在後面追，足足跑了二十里地。田三郎跑的氣喘吁吁，幾乎虛脫，而那女子如跗骨之蛆，甩不掉。

「我怎麼這麼倒楣呢，惹了個掃把星。」他自怨自艾，忽覺腳下一空，跌暈了過去。

田三郎醒來時，發現四周一片漆黑，好一會兒才想起自己慌不擇路，失足墜落。他摸了摸腰間的豹皮囊，這是大悟禪師送給他的寶貝，從其中摸出火摺子，在嘴邊一吹，便亮了起來。他發現自己在一口井裡，不遠處有具骷髏，他一驚慌，火摺子掉落在了地上。好在井是枯井，雖然潮溼，但並沒有水，火摺子落地未滅，他趕緊又撿了起來。他朝另一側挪了挪身子，向那骷髏拜了幾拜，嘴裡嘀咕著：「不知你是何人，求你保佑我出去，一定將你安葬在白天高日之下。」他拜了幾拜，見骷髏並無異樣，才又定下心來，細細打量那骷髏。骷髏在井底呈半坐之姿，白骨顱頂猶存幾縷枯髮挽成髻，懷中抱著一把劍，看樣子像個道士。他又拜了幾拜，起身攀著井壁向上爬，井壁十分光滑，只爬了兩丈多高，便力盡滑落，還跌在了骷髏上，枯骨散落一地。田三郎又愧又恨，連連向滿地骨頭謝罪。

　　就這樣，他爬了好幾次，都以失敗告終。枯井之中，不見天日，他不知自己被困多久，只覺腹中飢餓，像有幾百隻耗子抓撓一般。許是餓昏了頭，他隱隱記得那骷髏邊有個包裹，便亮起火摺子，翻檢起來。然而包裹裡除了一本顏色發黃的殘書外，其他東西全都朽爛了。他不由一陣大惱，暗暗想到：「田三郎啊，田三郎，你為了一群蛙和人結怨，落難至此，誰會曉得你葬身於枯井底呢。」他越想越悔，縱聲大哭了起來。哭了一會兒，他又停住了，「田三郎啊，田三郎，縱然困於井底，也未必即刻便死，何至於效小兒女之態。」餓過了頭，就不覺得餓了，田三郎撿起那本殘書，吹亮火摺子翻了起來，大部分內容比較生澀，倒是一篇《太清中黃真經》還看得懂，講述辟穀之術。

　　他一邊看，一邊不自覺的照著圖練習，不知過了多少時日，不但完全忘記腹中飢餓，而且不用火摺子也能看清井中的一切。或許，自己不會死

在這裡了。一念及於此，他的目光落在了那把劍上，若一邊往上爬一邊用劍在井壁上交替挖洞，或許能逃出生天。他當即伸手取劍，剛一拔劍，數尺井底瞬時亮如白晝，往井壁上一劃，如同切豆腐一般，石塊紛落。田三郎大喜，又向那枯骨拜了幾拜，說道：「弟子墜落枯井大難不死，定然是師父保佑，無意中練成師父的法門，今又得到師父寶劍，雖不知師父姓名仙號，但實為隔世師徒。」拜完，他脫下外衣，將地上的枯骨小心的撿拾完整，包裹起來，往背上一背，照先前所想，用寶劍助力，不斷向上攀爬。不知是否練了那本殘書中的功夫，他身輕如燕，一會兒就出了枯井。他先將那道者的遺骸暫厝於附近的寺廟，後來在村裡買了口棺木，將之安葬於高曠乾爽之處。

　　話說那日張五娘被擄上船後，見小船內有五人，其中一人六十餘歲，身穿粗布衣服，青布纏頭，身邊放著斗笠，腰間別著解牛尖刀，手中攥著一根長長的紅銅菸桿，吧嗒吧嗒的抽著煙，看樣子是首領。另一人穿黑衣，二十來歲，面容白皙，眼角有一顆痣，雖然神情溫和，但給人一種十分放縱的神態。另一人漢子，也就是擄自己上船的黃臉漢子，樣子十分凶狠，她只呼喊了一聲，就被堵上了嘴巴，用一塊破布矇住了眼睛。另外二人臉朝外，看不清模樣，上身赤裸，壯的像兩頭水牛，使勁的划著槳，無怪乎小船像迅捷的箭。

　　小船不知走了多久，時快時慢，不斷有槳聲划水的聲音，五娘聽得划槳的男子稱那抽菸老者為「大當家」，那老者則稱黃臉漢子為老二。半夜十分，船在一片蘆葦蕩中靠了岸，黃臉漢子扛著張五娘走了一炷香工夫，進了村莊，將她鎖在了一間茅草屋裡。最初，張五娘又撕咬又打，每次都被黃臉漢子揍暈過去，後來她不再反抗了，黃臉漢子對她看管也就鬆了，

甚至允許她出門。

　　張五娘發現自己在一個陌生的村莊，她猜想船走了一天又半夜的水路，也可能是兩天，或許，這也是一個運河沿岸的村莊。這個村有六七十戶人家，表面上他們都是本分的農民，實際上都是盜寇。大當家名叫宋素卿，就是船上那個頭纏青布的老者；二當家名叫高祖義，是擄她的那個人。那日同船的青年是宋素卿的兒子，人們都叫他小七。這夥人十分狡猾，在運河沿線打劫往來客商和落單的船隻，但從不碰官船，所以順天府雖然多次接到報案，但最後都不了了之。

　　五娘獲得在村子裡隨意走動的自由後，發現自己的判斷沒錯，這果然是個運河沿岸的村莊，三面河汊，一面靠著密集的樹林，河汊子與大運河相連，大船進不來，只有小船才能靠岸。雖然她在村子裡是自由的，但村民都瞪著警惕的眼睛，不論是老人，還是小孩，對她提出的任何問題都只是瞪著眼睛，不作回答。

　　宋素卿和高祖義帶著人每隔半月就要出去一趟，有時候小七也和他們一起出門，大多數時候則留守村莊。五娘覺得，背後一直有雙眼睛看著她，不論她出現在任何地方，那雙眼睛都跟著，村中的晒穀場、水磨坊、小河汊邊的祕密渡口，總離不開那雙眼睛。很快，她就知道那雙眼睛是小七。他成了村子裡唯一肯與她說話的人。

　　半年後，高祖義帶著全村一大半以上的男人出門了，這次他們帶回來的東西很多，也很特別，高祖義甚至還給了五娘一條項鍊，那項鍊全都是圓滾滾的珍珠，是她從未見過、也不敢想像的。她曾聽到高祖義和宋素卿激烈的爭吵，至於為何爭吵，她並未聽清，總之這夥人很長時間都未再出去，就連到隔壁村交換生活用品，也是固定的兩個老人。不知為何，宋素

卿禁止任何男人離開村莊，但還是有人偷偷離開村莊，把劫來的東西拿到城裡去賣掉，或者偷偷出去買酒喝。有一天晚上四更時分，忽然傳來一陣慘烈的呼號聲，高祖義一骨碌從床上爬了起來，從床頭拿起腰刀，不忘將五娘也踢醒，拽著迷迷糊糊的五娘躲進了屋子後面的蘆葦中，為了不被發現，他們藏身於冰冷的水中。村子裡燃燒著大火，騎著馬的官兵到處抓人。原來，有個名叫吳二麻子的村民，將一塊絲綢拿到通州南市的綢布店去兜售，被北鎮撫司的小旗官發現了，一路跟蹤那人到了村中。北鎮撫司收到信鴿傳書後，三百多官兵連夜包圍了村莊，宋素卿和大部分人被抓，押解進京處死，其他人則死於當夜的圍捕中。

官兵的圍捕持續了大半夜，到處是哭聲、喊聲、罵聲，房屋燃燒的大火到第二天中午才熄滅。高祖義和五娘泡在水中，幾乎快要凍死了，但他們一動也不敢動，直到再也聽不見任何聲音，高祖義才悄悄摸上了岸。村子裡的房屋全都被燒了，臨近晒穀場的那棵百年老樹上掛著十幾具屍體，其中有高祖義的老爹，還有他那傻子弟弟。熄滅的房屋冒著煙，磨坊邊、小河溝裡、騾馬棚邊，到處是被誅戮的屍骸。高祖義瘋了一般，大聲呼喊著，向空中揮舞著拳頭，發洩著他的憤怒。過了許久，蘆葦蕩中的水裡冒出一個腦袋，他驚喜的發現，那是小七。小七面色鐵青，滿眼怨毒，渾身顫抖著，高祖義一把將他從水中拽了出來，將他緊緊擁抱在懷中。突然，高祖義瞪大了眼睛，他絕不相信這一切，一柄尖刀刺穿了他的身體，刀柄握在小七手裡。他想說什麼，但是沒有說出來，只是不停的喘氣。小七一鬆手，高祖義像一截朽木般栽倒了。五娘也瞪大了眼睛，不過她並不難過，這些人都死了，他們該死，她不會落一滴淚，她只是感到恐懼。小七見高祖義還在喘氣，哭喊道：「都是你，都是你，高老二，要不是你搶官

船，爹爹不會死，兄弟們也不會死。」

高祖義已經斷了氣。

五娘從水中爬出來，坐到了痛哭流涕的小七身邊。小七告訴五娘，他有個遠房親戚在山西，問她是否願意跟他一起走。

五娘答應了。

到運城後，五娘才發現，所謂的「親戚」原來是另一夥盜寇。盜寇的大當家是小七的遠方堂表兄趙寒，有五百多個兄弟，占據著名為「火焰寨」的山，這座山地形複雜，賊巢十分隱祕，官兵進剿了多年，都未能成功。趙寒原本是鏢師出身，押運的鏢車被劫，乾脆帶著鏢師跟著匪徒一起上山落草，此人詭計多端，一口劍十分厲害，打鬥時三四十人近不得身。山寨總共有四位當家，除了趙寒外，還有屠夫出身的胡老二，趙寒的師弟徐寶，以及一個號稱「烏鴉」的女人。不過誰也沒見過這個女人，她是山寨的耳目，住在山下靠近運城的村子裡，這也是官兵多年未能剿滅山寨的原因之一，因為每次都能提前得到情報，情報的來源，正是這個被稱作「烏鴉」的女人。趙寒向小七介紹了山寨的情況，當他得知舅父一家盡數被官兵所殺，立刻下令全寨兄弟戴孝，並且每日親自教授小七劍術。小七在劍術上很有天賦，不過真正讓他高興的是到火焰寨後一年，五娘為他生了一個男孩，取名為「栓寶」，小七當了爹，也當了小當家。此後，他練劍極為勤奮，漸漸悟出了一套自己的劍法，就連趙寒也不在話下了。

田三郎進入山西後，輾轉到了運城，大悟禪師給他的盤纏用盡，他寄身於一家米舖，白天在米舖當夥計，晚上就睡在倉房的穀草上。那本殘書的內容十分難懂，他就先挑那些容易懂的修習，慢慢能懂大部分內容了，他的功夫也日益精進。他夢見五娘了，她坐著船從河流的上游歸來，遮著

面紗，像個漁家女，露出的眉眼像灑落陽光的水波，盈盈波光間，有溫暖的東西存在，這意味著他們的距離越來越近了嗎？

有天米舖外來了一夥人買米，其中有女子的聲音，那聲音十分熟悉。田三郎不動聲色，隔著米舖的窗子遠遠觀察。女子戴著斗笠，壓的很低，看不清容貌，但舉手投足之間，略似五娘，只是身形胖了些。女子身邊站著年輕的男子，面孔白皙，正指揮十幾個人往馬車上搬運購買的糧食，田三郎正欲上前看個清楚，忽見男子的長袍被風掀起，露出袍下的軟甲。再細看那男子，雙目精光外露，太陽穴隆起，是個練家子。其餘那些幫手，也都身手敏捷，看起來也不是普通人。這令田三郎十分迷惑，這些人看樣子不像官軍，莫非是江洋大盜，他決定探一探底。

小七和五娘是第一次下山買米，以前每次買米，都是山寨的管家胡老二，買來的米不但是陳米，而且很多都是壞的，甚至生了蟲子。胡老二是個屠夫出身，哪裡懂得買米。這一次小七夫婦不但買來了上等的好米，而且還為山寨的兄弟們置辦了很多生活物品，包括好酒，這當然都是五娘的功勞。不過在回來的路上，他們遇見了一件怪事。一個蒙面人，企圖打劫他們一群人，小七與那人交了手，雖然兩人的劍只接觸了一次，那人就開溜了。不過可以確信的是，小七的劍氣擊中了那人。他告誡兄弟們，莫要把這件事告訴大當家，他不想讓人知道，自己第一次下山，就發生這樣的事。

大當家趙寒對小七夫婦的順利歸來十分高興，當夜舉行了盛大的酒宴，不過宴席結束後，大當家屋內卻傳來激烈的爭執聲，守夜的兄弟們聽出那是大當家和小當家在爭吵，以為他們喝多了酒發生爭執，故而誰也沒有在意。

第二天日上三竿，也不見大當家趙寒起床，趙寒出身鏢師，有著嚴格的作息規律，就算是喝了酒，也很少晏起。管家胡老二不放心，推門走了進去，連滾帶爬的出來了，還在門檻上絆了一跤。大當家被人殺了，一劍貫穿了胸口，眼睛睜的溜圓，顯然他臨死也不相信這一切。小七的樣子十分悲傷，命令兄弟們日夜巡查，他認為兇手就在山寨內。山寨的兄弟們私底下盛傳，是小七殺了大當家，還有人在前一晚上聽到了他們的爭吵，更有傳言說，大當家曾調戲過小當家的娘子張五娘。再說了，能夠擊敗大當家的人，除了小七，在山寨中還沒有第二個。

　　不久，人們發現胡老二也死了，死在了馬廄裡，他是半夜去餵馬時被殺的，同樣是一劍貫胸。這下，人們更加確信，是小七殺了大當家，胡老二半日前曾公開號召兄弟們一起抄傢伙上，殺了小七為大當家報仇。他的話說完還沒過夜，就被人殺了。

　　山寨裡人心惶惶，誰也不知道小七的屠刀何時降臨在自己頭上。

　　只有趙寒的師弟、二當家徐賓不相信小七會殺趙寒和胡老二，因為他看得懂小七眼裡的東西，那是真正的悲傷。當晚酒後散席，趙寒的確開了幾句張五娘的玩笑，但並非調戲。至於屋內的爭吵聲，是否是趙寒與小七兩兄弟，就不得而知了。總之，他絕不相信小七會殺人，他見過小七的悲傷，小七初來山寨時他曾看到過，那是一種深深的絕望，是趙寒讓這個絕望的年輕人又活了下來，他怎麼會殺了讓自己活下來的表哥。

　　半夜時分，小七聽到有人輕輕叩擊他的窗子，他輕輕拔出了劍，卻聽得窗外有人低聲說：「小當家，是我。」小七聽出是徐賓的聲音，將門開了條縫，徐賓閃身而入。

　　徐賓認為，山寨裡顯然藏著一位頂級高手，他伺機而動，將山寨裡的

人各個擊殺。小七大約明白了什麼，藏在暗處的高手，就是下山買米時遇到的蒙面人。那人自知無法以一敵十，就藏在暗處採用各個擊破的戰術，一個一個下手。

徐賓告訴小七，能擊敗這種高手的，只有一個人，那就是「烏鴉」──趙寒的師父。徐賓將「烏鴉」的藏身處告訴小七，讓他從山中的密道帶著五娘和栓寶逃走。

徐賓死了，同樣是一劍貫胸。

小七一家則失去了蹤影，山寨的匪徒們群龍無首，為爭搶財物發生了火拼，不久遭到官兵進剿，徹底覆滅。

田三郎確信，那日在米舖外看到的女子就是五娘，然而他找遍了山寨，也沒找到。火焰寨的三位當家，都是他殺的。他藏身山寨，很快就摸清了幾位當家的情況，這幾位當家各住一個小院，每個人都有家室。那貌似張五娘的女子在山寨也戴著面紗，似不願人們看到她的容貌，而且深居簡出，僅在買米歸來的那晚、在匪徒們聚會的大廳出現過一次。田三郎本不想殺趙寒，然而當天晚上酒席散了後，趙寒那粗俗的玩笑令他十分憤怒，那是典型的匪徒式的戲謔。殺胡老二，則是因為胡老二攛掇匪徒們要將小七和五娘一起殺掉，為了五娘的安全，他只好殺了他。至於殺徐賓，則是為了徹底摧毀這座匪巢，只有將所有當家的都殺掉，才能毀掉這座匪巢，救出五娘。他自信，自己的劍術可以輕鬆擊敗匪徒中的任何人，不過這些人一起上的話，則是另一回事。

田三郎隱隱覺得，五娘並未走遠。回到米舖後，他繼續做著夥計的體力活，工作不多的時候，就在城裡到處轉悠。有天下大雨，一個客人也沒有，老闆早早的關上了板壁門。躺在倉房的穀草上，屋子裡十分陰冷，田

三郎摸了摸口袋裡的一弔錢，決定去酒館喝一杯。他在酒館二樓坐下，酒保剛為他斟滿酒，就聽到樓下傳來熟悉的聲音，正是那日米舖外聽見的聲音。一男一女，帶著一個小孩，踩著木質樓梯，咚咚咚的走了上來，隔著兩張桌子坐下了。男子正是那日他見過的，也就是火焰寨的小當家小七，女子依舊遮著面紗，將孩子抱在懷裡，自始至終未說一句話。田三郎目不轉睛的盯著那女子，引起了小七的注意，他狠狠瞪了三郎一眼，招呼酒保斟酒。

三郎為免於打草驚蛇，將視線轉往別處。

小七和那女子再次從田三郎的視線中消失了，田三郎本打算等他們下樓後，便跟上，然而一出門不見了。他明白了，有人接應，肯定一出門就坐上了馬車。這已經是五娘被擄走之後的第九個年頭了。事實上，他並不確定那女子就是張五娘，滅了火焰寨，與救出五娘有何關係呢？真的有必要殺那些人嗎？他對自己做出的一切充滿了懷疑。他決定離開運城，回到運河邊的故鄉去，也許五娘早已回到了那裡。這些年，他攢了一筆小錢，所以一有回鄉的想法後，他當即在馬市上買了一匹老馬，又置辦了旅程中所用之物，拜別米舖老闆，踏上了歸途。馬雖是老馬，但是腳力甚健，進入密林，直覺清風徐來，他信馬游韁，看到一片水塘，覺得十分熟悉。猛然醒悟，這不就是當年初到山西殺群蛙的地方嗎？啞然失笑。

「兀那賊子，在那裡笑些什麼？」一個女人叱罵道。

田三郎順著聲音望去，不由發出一聲「咦」的聲音，那女人似也認出了田三郎，同樣驚訝，原來正是要他為群蛙償命、訛詐他的那個異族女子。

田三郎笑著說：「你莫不是專門打劫行路人的母夜叉。」

那女人「呸」的啐了一口，罵道：「你這不知死活的夯貨，天堂有路你不走，地獄無門你偏來。」說著，手挽雙刀像潑風般的砍來。

田三郎知道這女人有些手段，不敢大意，拔出長劍接招。那女人見田三郎劍法精妙，如同一張無所不在的大網，臉上露出狐疑之色，倒退兩丈避開劍氣，問道：「你是玄陽那牛鼻子的徒弟？」

田三郎並不知井中死去的道士名叫玄陽，回應道：「是有如何，不是又如何？」

那女人嬌笑道：「那牛鼻子中了我的毒針，還沒死麼。」

田三郎猜測，那道士必然是中毒後躲在井中療毒，未料最終回天乏術，還是死了。自己無意落井學了劍術，隔世為徒，今日遇到此女，也是天數，正應報仇。他不再搭話，長嘯一聲，縱身躍起到半空中，如大鵬搏兔，長劍發出龍吟般的聲音。那女子勉力接了一招，手一揚，一大蓬毒針如雨般飛來，而後化身為烏鴉，朝林梢上飛走了。田三郎揮劍，毒針尚未近身，便被劍氣蕩飛，偶有幾枚穿透了劍氣，遇到他的護體罡氣也紛紛墜落。

小七正和張五娘在院子裡逗栓寶玩兒，忽見黑影從天而降，一隻巨大的烏鴉倒栽在門前，撞倒了半截土牆，黑霧散開，烏鴉變成了一個女人，渾身是血跡。小七見過李鳳娘變身為烏鴉，然而這副悲慘模樣還是第一次見到，他趕緊跑過去將她扶進了屋，同時讓五娘和栓寶也進屋藏起來。在運城他聯繫上了山寨的暗樁，來到了這片林子，才知烏鴉女李鳳娘是趙寒的娘，也就是他未曾見過面的遠方堂姑母。

李鳳娘深通幻術，武功深不可測，小七曾請求她教授自己幻術，李鳳娘卻說修習幻術，若不能通天道，最終會被幻術反噬，小七隻得作罷，不

過在劍術上，李鳳娘倒是給了他不少指教，大為精進。李鳳娘一邊喘著氣一邊吐血，對小七說：「玄陽那個牛鼻子的徒弟來了，你不是他的對手，我先擋住他，你快走吧。」

　　小七讓五娘趕緊收拾了細軟，自己從馬廄裡找了一匹跑的最快的馬，帶著娘倆離開了玄陰池。這個野林子雖然詭異，卻是他一生中最為安穩和平靜的日子。李鳳娘雖然殘忍，是個不折不扣的女魔頭，然而在面對小七一家人時，和平常婦人並無區別，他甚至在李鳳娘的身上感受到了一些母愛，他的母親在那場官兵圍剿中慘死，成了一直伴隨他的陰影，他恨父親，恨高祖義，恨那個墮落的村莊。然而，他最終也還是走上了這條墮落的道路，殺人越貨，在火焰寨為匪。他本以為，離開火焰寨，一切就結束了，但為了躲避那個看不見的敵人，他又一次進入了這個以殺人為業的女魔頭李鳳娘的魔窟，在這裡，他竟然感受到了安穩。他下定決心，離開野林子之後，要去一個沒有殺戮的地方，過普通人的日子。

　　田三郎來到那片破院後，李鳳娘早已斷氣多時，她心脈被劍氣震斷，又遭到幻術反噬，手腳早已變成了烏鴉，在一片青色的火焰中燃燒，只有那張臉還是人臉，閃爍著一點點光芒。田三郎就地挖了個坑，將那魔女掩埋，縱火將這魔窟燒掉。他順著馬匹留下的蹤跡，繼續追蹤。

　　小七和五娘一路向東北方向，過太原府，十幾天後進入北平府境內。為了不被追蹤者發現，他們白天住客棧，晚上才上路。到琉璃河畔時，他們寄居在一個沒名字的野村。五娘發現了暗中追蹤他們的人，那明明是一雙她熟悉的眼睛，卻想不起來是誰。也許，她只是不願想起來。

　　村中的穀子熟了，小七和村民們一起去收穀子。當那雙眼睛完全出現在張五娘眼前時，她如遭雷擊，那其實已不是她熟悉的眼睛，那雙眼睛遭受了太多的苦痛，就像是在磨刀石上反覆磨礪的刀刃，冰冷，鋒利……那是她的夫君田三郎。

　　五娘請求田三郎不要殺小七，她願意跟他走，她知道小七照顧不好孩子，她會把栓寶一起帶走。

　　田三郎沒有看到五娘眼中湧起的哀愁，他將她抱上馬背，連同那個孩子一起，朝故鄉的方向馳去，翻過了前面的山，再一路向東，一路向東，就能回到闊別了十年的故鄉了。不過他很快就發現，有人在追蹤他，他走得快，那個人也就走快，他走得慢，那人也就走慢。他知道，這是捕獵，追蹤他的人，在等待一個機會。之前他是獵手，而現在他成了獵物。一個好獵手，有時候會偽裝成獵物。

　　馬兒進了一片松林後，一抹幾乎看不見的笑容出現在田三郎的嘴角，

他那稜角分明的雙唇微微張開，潔白的牙齒閃爍著一線白光，那是野獸捕獵前的喘息。張五娘覺察到了這一切，她無法相信這是她的三郎，這是一個她完全不認識的人。

田三郎將那匹雖然衰老，但依舊跑的飛快的老馬拴在了松樹上。她綁住了五娘的手腳，五娘似乎知道將會發生什麼，她哭著哀求五郎，不要殺小七，只要不殺小七，她願意做任何事。田三郎看了看她，他好像答應了又似乎沒答應。他用破布堵上了五娘的嘴，也蒙上了她的眼，將她安置在草叢裡，露出了上半身。一縱身，躍上了粗壯的老松樹，從劍鞘中拔出長劍，輕輕一彈劍鋒，整個林子裡迴盪起淒厲的風。

一陣急促的馬蹄聲在林子裡響起，伏身在松枝間的田三郎緊緊盯著馬蹄疾馳來的方向，馬背上的小七雙眉緊鎖，一手持劍，一手抓著馬韁，他看見了草叢裡被綁的五娘，憤怒使他的臉變了形。當馬兒從松枝下掠過的一剎那，田三郎像一隻捕獵的夜梟撲了下去，氣勢如虹，將小七連人帶馬劈成了兩段。小七的眼睛瞪得大大的，憤怒的火苗依然在燃燒，然而那是一片逐漸熄滅的光焰。

田三郎輕輕一抖，劍鋒上的一滴血珠飛了出去，落在了一枝野花上。他答應不殺小七，但還是殺了他，他騙了五娘。他要做個徹底的了斷，不然，捕獵遊戲不會結束。他不想再從獵人變成獵物。他收劍回鞘，頭也不回的朝五娘走去。

「小七呢？」張五娘問。

「他走了。」田三郎一邊說，一邊解開綁五娘手腳的繩子，去解馬。

「我不信。」五娘撒腿就跑。

田三郎並沒有追，五娘看見了一切，她跪在地上，抱住了小七殘缺的

軀體，發出嘶吼般的慘烈哭聲。她大聲問道：「為什麼殺他，為什麼？」

「這是做賊的下場。」田三郎說。

五娘渾身顫慄，用手帕擦淨小七臉上的塵土，撫平那尚未閉上的眼睛。她看見了小七屍骸邊遺落的匕首，拔刀出鞘，刺入了自己的胸口。

田三郎瘋了一般，奔了過去，五娘氣若游絲，臉色越來越白，血不停地從胸口湧出。

她似乎還想說些什麼，但無奈的閉上了眼睛。

田三郎將五娘和小七安葬在了一起，帶著孩子回到了運河邊，他將那失去父母的孤兒送進了佑勝教寺，請求大悟禪師收為弟子。

從此之後，運河邊多了一個經常醉酒的瘋子。夜深人靜之時，他馭劍而飛，在蘆葦之上，在水上，在明月與朗星之間。

田三郎問大悟禪師，一個人怎樣才能覺悟？為何具有大神通的人，依舊活在痛苦之中。

大悟禪師說：「愛、神通，對自身不具足的人來說，是更大的泥沼，越是痴迷其中，毀滅的也越快。覺悟者的內心，應該像一支箭，始終有目標，只射向唯一的靶子。沒有目標的箭矢無論怎樣銳利，都是不受控制的，和隨手扔出的石頭沒有區別，落在何處無從知曉。你知道自己為何而活著嗎？」

田三郎請求進入燃燈佛塔所在的塔院閉關，大悟禪師同意了。

塔院久無人跡，磚縫裡長滿了草，地上鋪著厚厚的落葉。田三郎清掃落葉，清理堆積在角落裡的塵土，砍掉灌木，清除雜草，盡去荒穢，使得整個院子潔淨清涼。他在塔邊的小石屋中安置好自己的東西，撬起塔院正中的方磚，將自己的劍埋在泥土裡，重新砌好磚，使故物恢復原樣。做完

這一切，他坐在塔下的樹影裡，進入了冥想狀態。

　　入暮後，天邊翻湧著烏雲，突然下起了暴雨，從天而降的雨水將他淋了個透，但他一動不動，像一尊雕像，雨水從他的頭頂滑下來，順著眉毛，眼窩，鼻子往下流，彷彿洪水翻過山丘，覆蓋了整個大地。過了半個時辰，雨停了，儘管天色已完全黑了，但是雨過天晴，一輪明月掛在塔邊，被雨水滋潤過的土地上流動著月之清輝。

　　他結束冥想，回到石屋擦乾身體，換上乾爽的衫子，沒有目的的繞塔而行。

　　雨後的塔院，到處是小水窪，好像一個個圓形的小鏡子，折射出一隻穿梭速度極快的灰色影子。田三郎猛然想起，十餘年前，他被那神祕的灰衣人抓著後頸拎上塔頂，嚇的魂不附體。那灰衣人曾說，他們還會相見，然而那是個沒有期限的約定。一念至此，他一提氣，向影子追去，那影子縱身一躍，輕飄飄的上了塔頂。田三郎雙臂一展，像大鳥一樣落在了塔頂，一仰頭看見一隻巨大的壁虎頭朝下尾朝天倒爬在塔剎上，足有一丈多長，咧開的大嘴裡露出白森森的兩排牙齒，兩隻拳頭般大的眼睛閃爍著奇異的光芒，那神情竟似乎是在笑。他與那壁虎就這樣一個俯視，一個仰望，彼此凝視著。田三郎縱使藝高人膽大，此時也幾乎靈魂出竅，差點從塔上墜落。只一瞬間，那壁虎便不見了。不知為何，他的腦子裡閃過一個奇怪的念頭，壁虎就是那灰衣人。大悟禪師說過，數百年前木頭陀為了保住鎮壓孽龍的寶塔無虞，曾留下一隻神獸看守寶劍，莫非那巨大的壁虎就是傳聞中的神獸。

　　「愛恨之海，有際無涯。」田三郎有時清醒，有時瘋癲，他已不太記得五娘的容貌，他依稀還記得自己餓暈後做過的那個夢，烏黑發亮的殿閣

穹頂，硃紅色棟梁上描金，畫滿了龍鳳圖案，極盡奢華與絢爛，那好像是一座宮殿，又彷彿是一座祭堂。殿閣正中，是一座白色的牙床，床上掛設著綠色紗帳，他躺在帳子內，看見五娘隱入了一片灰色的霧中。海已枯，石已爛，大劫之下，人已非人，相已非相。

「高山之寺，飛鳥可達。」誰的心裡，沒有一座高山之寺呢，然而，那並不是輕易可到達的地方，只有心化為飛鳥，靈魂像輕靈的羽毛一樣，才能飛到哪裡。田三郎像鳥兒一般飛上寶塔的相輪，靠在塔剎上，他喜歡這個地方，俯瞰整座通州城，運河兩岸灑滿了月色，停駐在渡口的檣櫓猶如密密的森林，在水上討生活的人們都入了夢，繁華的商市街依舊亮著幾盞燈。

【文獻鉤沉】

「寶塔鎮龍」，是流傳在運河兩岸的古老民間傳說，傳說塔下有一眼古井，直通向東海，裡面的鐵鏈鎖著一條孽龍。這條孽龍原來是西海子裡的龍，總是發洪水，淹沒人們的土地和房屋，明代的高僧將它鎖在了井裡，為了將它永遠鎮住，故而造了寶塔。

羽民國

羽民國

1. 羽民族公主霜月影

　　我和族人們生活在大海東南的一座海島上，島嶼方圓六千里，最高的山是流波山，也是王族居住的地方。島上到處是盛開的花朵和濃密的樹木，泉水淙淙，就連懸崖絕壁上都生長著一種銀色的小花，名為離魂花，從遠處的海面上望去，矗立在波濤中的一座座山峰上彷彿有銀星閃爍。海島三面陡峻如壁，只有朝向東面，也就是迎著早晨的太陽的一面，地形比較平坦，海岸線上泛動著柔光，那是浪花在舔吻沙灘。族人們大多在崖巇間築巢而居，巢居就像一個個懸在崖壁上的圓球，門一律朝向東方。每當清晨的第一縷陽光射進門戶，族人們就迎著東風，朝大海上飛去。

　　大洪水時期，四海揚波，我們世代居住的海島被淹沒，族人們遷徙到了西陲的積石山一帶，先王霜月協助大禹治水有功，禹王將世間至寶「混元鏡」和一卷〈玄祕圖〉賜給了他，此後「混元鏡」成了羽民國的王室信物，已經傳了十六代了。然而，就在一個月前，這件寶物離奇失蹤了。之所以說離奇，是因為混元鏡一直藏在流波山最高處的丹穴殿中，那座神殿供奉著禹王的神位，四周設下了「匿形陣」，將整座大殿籠罩了起來，外人不但不知大殿的位置，就連大殿本身也看不到，又如何將寶鏡盜走。「匿形陣」是先王霜月所創，只有擁有王室血統的人和祭司才能通過，那麼盜竊者是否就是王族或祭司呢？我的父親、第十六代羽民王霜月明，祕密派信使將我召進宮廷，宮廷在流波山半山腰一片巨樹森林上，那是大型巢居構成的建築群，巢居的根基巧妙的應用了天然的樹幹，每座建築都有一個伸出枝幹的大平臺，由空中廊橋相連，遠遠望去，彷彿漂浮在空中。我輕輕落在了「姑射殿」前的平臺上。父親在欄桿邊袖手危立，雙眉緊鎖，臉上掛著憂色。

　　「父王，失竊寶鏡的現場，可有什麼異常？」

父親將一支髮釵遞給了我，「這是在大殿內發現的。」

我接過釵子細看，這隻釵子製作的極為精巧，紫金打造，分成兩股，如雙鳳翻飛之狀，鳳眼為紅色寶石，鳳凰翅膀的內側鐫刻有一枚星徽。很顯然，父親也發現了這圖案，他問道：「你可見過這個記號？」

我搖搖頭說：「孩兒不曾見過，也許我師父知道。」我師父澹臺丹知識廣博，法力高強，是我們的大祭司，居住在島嶼南端名為峮嶬的小島上，我從八歲起跟他學習巫術，已經學了十年。我師父的家族澹臺氏和我的家族霜月氏出自同一血脈，同為這座島上的王族，但自我的遠祖霜月助大禹治水之後，霜月氏便世代為王。當年霜月率領族人們從西陲返回海島，將〈玄祕圖〉交給了弟弟澹臺，從此澹臺氏代代修煉祕法，成了祭司家族，培養出一代又一代大祭司，尤其是到了我師父這一代，他徹底參透了〈玄祕圖〉，成為歷代祭司中最耀眼的人物。

父王聽了我的話，勉強點了點頭說：「影兒，你走一趟，並代我向丹大師問好。」

「丹大師」是我父親對師父的稱謂，他曾經也是我父親的師父，早年關係十分親密，但是我的祖父霜月圖去世後，身為祭司的澹臺丹不支持父親繼承王位，他更希望我父親的弟弟，也就是我的叔叔霜月清為王。當時我這位叔叔才5歲，父親認為他支持幼兒為王是另有圖謀，所以登基為王後便將師父一家全部放逐到了峮嶬島，正是在那段放逐的日子裡，澹臺丹參透了〈玄祕圖〉，過了幾年，不知為何二人又恢復了關係，父親強烈要求澹臺丹回到王宮掌管祭祀，我就是那時候拜他為師的。但師父在王宮只住了一年，他說不習慣宮廷裡的熱鬧，留下自己的長子在宮廷擔任祭司，想回清淨的峮嶬島，父親答應了他，並且讓我一道去了那座鳥不拉屎的小島。

羽民國

我帶著那支釵子，張開四翼直飛雲霄之上，從流波山王宮到嵫嶇島計三千餘里，但我只一日間便到達了。師父的居所極為簡單，一座鐘形的石頭小屋，屋中除了草墊之外，僅有陶瓶、一鍋一灶，一隻黑釉碗。此外，就是鐫刻在玉版上的〈玄祕圖〉了，這件東西是他最珍視之物，可以說一刻不離其身。師父自被流放後，生活清簡甚至可以說是苦行，他與我父王改善關係後，也並未改變生活方式，十幾年來不曾安臥，入夜只在草墊上閉目而已。不過他並不要求我也住同樣的小屋，而是在小屋邊的一棵巨樹上為了建造了寬敞的巢居。我也是到了這座小島之後，才知道人居然還能居住在地上，據說只有中土那些不會飛的人族才在大地上建造房屋。

　　我落在了師父的小屋前，敲開了師父的門，他蒼老的容顏出現在我的眼前，笑容在他的臉上盪開，滿布溝壑的臉彷彿綻開了一朵花。

　　「我猜就是你。」

　　「為了何事你也知道了吧？」

　　師父點了點頭，他的「觀心術」越來越厲害了，只要看著別人的眼睛，他就知道對方內心的想法。

　　我將釵子遞給他，他掃了一眼，眼中竟掠過一絲痛苦的神色，這只是一剎那的事，很快就恢復了平靜，淡淡的說：「為師不知釵子的來由。」

　　儘管我的「觀心術」還只學了一些微末的皮毛，但我知道師父在撒謊。

　　回到王城後，我只說師父也不知釵子的來由，並未告訴父王師父的異常神情。父王命我繼續追查「混元鏡」的下落，他猜測盜竊鏡子的人已經離開了海島。

羽民國

2. 結匈國王子柔利

羽人從天而降的事發生在昨天,那時我正和哥哥在王宮前的廣場上追逐,他們出現在澄明的天際,起初我以為那不過是鳥,並未太注意,繼續追著哥哥跑,直到一陣大風吹過,他們從天空冉冉降落,我才看清楚那不是鳥,而是兩個人。事後父王告訴我,那是羽民國的公主霜月影和他的侍從。她有一頭銀絲般的秀髮,一直垂到腰間,白皙的皮膚彷彿透明的一般,秀氣的臉上有一雙碧綠的眸子。背上四隻雪白的羽翼,彷彿透明的水晶,熠熠生輝,不過在落地的一瞬間,羽翼就消失了。父親後來告訴我,那是隱翼,只有王族才擁有隱翼。追隨在她身後的人同樣是一頭白髮,但灰黃無光澤,臉頰窄長,長著兩隻火紅的眼睛和尖尖的鳥嘴,兩隻巨大的鐵青色羽翼,更是增添了他的恐怖模樣。父親說,那是鐵翼人,他們性情剛烈、急躁、好鬥,不怕死,是羽民國的戰士。

羽民國在我的族人棲息的海島的正東方,是周遭三千里之內最大的一個海上之邦,其民皆生有羽翼,能像鳥兒一樣在天空飛來飛去,所不同的是王族和祭司擁有四翼,而貴族、平民和戰士皆為兩翼,他們在樹上或懸崖上築巢,稱為巢居,當然有些藏匿的犯罪者也會在懸崖洞穴中棲身。

我們結匈國的島嶼與羽民國相距兩千餘里,相隔既遠,又有大海阻擋,兩族素無來往,不過我父親卻說,上古大禹時期,我們兩族同屬羽族,結匈人也曾擁有翅膀,甚至比羽人更善飛翔,我們胸肌發達如鳥胸,就是明證。只因大禹征討無支祁,我的族人們站在了無支祁一方,戰敗後被斬斷了羽翼,並下了「斷翼咒」,全部流放孤島,從此與天空無緣。

霜月影來到中國,據說是追查一件失蹤的寶物的,至於是何寶物,連父王也說不清楚。我很想再看看她的樣子,尤其是她從天而降的時候,飄

逸的長裙如同流雲，銀色的秀髮閃爍著銀輝，發冠上的寶石閃爍著光芒，通體如同一尊玉人。但父王不讓我們見她，甚至將哥哥藏了起來，過了兩個月後還派人將他送到了不知什麼地方。看起來，父王好像在害怕什麼。後來那位羽民國的公主走了，當我知道的時候，天空只有一白一青兩個影子，她像一隻白色的鳳凰，消失在了天際。但我能想像到她的樣子，尤其是那雙綠色的眸子，有種攝魂奪魄的力量，令人害怕，但又令人喜歡。

3. 大祭司澹臺丹

　　十五年前，先王霜月圖駕崩，我作為大祭司，尊奉遺詔輔佐年幼的王子霜月清登基，但是年長的大王子霜月明和族中長老們結成了同盟，不承認先王遺詔，稱自己才是合法的繼任者，他們放逐了我。為了懲罰我，登上王位的霜月明砍斷了我的羽翼，讓我喪失了飛翔的能力，並將我們一家都流放到了三千里之外的荒涼小島崦嵫。至於那位倒楣的小王子霜月清，同樣被斬斷了羽翼，不久之後就死了。

　　霜月清的死，是舉國皆知的事，但只有我知道，他並未死。他被斬斷四翼後，傷勢嚴重，身體日漸衰弱，為了避免登基的新王霜月明對他進一步殘害，我讓王宮內的小內侍將一枚「攝魂丹」給他服食，造成假死的樣子。我雖然被流放到三千里之外，但宮內發生的一切我都知悉，並且遙控宮裡的人，別忘了我曾是一個大祭司。

　　小王子假死之後，新王命人處理掉他的屍體，我的人趁機掉包，將他送出了海島。那時候，我正好進入參悟〈玄祕圖〉的關鍵時期，因此並不知道那個忠心的僕人背著斷翼的小王子飛到了哪裡。我也曾占卜過他的下落，我知道他還活著，並且曾去過多個國家，然而他究竟在哪裡，我並不清楚。

　　當我的徒弟、那個刁鑽的丫頭，也就是當今君上的公主霜月影拿著雙股鳳釵來打聽消息時，我斷然否認了，事實上我認得那個釵子。那是先王賜給王妃搖紅的禮物，搖紅便是小王子的母親。至於小王子當日逃走時，是否帶著這隻釵子，我就不知道了。混元鏡被盜，也許與小王子有關，也許無關，但當今君上顯然懷疑起了我。不然，他不會讓自己的女兒拿著那支釵子來問我，這明明就是敲山震虎。我決定親自去尋找小

王子，儘管我斷了雙翼喪失了飛行能力，但是參透〈玄祕圖〉後，我又長出了兩對羽翼，而且是金色羽翼。我們羽民國，王族為雪白羽翼，祭司為赤翼，貴族為藍翼，戰士為鐵青翼，平民為灰翼，但自貴族以下只有一對羽翼，只有王族和祭司才擁有四翼。在我們的傳說中，曾有過一位金翼祭司，那還是大洪水之前的事，據說他也是第一個參透〈玄祕圖〉的人。知道此事的人並不多，而且誰也沒當一回事。為了不引起當今君上的注意，我只在夜晚飛行過，就連我的妻子和孩子們也不知道我的隱翼已重生。

4. 羽民王霜月明

傳世寶鏡「混元鏡」被盜後，我懷疑此事與大祭司澹臺丹有關。儘管這些年他一直在海島，但我很清楚，他從未放棄過野心。他在宮廷裡安插了很多「釘子」，為他收集情報，但這些年他的「釘子」差不多已被我拔光了。十五年前，我的父王駕崩，澹臺丹拿著一塊玉版，宣稱是父王的詔書，要立我年幼的弟弟為新王。我絕不相信，父王會這樣糊塗，立一個只有 5 歲的孩子為王。況且，父王生前曾說過，我才是他唯一的繼承人。

澹臺丹的野心並未得逞，因為我說服了長老們，並且得到了大部分貴族的支持，成為了羽民族的新王。對於那些支持澹臺丹的人，我對他們進行了嚴厲的懲罰，斬斷了他們的羽翼。對於羽民來說，不能飛是最大的恥辱，要麼飛，要麼死。所以，被我斬斷羽翼的貴族們紛紛從朝海的懸崖上跳了下去，結束了自己的生命。只有澹臺丹和我那可憐的弟弟恥辱的活了下來，當然那小傢伙後來還是死了。我沒有殺澹臺丹，將他們一家都流放

羽民國

到了三千里之外的荒島，我要他恥辱的活著。不過上天似乎很眷顧他，他在崊嵫那個荒涼的地方參透了〈玄祕圖〉，我知道這意味著什麼，我決定將他召回來，畢竟我也需要一位祭司。

澹臺丹回到宮廷後，表示已痛悔前事，向我效忠。為了表示誠意，他讓兩個兒子也進入了我的宮廷。不過他在宮廷只留了一年，便懇請回到島上，他說他已經習慣了小島的生活，受不了王城的喧鬧。我見他確實已經老了，如同一隻被拔了牙和爪子的老虎，就答應了他。他將兒子和家人留在了王城，一個人回到了那座小島。不過最近我懷疑他的衰老只是偽裝，傳說參透〈玄祕圖〉的人會長出兩對金色羽翼，大洪水之前的傳說中，我們曾有過一位金翼祭司，而我的先王霜月，也就是那位輔佐大禹治水的羽民王，據說也是金翼，他是唯一一位身兼祭司和王的人。我讓影兒拿著那支釵子給他看，不過是旁敲側擊。事實上，釵子並非發現於「丹穴殿」，殿內什麼線索也沒留下。那支釵子原本屬於搖紅、也就是我那可憐的弟弟的母親，我是從先王的遺物中找到的。我母親在我年少時就死了，我父親很愛她，很多年都未曾立新的王後，晚年時，他在海上打獵遇到了一個名叫搖紅的外族女人，將她帶回了王城，並生下了我那可憐的弟弟。父親對搖紅非常寵愛，經常帶著她飛到海上打獵。這在以前是不可能的，即便是我的母親在世時，也從來沒有過。我的父王總是說，打獵是男人的事，女子屠殺了生靈就不再是女人了。大家都說搖紅是個妖女，因為無論她想要什麼，我的父王都會給她。不過後來王宮發生了一場大火，這個女人就失蹤了，也有人說她在大火中喪生了，人們在灰燼中發現了這支釵子。後來，我父親就一直隨身攜帶著釵子。大祭司與這個女人的關係一直很好，他當然知道釵子的主人是誰，為何卻說不知來由呢？

5. 羽民王子霜月清

我和弟弟柔利在王宮前的廣場上玩耍，天空出現了羽人，那時候我應該趕緊躲起來，不過為了顯得鎮定無事，我們繼續在廣場上追逐。其實，柔利並不是我的親弟弟，我也不是這個國家的人，我的名字叫霜月清。我是五年前來到這裡的，那時候柔利才剛剛出生。結匈國的王對我很好，答應了我的庇護請求，讓我冒稱他的王子。

沒有來結匈國之前，我已經流浪了 10 年了。5 歲的時候，父王駕崩了，祭司澹臺丹說我才是繼承人，但這遭到了大哥的否認，他殺了那些支持我的人，砍斷了我的羽翼。事實上，具體都發生了什麼，我早已不記得了，這些都是我的僕人尋木告訴我的。我只記得我被斬斷羽翼後昏了過去，之後被丟棄在一座偏僻的巢居中，昏迷的時候多，清醒的時候少。有一天醒來，我發現自己在海上飛，準確的說是有人背著我在海上飛。他就是尋木，我的僕人。不過我從未將他當僕人，而是視為朋友。

我們到的第一個國家是畢方，在青水以西，這裡的人都長著一隻腳，好在他們並不經常用這隻腳蹦跳，因為他們也和我族一樣，擁有兩隻翅膀，不過他們長了碩大的鳥兒的身體，渾身都被羽毛包裹著，說話的時候簡直是在咆哮，言語粗魯極了。他們也住在巢裡，和我們的「巢居」相比，十分簡陋，大多建在低矮的樹木上，有些甚至直接建在地上。屋子裡臭氣熏天，我們只在哪裡停留了兩天。

離開畢方後，尋木背著我飛了整整兩天，也沒有遇到有人的地方，最後我們降落在一片瀰漫著青色霧氣的地方，尋木說這裡是「青隱之野」，是黑夜睡眠的地方。每當日神的金色車駕出現在天空，黑夜就躲藏在青隱之野。「黑夜」是一個調皮的孩子，他喜歡到處亂跑，跑到哪裡哪裡就一

羽民國

片黑暗，不過若被日神追上，就會被他的金色長矛刺死。為了防止他亂跑，天帝命令守夜神看著它。通常來說，人們是看不見守夜神的，但也有人曾在夜晚遇見過，因為他偶爾也跟隨「黑夜」這個調皮的傢伙出現在夜晚降臨之處。在一本神祕的書中曾記載過，書中說：「有神二八，連臂，為帝司夜於此野。在羽民東，小頰赤肩。」不過，事實並不是書中說的那樣，當我們降落時，發現野地裡站著一群小孩子，他們手牽著手，攔住了我們。這是一些怪異的傢伙，我最初以為是 16 個人，但很快發現是 8 個，他們每個人都是雙頭四臂，跑的非常快，簡直像是在地上亂轉的陀螺，無論你跑到那個方向，很快就會被他們追上，因為他們有兩個頭，視線能夠及於四方。為了擺脫這群有紅色肩膀的傢伙，我們最終還是飛向了天空，那簡直是一個噩夢。事實上，我後來經常夢見他們，在青色的霧氣中，我被他們追逐，無所遁逃，直到驚醒。

我們又飛了整整一天，到了一個叢林部落，這個部落的人都養著黑色的獸，名為厭火獸。此獸外形象一隻豹子，但渾身披著細細的絨毛，脖頸下有個下垂的囊，張大嘴，囊中火發，能夠吐出火焰。部落中人用火時，便撫摸那怪獸的頸囊，獸便張嘴吐火。煮飯、鍊鐵，都用此獸來吐火。此獸不吃肉類，只以硫磺為食物。我們隱匿在厭火國半年，尋木的羽翼引起了太多人的注意，為了避免麻煩，只好離開。

我們到的第三個國家是「貫胸國」，這個國家人人胸口都有一個圓形、碗大的孔，上了年齡或是生病走不了路的人，就讓人拿一根槓子，從圓孔裡穿過去，抬著走。貫胸國的人極有智慧，沒有君王，也沒有貴族和平民之分，所有人服色相同，他們勤勞而且守本分，不是自己的東西不會取用，因而人人富足而快樂。這裡的人對我們十分友善，我們在此生活了

兩年多。後來載國入侵，發生了戰亂，我們不得不逃離。載國是貫胸國的鄰邦，這是一個非常強悍的國家，國人身上都覆蓋著黃色的毛，每個人都是射箭的高手，能夠左右開弓連珠射箭，當他們的大軍攻擊時，射出的箭如同下雨一般密集。他們喜食蛇，經常射殺蛇為食物。無論多大的蛇，即便是那些巨蟒，一聽到載國人的鼓聲，立刻就癱軟成一團，任其宰割。所以，當載國人騎著他們的戰馬呼嘯而來時，貫胸國的人只好逃離家園，我也是那時候離開的。後來我聽說倖存者們移居到了一座小島上，我希望再也沒有戰爭侵擾他們。

逃離貫胸國之後，我先後在三苗國、交脛國、岐舌國、長臂國、周饒國等十幾個海上之國流浪，居無定所，直到五年前來到結匈國。我和尋木化妝成普通人的樣子，但是很快就被他們的司吏發現了端倪，送到了國君滅蒙的王宮。滅蒙是一位充滿智慧，無法被欺瞞的君主，他識破了我們的身分。當然，這與尋木的羽翼有關。在羽民國，只有王族和祭司天生擁有隱翼，其他人想要隱藏起羽翼，需要修習「隱翼術」，尋木的「隱翼術」尚不成熟，他只能暫時隱藏起羽翼，一旦遇到吹風，羽翼就會露出雙肩，迎風鼓盪。

結匈國國君滅蒙獲知我們的身分後，表示會庇護我們。他告訴我，結匈和羽民原本同屬羽族，只因結匈族人被下了「斷羽咒」，才失去了翅膀。傳說羽族有一位大祭司，手中有一件法器，能夠解除「斷羽咒」，使之恢復飛翔的能力。他希望我將來找到那件法器，為結匈族人解禁。我答應他盡可能尋找這件法器。他讓我冒稱王子，進了宮廷。

來結胸國的羽人少女名叫「霜月影」，還帶了一位鐵翼戰士。據滅蒙說，她是當今羽民國的公主，那就是我哥哥的女兒，算起來是我的姪女

了。不過，想來她不會認識我，因為我離開的時候，她還沒有出生。她是來尋找一件遺失的寶物的，那件寶物對羽民非常重要，據說竊賊露出了行跡，她是一路追查而來。至於丟失的是什麼寶物，她卻並未明言。滅蒙是如何應對這位公主的，我並不清楚，總之他讓我不要擔憂，會繼續庇護我，我以為事情就這樣過去了，但過了半年多他突然建議我換一個地方。因為就在「霜月影」離開之後九個月，發生了一件駭人的大事，我們的鄰國狄山被羽民國誅滅了。

狄山是個強大的巨人部族，他們身高三丈，說話時彷彿打雷，騎著大象作戰，部族的巫師善於獸語，能夠驅逐老虎、獅子、熊等猛獸一起上戰場，多次威脅結匈國和周邊的部族。霜月影不知從何處得知，竊賊藏匿在狄山王犬封的宮廷，她要求犬封交出竊賊，犬封不但拒絕了她，而且還出言不遜，侮辱了羽民王霜月明。

霜月影離開了狄山，隨之而來的是羽民王霜月明親率的大軍。

那是一個吹著涼風的晴朗早晨，山那邊雷聲滾滾，狄山的人都以為要下大雨了，然而天空卻連一點雲彩都沒有。忽然，從山頂上湧動起大片青色的雲，遮天蔽日，不過他們很快就發現那並不是雲，而是鐵翼戰士，他們聽到的也不是雷聲，而是飛行的戰士在擂鼓。霜月明彷彿群鴉中的鳳凰，騎在銀龍背上，被鐵翼戰士們擁在中間，他居高臨下，在天空俯視著大地上的狄山人。輕輕揮動旗幟，頓時箭雨從天傾瀉而下，狄山人的戰士連交手的機會都沒有，就被殺死了一大片。

狄山王犬封得知國土丟失大半，羽民大軍已經逼近都城，他一面組織身著重甲的盾牌兵迎擊，一面派人將藏在宮廷的「神祕人」從道地送走。狄山人的重甲武士有厚厚的盔甲和巨大的盾牌，箭雨對他們無可奈何，但

他們的強弓卻是羽人的致命武器。第一波戰鬥中，有不少羽族戰士被擊落。不過，羽民戰士並未繼續糾纏，他們越飛越高，漸漸消失在了高天的雲中，分不清那是雲，還是羽人，或許他們離去了，或者是在等待什麼。

黑夜來臨了，是羽人等待的黑夜。天空無數紅色的星星閃爍，狄山人很快就明白那不是星星，而是火，無數火球從天而降，狄山人的王宮在大火中燃燒，重甲武士扛著盾牌，四處逃跑，羽人在黑暗的天空中飛來飛去，藉著地上的火光，不停的攻擊那些移動的靶子。天亮後，人們在戰死者中發現了國王犬封的屍體，倖存的巨人戰士紛紛丟棄兵器，跪在地上投降。這根本不是一場戰鬥，甚至連像樣的抵抗也沒有，只能算作一場屠殺。

天空響起了霹靂聲，閃爍著一道道閃電。不，那不是霹靂聲，那是鐵翼戰士一起拍擊翅膀的聲音，那也不是閃電，那是數萬鐵翼戰士揮舞戰劍閃爍的光芒。他們的羽翼銜接著羽翼，一層又一層，一重又一重，彷彿站立在空中的人牆，他們是能阻擋一切的銅牆鐵壁，又能攻破一切的霹靂閃電。他們的箭雨從天而降，他們的火球從天而降，在過去的戰鬥中，他們甚至曾將一座山，一條河流搬到了天上，傾瀉而下的石頭和決堤般的大水從天而降時，敵人幾乎連投降的機會都沒有。

我知道滅蒙為何要將我送走，他不想自己也像狄山一樣面對滅頂之災。

6. 搖紅

我名叫搖紅，是結匈國國王滅蒙的妹妹，結匈國的公主，我在海上游玩時，遇到風暴，船被風浪打翻，眼看就要被海浪席捲而去，一個白色的

羽民國

身影從天而降，拯救了我，他就是羽民國君主霜月圖。當時，他領著自己的戰士們正在風暴中獵龍，他騎在名為鴻蒙獸的異獸身上，手持獵叉，親自捕獵。那是一種名為「扶搖」的龍怪，身長十餘丈，紫鱗赤尾，綠頭白角，兩隻眼睛彷彿巨大的金色燈籠，張大的嘴巴中噴射著濃烈的腥氣，在天空捲動起強烈的暴風，風暴從海面上掠過，浪高十丈。霜月圖手持銀叉，在風中上下翻飛，那怪物張牙舞爪，企圖將他吞噬，然而連他的衣角也觸控不到。他左一叉，右一叉，不一會兒那條怪龍身上就流出大量血液，血液落在海水中燃起了熊熊大火，但很快被海浪吞沒。怪龍咆哮著，電閃雷鳴，幾乎撕裂人的耳膜，然而霜月圖毫無畏懼，依舊與那怪物搏鬥著。這場戰鬥持續了一個多時辰，那條怪龍凌厲的攻勢越來越弱，身上留下了一道道傷痕，而霜月圖依舊像一隻盤旋飛舞的神鳥，身姿飄逸絕倫。怪龍低聲嘶吼著，兩條肉須無力的下垂，不再向他攻擊，而是環繞蜿蜒而飛，似是乞降。霜月圖輕斂羽翼，像一枚彈丸一般從天空垂直降落，落在了怪龍的兩角之間。馴服的怪龍發出一聲清越的長吟，風暴停了，天空陰雲退盡，海上風浪平息，澄宇萬里，他的戰士們在天空擂起了凱旋的戰鼓。

我跟隨霜月圖回到他的王宮，很快嫁給了他。不過，事實並不如人們所知的那樣，我是個被他救回來的弱女子。霜月圖在海上獵龍的獵場，本身是個祕密，我不止是結匈國的公主，還是大祭司，霜月圖喜好打獵的事，我早已打探的清清楚楚。我還知道他在火幕中獵取朱鳥，在冰原上獵取雪獅。那天捲起風暴時，我弄翻了自己的船，我算準他會在那一刻出現。即便他沒有出現，我也必須賭一把。

我的父親將王位傳給兄長滅蒙時，曾告訴了他一個家族的祕密：我們

也曾是羽族，但被下了「斷羽咒」。能夠解除這個咒語的方法只有一個，那就是「混元鏡」，而這面古鏡藏在兩千里外的羽民國。這面鏡子是霜月一族的傳位信物，只有王族才能接觸。要得到這面鏡子，只有一個辦法，那就是讓霜月圖愛上我。海上遇難，正是我與哥哥策劃的一出「苦肉計」。當然，說是「美人計」也未嘗不可。

霜月圖對我的要求可說是有求必應，但我仍然沒有機會接觸「混元鏡」。後來，我懷孕了，生下了我們的兒子，霜月圖答應我，將來要立這個孩子為繼承人。但不久之後，我與兄長之間傳消息的僕人被大王子霜月明抓住了，儘管僕人很快自殺，並未查出什麼有用的消息，但我被牽扯其中，引起了霜月圖的懷疑。霜月圖是一個非常多疑的人，洞察力敏銳，如果我不有所行動，計畫就會功虧一簣。為此，我在宮中縱火，用「金蟬脫殼」逃走了，大火中喪生的不過是一個替身而已。果然，我「死」之後，霜月圖十分傷懷，命霜月明停止了對我的調查。

離開羽民國之後，我本打算回到我的母國結匈國，然而我發現自己又有了身孕，也就是說我當時就正懷著霜月圖的第二個孩子。為了掩人耳目，我來到了讙頭國。讙頭國同屬羽族，他們人面鳥喙，背生兩翼，喜食魚。只是不論男女，該國的人都形貌醜陋，人人皆有一頭紅髮，兩眼突出，面色如黑漆，憤怒時，男子兩翼便化為堅硬的精鐵，羽毛鋒利如刀刃，觸之必死，人人都使用斧子，是勇猛的「鐵斧戰士」。該國女子嫁人後，短則幾天，長則數年，形貌都會發生變化，有的化為絕世美人，有的則頭生雙角，兩臂變成虎爪，成為令人畏怖的「惡女」。究竟為何會產生如此大的變化，似乎是一個祕密。所以，在這個國家，既有美若仙子的女人，也有貌若惡魔的女子，人們習以為常。在這樣的地方生育一個帶翅膀

的嬰兒，比在任何地方更加安全，至少不是那麼引人耳目。孩子出生了，是個男孩，取名「澈」。

海上諸國中，讙頭國距離羽民國最遠，我是在好多年之後才得知霜月圖駕崩了，我的兒子「清兒」並未繼承王位，還被大王子霜月明害死了。能夠透過「隱陣」並進入丹穴殿的，必須是擁有王族血統的人，能實現這一願望的，只有「澈兒」。為了掩藏他的身分，我們深居簡出，極少露面。澈兒是一個聰明的孩子，他對修習我族的巫術十分熱衷，還只是個少年就學會了隱身術。不過，對於法力高強的祭司來說，隱身術很容易識破。當我得知羽民的大祭司澹臺丹並不在王城時，我知道行動的機會到了。

澈兒幾乎沒遇到任何障礙，就通過了「匿形陣」，盜取了「混元鏡」。雖然拿到了鏡子，但未能破解它的使用之法。我們不敢直接回母國，而是躲藏到了較為偏僻的狄山。在一座集市上，我假裝無意的，但卻成功的引起了狄山王犬封的注意，他想娶我為王妃，我起初拒絕，後來答應了他。

7. 狄山王犬封

我名叫犬封，是狄山族的最後一個王。我是在集市上看到那個女人的，她穿著一件寬大的灰色的袍子，臉上遮著黑紗，儘管如此，依舊遮不住她那美麗的身姿。我帶著這個女人回到了王城，這並不是一個年輕的女人，而且是一個危險的女人，她的眼神就像一片深潭。我知道，她會奪走我的一切，然而我依舊愛上了她。我請求她做我的王妃，她居然拒絕了。她說自己是結匈國的公主，名叫雅舞，有人在追殺她和她的兒子，除非我能保護她，否則不會答應。

作為巨人族的王，我當然允諾。

然而她依舊半信半疑，要我發下重誓，即便是面對滅國之敵，也不會放棄她們母子。我毫不猶豫的發下了誓言，百年以來，我的父王和我滅了很多海上之國，還沒有一個部族能挑戰我們。沒有我們保護不了的人，何況還是一個女人。

我未曾想到，這個女人會引來最恐怖的敵人。當羽人的大軍出現在天空時，我那些所向無敵的巨人士兵甚至來不及拿起兵器，就死在了他們的箭雨之下。當他們攻擊王城時，我的重甲武士勉強抵擋住了第一波攻擊，射殺了一些羽族鐵翼戰士。但他們並不與我們打接觸戰，而是退回到了我們看不見的雲層裡。我一度誤以為他們退卻了，但卻未曾想到他們會在夜晚發動攻擊，而且是火攻，從天而降的大火點燃了一切，王宮、茅草屋，全都化為烏有。火焰熄滅之後，那些鐵翼戰士像隱藏在黑暗中的魔鬼，他們不斷偷襲我們，將重甲武士一一刺死。而那些騎著龍的龍戰士更加恐怖，他們的龍在頭頂上不停的呼嘯，噴吐著火焰，發出令人膽寒的龍吟聲。

我知道自己完了，但我還是履行了自己的承諾。我將雅舞送走了，她已懷了我的孩子。

8. 羽民公主霜月影

父王讓我追查「混元鏡」的下落，從師父看到釵子時眼中掠過的異樣神色中。我猜其中肯定有蹊蹺。這支釵子打造精巧，恐怕不是我族人打造。聽說周饒國多能工巧匠，我決定去那裡探查，也許能找到一些蛛絲馬跡。

羽民國

　　周饒國在一座偏僻的海島上，距離流波山一萬三千里，我飛了三天才到那裡。島上十分荒涼，連一棵樹一根草都沒有，到處是黑色的礫石和令人望而生畏的火山噴發後留下的環形地穴，比起到處是花木和泉水的流波山，這裡簡直像荒涼的地獄。就在我準備離去時，我在那些環形地穴中聽到了異響，我小心的飛進巨大的地穴，經過一道長長的通道，一片璀璨的光芒在閃爍，一座地下之城出現在我的眼前。

　　「鳳頭釵」是周饒國最著名的匠人落羽打造的，他是一星閣的主人，釵子上的星徽就是他的標記。他只看了一眼，就告訴我，釵子出自他手，很多年前結匈國的國王為他的王後桑菲所製，總共有兩支，釵子上的鳳凰眼睛用同一塊鳳凰心寶石剖開磨製而成，名為「同心鳳凰釵」。這使得釵子有個神妙之處，只要將釵子放在胸口，就能感應到另一支釵子的存在，修習了「感應術」的祭司，能透過釵子看見另一支釵子所在的地方。

　　我辭謝了落羽，往結匈國飛去。父王告訴後，這支釵子並不是在丟失寶鏡的大殿中發現的，而是我祖父的妃子搖紅的遺物，是尋找寶鏡的重要線索。據說搖紅是我祖父從大海上救回來的外族女子，沒有人知道她的真實身分，莫非她是結匈國人，說不定是王族。

　　我將釵子出示給結匈國王滅蒙看，並告訴他有賊人盜走了中國的寶物，在現場遺留下了這件東西。滅蒙用極高的規格接待了我，但他表示從未見過這支釵子。我見他神色泰然，並不像撒謊，故而便未停留太久。我決定再次去向師父請教，師父修習「感應術」多年，是此中高手，必定能告訴我滿意的答案。然而，到達崅嶬島後，我找遍了全島也沒有找到他，我想他可能是為了什麼重要的事離開了。因為他連〈玄祕圖〉的玉版都沒有帶走，那可是他從不離身的東西。我坐在他平時坐的位置，翻閱玉版，

找到了「感應術」，修習了起來。

　　我在海島上修習「感應術」，不知不覺過去了半年時間，此間我經常將那隻釵子貼在胸前，眼前好像有一團白色的霧氣，霧氣中有一座反扣著的缽一樣的山，山下有青色的王城，城中有個穿紅衣的女人，但我看不清那個女人的臉。我返回流波山，將此事告訴了父王，父王說那座山必定是「覆缽山」，青色的城是狄山城，也就是說另一支釵子在狄山族中。我混入狄山族，在那裡繼續修習感應術，令我感到驚訝的是，我終於看清了那個女人的臉，她和我祖父的王妃搖紅長得一模一樣，在我祖父留下的寢宮裡，我見過她的畫像。

　　隨著我的感應術越來越強，我不但能看到那個女人的行動，而且還能聽到她說的話。她的確是我祖父的妃子搖紅，而且嫁給了狄山王犬封，正是她盜竊了「混元鏡」，至於她如何通過「匿形陣」，盜鏡為了什麼，我暫時還不知道。如果此事被父王知道，必定會大動干戈，我不願讓父王發動戰爭，決定自己將混元鏡找回來。我進入狄山，請求拜見狄山王犬封。他接見了我。

　　「尊敬的狄山王，我知道我族的至寶混元鏡在你的宮廷裡，請將它還給我。」

　　「我不知道什麼混元鏡，若非看在霜月明的面子上，我會立刻將你轟走。」

　　「混元鏡是我族的寶物，但對大王沒什麼用。據我所知，是你的夫人搖紅盜竊了鏡子。」

　　「你的消息恐怕有誤，我的夫人不叫搖紅，她叫雅舞。」

　　我離開了狄山。狄山王犬封不但驅逐了我，而且侮辱了我的父王，他

說父王的王位是殺死叔叔搶來的。

我將狄山之行告訴了父王。

父王怒不可遏，率領三千龍戰士和鐵翼戰士征討狄山，那是一場血腥的戰爭，狄山王身死國滅，其民四處逃散。然而，我並未找到那個名叫搖紅的女人。但我的感應很強，我能看見她，她戴著一支和我一樣的釵子，藏匿在山洞裡，還帶著一個少年，她叫那孩子澈兒，混元鏡就在那孩子的身上。我不敢將這一切告訴父王，我不想讓他殺了他們。也許師父可以告訴我怎麼辦，他充滿了智慧，是我最信賴的人，可是我找不到他。

不久之後，我再次發現了那個女人的行蹤，她出現在了結匈國的王廷。不錯，是我曾去過那座王宮。我之前的推斷沒錯，她就是結匈國的王族，而且是滅蒙的妹妹雅舞。狄山王說的沒錯，她的名字的確叫雅舞，搖紅並不是她的真名。原來她當年嫁給我的祖父，就是為了竊取「混元鏡」，她想用混元鏡解開被封禁的「羽翼」，原來他們也是羽族。對於這一切，我並不感到驚訝，每個羽族，生來就應該擁有在天上飛的自由。之後，我還得知了一個驚天大祕密，他們要推翻我的父親，讓她的兒子做王。

我絕不會允許他人顛覆父親的王位，然而我也不敢將這一切告訴父王。因為我害怕戰爭，我害怕狄山國發生的一切在結匈國重演。我想盡快找到師父，可是他卻像消失了一樣。

9. 羽民王子霜月清

離開結匈國後，尋木背著連續飛了九天九夜，他說要帶我去一個羽人找不到的地方，我們到了一座海島，島上到處都是火樹、火泉，就連山坡

上的花朵，水中的游魚，都帶著火焰，它們是火焰中的生物。我和尋木餓壞了，然而島上沒有可食之物，很快我們就因飢餓昏了過去。

醒來時，我被眼前的一切嚇壞了。一個面孔像黑漆的人端著木碗，正在一棵火樹下餵給我一種黑乎乎的流食，散發著腐臭的氣息，然而入口之後，便發覺那其實是妙不可言的美食。我明白了，是他救了我。她開口說話時，我才意識到，她是個女子。她告訴我，她的名字叫「夢姑」，生來就不畏懼火焰，她見我和尋木暈倒在路邊，猜測我們是餓暈了的外族人。她說這座島名叫「不滅島」，因為島上到處都是火焰中的生物，所以又被稱為「流火島」。她給我吃的食物是「厭火魚」，這種魚兒雖然生在火泉中，但本身卻並不是火物，一旦離開了火泉，就會散發出難聞的氣味，不過肉質非常美。

我恍惚記得「不滅島」這個名字，似乎從前我的啟蒙老師，也就是那位名叫澹臺丹的祭司曾經提到過，他說不滅島上的人因為食用火物，人人皆能長生。我問「夢姑」，事實是否如此，她說自己也不清楚，不過這座島上的「火民」都非常長壽，都有數百年的壽命，但是他們仍然會死。

幾天之後，我衰弱的身體就恢復了，夢姑帶著我到島上的各個地方遊歷，她教會我捕捉火泉中的魚兒，告訴我那些魚兒可以食用，那些魚兒有火毒，不能吃。相處的日子久了，我發現她是一個聰明而且勇敢的人，儘管生的容貌醜陋，但是天性善良。當他得知我是被斷了羽翼的羽族後，非常高興，她說自己也是羽族，並展示了自己的隱翼，那是一對漆黑的翅膀，羽毛如同鋒利的匕首，閃爍著幽幽的光芒。她不是島上的火民，而是譙頭國人，她生在一個祭司家族，生來就不怕火，因此被家人送到島上來學習「馭火術」。

夢姑告訴我，火山口的火湖中有種魚兒，名叫「逐火魚」，以火焰為食物，越是燥烈之火，越是能引起它們的追逐，這些魚兒平時生活在火湖地下靠近火山口的地方。若能得食此魚，她的「馭火術」將大為精進。當年尋木背著我逃離故國時，我隨身攜帶的唯一一件物品是火靈珠，這是滿月時父王給我的禮物，也是我與故國之間唯一的牽繫之物，我將它送給了夢姑。

夢姑一見火靈珠，大為吃驚，問我此物從何而來，我便將自己悲慘的身世告訴了她。她望著我，眼中閃爍著一種奇怪的神采。過了幾天後，她帶著一個「聚火瓶」來了，瓶子裡有隻五彩斑斕的魚兒，我問她這是什麼魚，她說只是普通的火魚，並且讓我吃下去。我沒有推辭，因為在此之前，我已經吃了各種火魚，有的味道鮮美，有的滋味實在不敢恭維。可是，這隻火魚剛一入口，我便覺五臟沸騰，火焰在我的身體裡到處肆虐，彷彿整個身體內都燃燒了起來。我痛苦的翻滾起來，問夢姑給我吃的究竟

是什麼，我看到她在笑，那實在不是一種令人愉快的笑容。

她告訴我，是「逐火魚」，我還沒來得及思考那三個字的意義，就疼暈了過去。

當我醒來的時候，我發現自己長出了翅膀，我恢復了原來的隱翼，我猜這肯定與吃下去的「逐火魚」有關。我不但長出了新的隱翼，而且擁有了駕馭火的能力。很顯然，夢姑知道逐火魚能夠使羽翼重生，她用火靈珠從火湖中釣到了「逐火魚」，但卻捨棄了讓自己的法術進階的機會，成全了我。和她相處的越久，我發現自己越喜歡她。我向她表白了自己的心意，希望她能嫁給我，她高興極了，請來了自己的師父，也就是不滅島的祭司葛天為我們主持婚禮。新婚之夜，當我掀起蓋頭的那一瞬間，夢姑的周圍散發出一團五彩的光芒，她虯曲紛亂的頭髮紛紛飄散，變成了金色的秀髮，黑漆般的臉瞬間變得膚白如雪，兩道修長的黛眉如同春山，眸子清澈的像秋水一般，背上的羽翼變成了藍色，羽毛柔軟而豐美，流溢著藍色的瑩光，她像蛻化的蝶一般，令人難以相信。

我以為自己在做夢，但夢姑卻告訴我，這是真的，讙頭國的女子，如果遇到真心相愛的人，就會變成美人，如果遇人不淑或遭到背叛，就會化為惡女。是我，改變了她。她不止出身於讙頭國祭司家族，還是該國的公主。三年前，他的父王駕崩了，按照慣例，只有懂得「馭火術」的王族成員才能即位，她的父親就是一位偉大的「馭火師」，為此她遠赴「不滅島」來學習。現在，她已經擁有了最高階的馭火師，他們可以回去了。

我問夢姑，那個最高階的馭火師在哪裡？她說那個人就是我。就這樣，我們一起回到了讙頭國，我的妻子成了女王。

羽民國

10. 搖紅

　　犬封命令十個狄山巨人護衛著我和兒子，從密道逃走，我們一直隱藏在荒山裡的洞穴中。我後來得知，犬封戰死了，儘管我並不愛他，但我仍然哭了，因為他愛我。這些年，我一直非常謹慎，沒有暴露行蹤，為何最近突然被霜月明，那個可怕的敵人發現了。我猜他身邊一定有個厲害的祭司，在被他抓住之前，我要趕緊解除「斷羽咒」對族人近千年來的封禁。

　　我回到結匈國後，王兄將我們母子安置在一處祕密的地方，他告訴我清兒還活著，在他的庇護下生活了五年。聽到這個消息，我喜極而泣。不過，很快就有人找上門來，那個人不是別人，是羽民國的祭司澹臺丹。他對先王非常忠誠，但我不知他對我是否也是一樣。我告訴王兄，澹臺丹的「觀心術」非常厲害，千萬不要和他見面，不然所有的事都會被他知道。王兄隔著帷幕和他見面，但只說了幾句話，王兄就撤掉了帷幕。

　　澹臺丹告訴王兄，他知道我和混元鏡都在這裡，不過單憑混元鏡無法解開結匈國上千年的「封禁」，只有清兒在此，才能解開封禁。他還告訴王兄，這一年來他四處尋訪清兒的下落，現今清兒已經與讙頭國女王成婚，與女王並列為王，他還知道，霜月明不久就會率領大軍來征伐。現在立刻解開封禁，還有抵擋羽民大軍的希望，不然結匈國將面臨和狄山一樣的命運。王兄讓我和澂兒帶著寶鏡出來與祭司見面，當那老傢伙看到澂兒的時候，眼睛裡閃出了異樣的光芒，嘴裡連連說著：「我知道了，我知道了。」這狡詐的老狐狸一下就明白了，盜取寶鏡的人就是澂兒。他告訴我們解開封禁的方法，須建造九層祭壇，將寶鏡放在最高一層，面朝東昇的太陽，就在第一縷陽光照射鏡子的時候，將羽民王族的血和結匈國王族的血一起滴在寶鏡上。他本以為，清兒才是那個同時擁有兩族血液的人，沒想到澂兒也是。

羽民王的消息實在太快了，我們剛建成祭壇，他便派人來索取混元鏡。

11. 羽民族公主霜月影

我將自己知道的事告訴了父王，並請求他不要殺死雅舞和她的孩子，他們是我祖父的家人，也是我們的家人。父親答應了我，他給結匈國王滅蒙寫信，要求他們交出混元鏡。其他的事，他可以不追究。

滅蒙拒絕了我父親的請求。

在這個世界上，還沒有人能夠拒絕我的父親，他率領了全族的鐵翼戰士和龍戰士。我知道，他是志在必得。作為他的女兒，我參加了這場戰爭，我必須捍衛父親的榮譽。但是，我又厭惡戰爭，在戰爭中死亡的人，大部分都是無辜者，他們是不得已被捲人的。

結匈國的人全都擁有了羽翼，他們的羽翼是灰色的，和我們的平民羽翼一樣。他們王族的羽翼是赤紅色，彷彿燃燒的烈火。他們剛剛擁有翅膀，還不熟悉天空的戰場，這根本就是一場沒有意義的戰鬥，在龍戰士的銀槍和鐵翼戰士的利劍之下，結匈國戰士一個又一個被擊落，勝利即將屬於父親。可是，天空忽然出現了另外一支羽族 —— 讙頭國鐵斧戰士，他們擁有黑色的羽翼，而率領他們的人，竟然是我的族人，他擁有雪白的四翼。父親說，那是我族的叛徒，是他的異母弟弟霜月清，也就是我的叔叔。

讙頭國鐵斧戰士極為凶悍，我族的士兵不斷墜落，天空瀰漫著血腥的氣息，不過我們有龍戰士，尤其是戰士們胯下的龍，都是我的祖父和父親在大海上獵龍時從暴風中馴服的龍，它們有的是冰龍，有的是火龍，能夠

羽民國

噴吐火焰和寒氣，敵人甚至還來不及和龍背上的戰士交手，就被噴出出的火焰燒為灰燼，或者凍成了冰球。意外的是，敵人是有備而來，我的那位從未見過面的叔叔是頂級的「馭火師」，他控制了我們的龍，使得龍喪失了噴火的力量。而最後導致我們失敗的則是另一個人，我最尊重和愛戴的人、我父親信任的人，也就是我的師父，他背叛了我們。我知道他過往的歷史，他曾經反對我父親為王，我父親流放過他。然而，我父親後來選擇了原諒，並且將他和他的家人全部接回了王城，讓他重新擔任最重要的祭司。他不喜歡王城的生活，我父親就隨他的意，任命他的長子為祭司，為了彌補過去的錯誤，父親還讓我拜他為師。然而，他依舊背叛了我們。

他是我的師父，但他卻背叛了他的王、我的父親。

他的兒子追隨我的父親，與我的父親一起戰鬥，最後被鐵斧戰士殺死。

父親背叛了王，兒子卻為王而死，究竟誰是哪個忠誠的人，為王而死的兒子，難道不是也背叛了他的父親嗎？

當他張開金色的羽翼，揮舞著法杖使用「禁龍咒」的時候，我知道他欺騙了所有人。我們都以為他不會飛，然而他不但擁有羽翼，而且是法力最強的人。他毀掉了我們的龍，並且用法術禁錮了龍戰士，讓他們失去了戰鬥力。

我們失敗了，羽族戰士們紛紛從天空墜落，在落地的瞬間，他們的魂魄化成了一陣陣青煙。龍戰士們的白色翎毛飄滿了天空，他們在臨死前唱起了戰歌，歌聲久久迴盪在天際。

我最敬愛的人，背叛了我們。

12. 結匈國王子柔利

　　我親眼目睹了羽族間的戰鬥，我的父親、結匈國的王，他可真是一個英雄，即便是受了傷，他也毫不退卻，不服輸，他是我的驕傲。我的族人是第一次在天空戰鬥，儘管人數上占據優勢，但戰鬥異常殘酷，眼看快抵擋不住羽民國的鐵翼戰士了，我的哥哥柔鋒率領讙頭國的援兵來參戰。我是後來才知道他不是我的胞兄，而是我姑母雅舞的兒子，我的表哥，他與羽民王霜月明是同父異母的兄弟，他的名字叫霜月清。

　　那可真是一場慘烈的戰鬥，羽民的鐵翼戰士們揮舞著利劍上下翻飛，他們的姿態犀利而且優美，讙頭國的鐵斧戰士同樣善戰，他們手持長柄戰斧，在天空劃出一道道凶狠的弧線。三千羽民戰士面對十倍於己的敵人，絲毫不曾退卻，直到一個又一個從天墜落。而在這場戰鬥中，最可怕的還是那些騎著龍，一身白衣的龍戰士們，他們都是羽民國的王族，他們像一道道白色閃電，追隨在羽民王霜月明的身後，一邊揮舞著銀槍，一邊長吟著戰歌，在龍噴吐出的火焰中將敵手殺死，他們彷彿劃開豆腐的利刃，將剽悍的讙頭國大軍從中間裁成了兩半。如果不是那位充滿智慧的大祭司澹臺丹出手，這些龍戰士肯定贏得了戰爭。他在緊要關頭祭出了「禁龍咒」，攜帶著祭司魔法的大雨從天而降，雨水落在龍身上，那些凶悍的龍瞬時化為大霧，龍戰士們失去了龍，戰鬥力減弱了一半，但他們並未喪失鬥志，他們始終忠誠於他們的王，像一群凶猛的白色巨鳥，繼續和讙頭國的鐵斧戰士戰鬥，但他們終究還是失敗了，他們被祭司的法術禁錮了，失去了戰鬥力，甚至握不住手中的銀槍，白色的羽毛一片片從天空飄落，沾染著鮮紅的血。

　　那位羽民國的公主 —— 霜月影，同樣是位善戰的女戰士，直到最後

一刻,她依舊在戰鬥,儘管她是我們的敵人,但我對她絲毫恨不起來。我記得那一幕,她的話令那些大人物們感到羞愧。她騎著一條金色的小龍,右手持銀槍,左手持長劍,將任何一個企圖靠近她的人從天空擊落,當她發現她的師父、也就是大祭司澹臺丹背叛了她的父親後,她憤怒的質問他:「你是我的師父,你告訴我要忠誠於自己的王,忠誠於自己的親人和朋友,你為什麼背叛?」

澹臺丹用紅斗篷的帽兜遮住了自己的臉,面對這個少女的質問,他可以回答,但是他沒有回答。

「師父,我應該為你而戰,還是為我的父親而戰?」

澹臺丹沒有回答。

「我怎樣才能不做一個背叛者?請告訴我。」

……

沒有人能回答她的問題。淚水從她的臉上滑落,她猛然將長劍刺入了胸膛,所有人都發出了驚訝的嘆息。很多年後,我登上了父親的王位,我依舊記得她死去的樣子,她碧綠的眸子映照著天空的雲,雪白的羽翼上沾著幾滴殷紅的鮮血。三分鐘熱風從戰場上吹過,吹動她的秀髮,瞬間化為一隻白色的鳳凰,朝天空飛去。

霜月明戰敗後,他的王位被廢黜了,我表哥登上了王位,不過他沒有殺自己的異母哥哥,只將他流放到了遙遠的夏摩山。對於那些曾追隨霜月明的羽族戰士和龍戰士,一概赦免。霜月清還收攏逃散各地的巨人族,讓他們回到故地,重建故國,他讓母親雅舞帶著狄山王犬封的遺腹子回去了,使得狄山復國。我表哥霜月清大度而且睿智,對所有人都充滿仁慈,是唯一被三大羽族和巨人族共同尊奉為王的人,人們稱他為「羽帝」。

我們，無論是被尊奉為羽帝的表哥，還是那個在狄山當攝政的女人雅舞，我們都記得那位自殺的公主最後一刻說過的話：「是誰發動了戰爭，是誰讓年輕的戰士死去，是誰讓女人失去丈夫，是誰讓孩子失去父親？是你們。王，掌握利劍的人。祭司，指導靈魂的人。沒有一場戰爭是由普通人發動的，是保護者殺死了應該保護的人，是引路人讓人迷失。」

在此後的一百多年裡，海上之國沒有爆發過戰爭。然而睿智的人總會隕落，血紅的太陽又會升起。

【文獻鉤沉】

《山海經·海外南經》記載：「地之所載，六合之間，四海之內，照之以日月，經之以星辰，紀之以四時，要之以太歲，神靈所生，其物異形，或夭或壽，唯聖人能通其道。海外自西南陬至東南陬者。……羽民國在其東南，其為人長身，生羽。一曰在比翼鳥東南，其為人長頰。」《三才圖會》記載：「羽民國在海東南，崖巇間，有人長頰鳥喙，赤目白首，身生毛羽，能飛不能遠，似人而卵生穴處。此外，元人周致中《異域志》中，也有相似的記載。《古今圖書整合》中還繪製了羽民國之人的形象。

西域駝行記

　　唐寶應初年，丁約到京城參加會試。他出身儒者世家，父親精通五經，但卻淡泊於名利，一生以教育地方子弟為生，父親的學生中不乏身在高位者，如麟州刺史段因龍、同平章事（宰相）張鎰，段、張也曾向朝廷舉薦，以明經科授官，但都遭到了父親的拒絕。丁父不願出仕，卻希望兒子能夠謀得一官半職，因此從小就對他的學業督導嚴格，他不負所望，三年前在鄉試中獲得了解元，也就是第一名。唐長安城是當時世界上最大的城市，分為宮城、皇城和外城郭三部分，宮城裡住著皇帝一家，皇城內則是百官的衙署，也就是辦公的地方，外城郭則住著士農工商各色人等，說起來外城郭才是天下一等一的繁華地方。南北 8 條大街，東西有 14 條大街，將全城分隔成 108 坊，東西又各設有東市和西市，凡南海的珍珠，西域的駿馬，北地的皮貨，長白的紫金貂，天下應有珍奇之物，都能在這裡買到。又以朱雀大街為界，東邊為萬年，西邊為長安。丁約就寄住在西邊的長安縣，靠近開遠門的義寧坊。

　　會試由禮部舉行，考試場所在皇城內，這也是丁約第一次進入皇城。景風門的守門士兵一一查看了士子們的考試憑證，憑證由地方府學出具，還有當地官員的擔保。士子們緘口不言，跟隨引導的官員沿著皇城內道路前進，皇城內的街面又是另一番模樣，道路更寬，兩側種滿了高大的喬木，樹木間盛開著木芙蓉。他們一路過了太廟、太常寺、鴻臚寺以及尚書臺的衙署，丁約一想到將來在這裡辦公，心中便歡喜雀躍。

　　考試的題目並不難，然而才只考完上半場，丁約便被考官攆出了考場，原來他一時大意，忘記了避諱，在卷子上直書「凡事豫則立，不豫則廢。」「豫」字乃是當今聖上代宗皇帝李豫的名諱，按照唐朝制度，遇到天子名諱，要改寫別的字，如「豫」字寫作「預」。唐朝避諱甚嚴，犯及

皇帝名諱，不但當朝人要改名，甚至連古人、神仙都要改名，如已死了二百多年的陶淵明因與唐高祖李淵相犯，也被改成了「陶泉明」，「觀世音」因與太宗皇帝李世民之名相抵，而改為「觀音」，三國人董元世，則被改成了董元代。丁約直書當今皇帝名諱，犯了大不敬之罪，考官也要受到連帶處罰，將他攆出考場，已屬較輕的懲戒，不然說不定身陷囹圄，甚至於掉腦袋。

　　丁約垂頭喪氣的離開了考場，想起離開家鄉時年邁的父親送他出門的情景，父親將他送出汝陽城門，又送了二十里地，馬兒走出了老遠，再回頭時，父親的身影依舊在原地。二十年來，父親執掌教席，以微薄的束脩支撐家用，父親對他雖嚴，然而卻並不厲，諄諄教導，和風細雨。他越想越悔，掉下了眼淚，恍恍惚惚穿過整個西城，進了義寧坊，在波斯胡寺門口與一人相撞。只聽一聲驚叫，伴隨著劈里啪啦的聲音，東西碎了一地。他抬頭一看，與他相撞的是一個波斯女子，膚色白皙，一頭金髮蜷曲著，高鼻深目，綠色的眸子尤其動人心魂，上身穿著敞領黑色短衣，下身穿繡金紅色褶裙，地上墜落打壞的東西碎片，他大驚失色，連連道歉。那女子不停的向他擺手，嘴裡說著他聽不懂的語言，最後乾脆將他拽入了胡寺的門。這些波斯人來自遙遠的地方，在長安有十幾萬之眾，他們尤善經商，雖與唐人往來，但卻從不雜居，而是集中居住在開遠門附近的普寧、義寧、修祥、金城、輔興、頌政等六坊，坊內雖也有唐人，但是彼此之間涇渭分明。丁約雖常從波斯胡寺門口經過，但一次也沒動過進去的念頭，坊內居民傳說，波斯人供奉的神與中土之神不同，他們在神祠中男女雜坐，中夜拜火，行動十分詭祕，侍奉的恐怕不是神，而是魔君。

　　丁約試圖掙脫女子的拖曳，不料那女子力量極大，像鐵鉗一樣鎖住了

他的手臂，很快將他拽他進了一座大廳，順手一摔，他一個狗啃泥，差點暈過去。大廳中極為簡素，沒有任何裝飾，正牆下有一座祭壇，燃燒著熊熊的火焰，可見外間所傳不虛，波斯人果然拜火。祭壇側坐著一個禿頂、蓄著絡腮鬍子的老年男人，臉上的皺紋一條擠著一條，虯曲的鬍鬚遮住了他的口鼻和大部分臉部，他幾乎是一動不動的坐著，身上裹著沒有任何裝飾的灰袍，彷彿一節木樁，只有一雙淩厲的眼睛才顯出他是個活人。整張臉看起來十分可怕，彷彿是蠻荒森林中的兩眼寒潭。丁約被這人的樣子嚇壞了，低著頭不敢對視。紅裙女子對灰袍老人嘰哩呱啦的說了半天，老人的態度看起來十分恭敬。說完了，那女子轉身離去。

灰袍老人先是說了一句胡語，見丁約沒反應，改口說漢語，丁約見他會說中土的話，趕緊解釋，說自己不是有意打壞東西，二人是無意相撞的。然而灰袍老人彷彿沒聽見他的話，只是反覆說著一句話：「你打破了我們的珍寶琉璃杯，你要賠償。」丁約常聽人說，這些波斯人十分詭詐，或許是故意打破杯子，訛自己的。他見大廳中除了老人，並無他人，起身便朝外跑去，沒想到剛跑到大廳門口，便被人捉住扔了進來，他甚至沒看清楚自己是怎樣被丟進來的，眼前金星亂冒，渾身的骨頭似乎都碎了。

「狂徒，打碎了東西，你還想跑？」原來是剛才那個女子，她會說漢語。

丁約說：「妳要我賠償，也得告訴我一個數目。」

那女子莞爾一笑，伸出了一根手指。

丁約試探的說：「一錢銀子？」

那女子杏眼圓睜，一腳將他踹了個跟頭，他聽見自己骨頭又響了，一陣刺骨的疼痛，眼前天旋地轉，那女子怒喝道：「一萬兩。」

他暈了過去。

丁約醒來時，發現自己在一所狹窄的小屋內，手上和腳上都戴著鐵鏈，一吸氣肋下就疼，恐怕是肋骨斷了。他忍著劇痛，大聲呼喊，希望外面的人聽到聲音，將自己營救出去。門外響起一陣腳步聲，他欣喜若狂，然而很快就心灰意冷，開門進來的是個波斯漢子，同樣蓄著絡腮鬍子，只是膚色偏黑，身穿灰袍，身高足有九尺左右，強壯的像頭牛，看樣子輕鬆就能扭斷他的脖子。那人看了他一眼，嘰哩咕嚕說了幾句胡語，將一個銅盤放在了他的腳邊，銅盤裡裝著一半肉糜，另一半黑乎乎的，不知是何物。他心中憤怒，將頭扭到了一邊。那漢子見他不吃，轉身離去，而且鎖上了門。

丁約從心底拒絕波斯人的食物，然而他的胃卻出賣了他，咕咕咕的叫個不停，他嘗試著拿起一塊肉糜放進嘴裡，是爛熟的羊肉，只是沒有味道，他蘸那黑乎乎的佐料，罕見的香甜可口。或許是實在餓極了，他端起來吃了個乾淨。不知過了多久，那個黑塔般的漢子又來了，他見銅盤裡的食物一絲不剩，臉上綻開了笑容，露出滿口潔白的牙齒，還朝丁約豎了大拇指。又嘰哩咕嚕的說了一堆，將另外一個銅盤放在了他的腳邊。

陰暗的小屋中雖然不辨晝夜，但是窗縫裡透進來的一絲光影使丁約明白，那是白天，每當那一道光影出現的時候，他就在牆上畫一道痕跡，就這樣九天過去了。在這九天裡，他想盡了一切辦法，也無法打開手腳上的鐵鐐。四面牆壁全都是石壁，用力敲擊，幾乎沒有任何迴響。

當他再一次醒來的時候，他發現自己身穿波斯人的袍子，被綁在駱駝背上，滿天星斗，夜晚的風吹拂著他。身前身後都是駱駝，駝隊正在原野上進行，遠處的山脈是終南山，他由此判定，他們已經出了長安城。很顯

然，波斯人在他的食物中下了藥，在他昏過去的這段時間裡，取掉了鐐銬，將他固定在駱駝背上，和駝隊一起大搖大擺的出了城。他大聲呼救，聽的一陣吃吃的笑聲，那紅衣波斯女子騎著一峰明駝奔了過來，俏聲問道：「你喊什麼？」

丁約憤怒的說：「你們要把我帶到哪裡去？」

那女子說：「當然是我的國家。」

丁約說：「為什麼？」

那女子說：「因為你是我的奴隸。」

丁約直覺後背發涼，冷颼颼的。那女子見丁約不再說話，自己找話說：「老賈南給你接上了肋骨，你應該感謝他，你的肋骨斷了三根。」顯然，她說的老賈南，就是那個禿頂老人。

丁約沒好氣的說：「還不是你害的。」

那女子似乎很喜歡惹丁約生氣，看丁約氣鼓鼓的樣子，她高興極了。

快天亮的時候，丁約看見遠方出現了一座城關，他決定在過關時大聲呼救，讓守關士兵將這些波斯人截留下來。然而那紅衣女子顯然看穿了他的心思，用一截破布塞住了他的嘴，還將一個髒汙的面罩戴在了他的臉上，又給他戴了一頂斗笠。到了關口，名叫賈南的禿頂老人將通關文牒交給士兵查驗，之後駝隊沒受到任何阻攔，便過去了。丁約在心中將守關士兵和官員的祖宗八代都罵了一遍，他大罵這些顢頇的蠢貨，只看文牒卻不查驗貨物，不知這些壞透了的波斯人將中原之人販賣為奴。

儘管丁約被捆在駱駝上，但是卻並未餓著或渴著，幾乎一路上那女子都親自餵食他肉糜和乳酪，有時候還給他喝一些波斯產的葡萄酒。這種酒後勁很大，每次喝了之後，他都昏昏欲睡。不過每次他醒來，必定和那波

斯女子拌起嘴來。

　　駝隊一路穿過秦州、岷州，到達金城郡，丁約暗下決心，無論如何，他非在金城脫身不可。金城是一座大城，黃河穿城而過，波斯人在這裡短暫的停留，並將一部分貨物售賣，再從這裡出發，往六百里外的涼州。可是，金城郡的高大箭樓剛一出現在眼簾，那紅衣女子就將他擊暈，他再一次失算了。

　　丁約發現，雖然名叫賈南的禿頂老人是這支隊伍的首領，但那紅裙女子才是真正的主人，因為所有人都對她很恭敬。駝隊離開金城郡後走了兩天，到處黃沙瀰漫，四面望去，是茫茫的大戈壁，那女子不再約束他了，解開了他身上的繩索，他心裡清楚，單槍匹馬從這裡逃走，跑不出十里地，就會迷路或渴死。那女子見他神色迷茫，伸手捏住了他的下巴，他以為她要動手打人，趕緊一扭頭躲開了，那女子的手指劃過他的臉，輕輕的笑了起來。事實上，和她相見的第一天開始，他的心中就充滿了厭惡，從未認真看過一眼，而剛才這個女子冰涼的手指劃過他的臉，尤其是她那透亮的笑聲，又清又脆，好像敲打銀器的聲音，在他的心中蕩起一陣奇怪的漣漪。

　　駝隊行進在幾乎看不到路的戈壁，遍地都是大大小小碎石，碎石中長著一蓬一蓬芨芨草，但領路人老賈南總能恰到好處的找到水源，既不耽誤行程，又不使駱駝和駝背上的人忍受乾渴，這讓丁約對這波斯老人佩服的五體投地，可見他有著非常豐富的旅行經驗。他儘管很少和這些波斯人交談，但已能聽懂一些簡單的波斯話，當他用波斯語向那紅裙女子要水喝時，那女子臉上湧起驚異的神情，驚異隨後變成了微笑，那笑容從嘴角蕩漾開來，在眼睛裡閃爍，整個面孔彷彿放著光，白的近乎透明的臉色湧動

著潮紅，最後變成了羞赧，這是純粹的，給予他的笑容。這一刻，丁約似乎覺得，自己就應該在此，他甘願做她的奴隸。

紅裙女子告訴丁約，她名叫潘泰雅，願意教丁約波斯話，如果他想學的話。駝隊過涼州的時候，潘泰雅並沒有像之前將他打量，甚至連面罩都沒有給他帶，他似乎也忘記了一路上都在籌謀的逃跑計畫，他完全忘記了那場沒考完就被攛出來的科舉考試，也忘記了一路上充斥在內心的悲傷。駝隊中的人大多數沉默不語，就連那禿頂老人也是如此，他們幾乎不交談，即便是交談也非常簡單，就像口令一般。這也許是常年在枯燥而單調的旅行中養成的習慣。潘泰雅顯然還沒有被枯燥惡劣的旅途所馴服，她喜歡交談，然而她的波斯族人並不能算是良好的交談對象，當然也可能有別的原因。總之，在整個旅途中，丁約反而成了和潘泰雅說話最多的人。他們每到一地紮營，都會用石頭築起一座小小的聖壇，點燃火焰，並舉行拜火的儀式，潘泰雅正是這個儀式的主持者。

有一次潘泰雅對丁約說：「我要告訴你一個祕密。」

丁約四周看了看，緊張的說：「既然是祕密，那最好別告訴我，我可不想知道祕密而丟了性命。」

潘泰雅大笑起來，露出整齊而雪白的牙齒，那是中原女子不可能有的笑容和笑聲，某種程度上來說，甚至有些誇張。然而這笑容在潘泰雅臉上，絲毫不違和，似乎她就應該這樣笑。中原女子講求行不動裙，笑不露齒，像這樣大笑，一定會引得人人側目。然而潘泰雅的笑聲並未引起任何人的注意，駝隊上的人像泥胎木塑一樣，全都臉朝著前方，沒有一個人回頭。也許他們已習慣了她這樣笑。總之，丁約發現她特別喜歡笑，而且笑的很動人。

「我能讀懂你內心的想法，這就是我的祕密。」潘泰雅說。

「怎樣讀？」丁約問。

「只要我碰觸你的臉，我就知道你在想什麼。」潘泰雅伸出了手。

丁約一聽，趕緊躲開了，用力拍了一巴掌駝峰，駱駝猛然受驚，狂奔而去。潘泰雅看著離開駝隊的他，並不追趕。丁約害怕從駝背上墜落，緊緊的抱著駝峰不放。還好駱駝一會兒就平靜了下來，一路小跑著又回到了駝隊。丁約現在明白了，為何一路上潘泰雅總能未卜先知，每次被她碰觸後，就迎來一頓胖揍。原來，她讀取了他的想法。

他見潘泰雅的明駝向自己靠近，趕緊說：「別碰我，求求你，別讀我的心思。」

潘泰雅長眉一豎，玉面含霜，怒道：「誰願意讀你的心思，可別忘了你是我的奴隸。」

丁約再一次怔住了，就連發怒也是這樣動人，他之前竟沒發現。這肯

定是個有魔力的女人，她在用魔法操縱自己，他決定要避免看到她的臉和眼睛。在路的前方，有座大城邑，那就是涼州，他必須在哪裡逃走。可是當他看著她的眼睛，立刻就放棄了自己的想法，他決定跟著她，去她的國家看看。她曾告訴他，她的國家和大唐不同，哪裡沒有那麼多規矩，女子也可以經商，還能在店鋪裡當掌櫃，他一度懷疑她是瞎編的，但又覺得也許有個和大唐不同的世界。

丁約有獨特的語言天賦，從長安到涼州，一路走走停停，兩個月裡，他學會了很多波斯話，幾乎能和潘泰雅毫無障礙的交談了，駝隊的人對他幾乎完全放鬆了警惕，甚至可以說是信任。駝隊到涼州後，停留的時間遠比計畫停留的時間長，潘泰雅常常面帶憂色。丁約感到奇怪，向她詢問原因，她支支吾吾，最後拿出了一件照會書。原來大唐在涼州城外與回鶻發生了衝突，為了防止間諜刺探軍情，之前頒發的通關文牒一律暫停使用，所有商隊如果要通關都要寫報請文書，由涼州守官批准後，方能通行，商隊寫了多道文書，均未獲批准。丁約讓潘泰雅拿出之前所寫的文書，上面都蓋著「不允通行」的關防。他細讀報請文書，不由啞然失笑，這些波斯人看似會說漢語，但卻文理不通，所寫文書不但格式錯誤，而且漏洞百出。當丁約將原因告訴潘泰雅時，潘泰雅竟哭了起來，因為這是他們商隊最精通漢語的族人寫的。

丁約還是第一次看到她哭，趕緊安慰說：「別哭，別哭，我來寫，一定能夠通過。」

潘泰雅破涕為笑，說道：「你真的會寫。」

丁約肯定的說：「當然，我在府試中過解元。」

潘泰雅高興的跳了起來，抱著他的臉親了一口，他當即羞的滿臉通

紅，心中又蕩漾著奇特的感覺。隨即後退，對潘泰雅說：「別，別，千萬別讀我的心思。」

潘泰雅大笑著逃出了門。

丁約所寫的報請文書通過了，而他似乎也忘記了在涼州脫身的想法，跟著商隊一起出了城。

駝隊經過一天的行進，晚暮時分到了巨大的沙丘下，禿頂老人賈南指揮族人們將駱駝背上的貨物卸下來，給駱駝餵食草料，並引著空駱駝去附近的水源地飲水，飲水歸來後，環繞著貨物休息，組成了一個駝營，這一切剛剛安置停當，就見潘泰雅神色緊張了起來。

「怎麼了？」

「有馬蹄聲。」

丁約豎起耳朵，除了風聲之外，他什麼也沒聽到，他搖了搖頭，表示沒有。潘泰雅指了指高大的沙丘，兩個人深一腳淺一腳的爬了上去，約莫過了半個時辰，兩個人終於爬到了沙丘頂上。千里黃沙，無數沙丘如同湧動的大海的波浪，幾百丈之外有十幾個黑點正在不斷向前躍進，「是回鶻人遊騎兵」，潘泰雅神色緊張的說。

「你為何這麼害怕？」丁約問。

「我怕他們傷害我的族人。」潘泰雅說。

原來，安史之亂後，涼州和肅州之間的地帶就經常易主，有時候被唐軍控制，有時候被回鶻人控制，有時候又落入黨項人的手裡，總之，商隊的安全也失去了保障，她的哥哥艾文，就死在回鶻遊騎兵的手裡。眼見的那十幾個騎兵到了沙丘西面的一道寬大的溝槽邊，下馬徘徊，似乎在尋找最快捷的道路，他們只要過了這個屏障，繞過沙丘邊緣，一定會看到駱駝

營地。將貨物搬到駱駝背上，躲避騎兵已來不及了，除非丟棄貨物逃命，但這些貨物就是他們的命，怎肯輕易丟棄呢。

潘泰雅從沙丘頂上滑了下去，丁約連翻帶滾的跟在後面，兩人狂奔回駱駝營地。潘泰雅對老賈南說，「回鶻人的遊騎兵來了。」老賈南命令名為巴迪亞的波斯勇士守護好營地，自己則帶著潘泰雅，名為卡萬的勇士和另外八個波斯男子一起去阻擋敵人。丁約表示，自己也要去，潘泰雅神色猶豫了一下，隨即點點頭。他們一路小跑，乘著暮色的掩護，到了寬大的溝槽邊，回鶻人的騎兵已找到了路，從溝槽邊緣下行到了底部，正在溝槽中艱難的前行，那道溝槽可能是幾百年前乾涸的河床，遍布大大小小的石塊，回鶻騎兵下了馬，拽著馬韁繩在石頭間艱難的尋找著落腳之地。很顯然，此時是攻擊的最佳時機，騎兵下了馬，就像老鷹折斷了翅膀。潘泰雅將一柄鋒利的彎劍交給丁約，他們依賴河床上的巨石掩護，小心的向前移動，直到距離回鶻騎兵二十步遠的地方才停下。那些回鶻騎兵絲毫沒有意識到危險就在身邊，當他們牽著馬小心翼翼的走在難以落腳的亂石間的時候，突然從身邊的巨石後躍出幾個波斯勇士，波斯彎劍閃爍著寒光，伴隨著叱罵聲與怒喝聲，三四個回鶻人倒在了地上。名為卡萬的勇士、也就是那個曾給丁約送飯的鐵塔般的漢子尤其勇猛，他一躍而起，大力猛劈之下，敵人往往只一個照面，就被他擊殺。在亂石間分散前行的回鶻騎兵也反應了過來，丟掉馬匹開始放箭，箭矢破空的聲音響個不停，躲在巨石後的丁約手持彎劍，汗水溼透了衣服，手掌心也流出大量的汗液，劍柄上溼涔涔的，聽著戰鬥的聲音，他卻像被定住了一般，怎麼也動不了。

戰鬥結束了，潘泰雅並未責怪丁約，12 個回鶻遊騎兵全被殺死，他們也陣亡了四個人，卡萬的胸口捱了一箭，看起來他還挺得住。他們帶著陣

亡的夥伴回到營地，族人們的臉上都掛著悲傷的神情。潘泰雅告訴丁約，他們要在這裡停留四天，為陣亡的族人舉行葬禮。丁約問她，為何需要四天。潘泰雅告訴他，他們要在這裡建造一座「寂靜塔」，讓神鳥帶走族人的靈魂。寂靜塔用石頭建成，頂部為敞開的圓環形，四周有矮牆。死者的屍體用白色公牛的尿液清洗後，祭司給死者穿上正道之衫，繫上聖腰帶，將死者放在寂靜塔的頂部，點燃檀香木聖火，每個死者身邊點燃一盞燈。

「舉行火葬嗎？」丁約問。

潘泰雅搖了搖頭，糾正說：「不，不是火葬，火是聖潔的，神鳥會帶走死去的人。」

「為何不就地埋葬，而要等四天，回鶻人的遊騎兵小隊忽然消失，會有更多回鶻人的騎兵趕來。」

潘泰雅又搖了搖頭說：「土地和火焰一樣，都是聖潔的，死者不能接觸火與土地，只能安放在寂靜之塔頂上。」

這些波斯人非常固執，堅決不聽丁約的勸告，開始在溝槽邊緣建造「寂靜塔」，他們用河床底部的石頭建造塔，塔高五丈，方圓十餘丈，看起來像一座圓柱形的堡壘，塔頂上有平臺，祭司將死者的遺體放在了哪裡。潘泰雅親手點燃了聖火，唸唸有詞，誦讀著一種他從未聽過的咒語，天空逐漸變得陰暗，一大片雲遮住了太陽，但丁約很快就發現，那不是雲，而是鳥，一種火紅色的鳥（後來潘泰雅告訴他，這是火焰鳥，也稱為光明之鳥），它們緩緩落在寂靜塔頂端的矮牆上，全部頭朝內，尾部朝外。潘泰雅向丁約使了個眼色，他明白了，自己得離開寂靜塔，他不是波斯人，不能觀看他們的葬禮，但他心中隱隱約約知道，接下來會發生什麼。

卡萬的狀況很糟糕，他是唯一一個留在駱駝營的帳篷裡沒有參加葬禮的人，他胸口捱了一箭，雖然距離心臟尚遠，但是刺入很深，箭拔出來後，他們才發現那支箭上有倒刺，如同魚鉤一般。老賈南給他的創口做了清理，並上了藥，卡瓦的狀況並未好起來，反而發燒了，時間過去了四天，他的身體熱的像火爐一樣，誰也沒有辦法。卡萬告訴丁約，他恐怕挺不過去了，他知道丁約是個好人，希望他能照顧好公主。丁約大吃一驚，難道潘泰雅是波斯公主。卡萬見丁約聽懂了自己的話，向他講述一個十五年前的故事。潘泰雅的父親晚年病重，被他的叔叔篡奪了王位，大將軍巴迪亞率領著兩百多位勇士，這其中也包括卡萬，一起護送兩位王子和公主向東逃跑，他們化妝成商隊輾轉到了東方的大唐，並在長安城住了下來。巴迪亞年年都派人潛回波斯探查情況，直到兩年前，他們得知篡位的王叔病重，兩位王子趕緊回國，卻未想到一出涼州就遇到了回鶻騎兵，大王子艾文被殺，二王子不知所蹤。不久前，他們忽然得到消息，二王子博羅已經繼承了王位，詔命他們回國。這正是他們匆匆離開長安的原因。

　　第五天早晨，他們不得不又舉行了一場葬禮，因為卡萬在半夜時死了。

　　同時，丁約發現大隊回鶻騎兵出現在了河床的對面，人數足足有上千人，黑壓壓的馬匹，卻安靜的沒有一點聲音，可見統領這支隊伍的人是何等厲害的角色。潘泰雅也看見了回鶻騎兵，可是與之前看到回鶻人的遊騎兵不同，她的臉上除了悲傷，連一點慌亂的神色也沒有。她點燃了聖火，舉起雙手，開始祝禱，天際逐漸出現一抹紅色，那一抹紅色不斷向前移動，越來越濃豔，最後整個天空也成了火紅色，發出風暴般的聲音，成群的巨鳥在人頭上盤旋，那些騎兵們終於控制不住了，調轉馬頭，奪路而逃。

　　離開寂靜塔之後，他們的身後出現了一支回鶻人的騎兵小隊，這支「尾巴」尾隨了他們六七天，他們紮營，「尾巴」也紮營，他們啟程，「尾巴」立刻跟隨上來，既沒有發起進攻，也沒有放棄，他們似乎忌憚什麼，又似乎在等待什麼。駝隊到了一大片鹽鹼地後，尾巴就消失了。賈南告訴丁約，再走兩天，就到甘州了，而甘州回鶻是這一帶最強的勢力之一，那隊「尾巴」之所以消失，是因為徹底進入了他們的勢力範圍，所以不必再尾隨了。

　　過了鹽鹼地之後，呈現在眼前的又是茫茫黃沙，幾乎每走一步，人駝都會陷下去半尺深，他們不得不停下來，給駱駝的蹄子包上破布，為了減輕駱駝背上的重量，除了潘泰雅之外，所有人都步行。整整走了一天，舉目四望，目光所及仍舊是沒有一草一木的沙海，丁約甚至懷疑他們到了另外一個世界。半夜時分，他們終於走出了沙海，到了綠洲邊緣，那裡有個碧藍的湖，只是湖水又苦又鹹，不能飲用，原來是鹽湖。老賈南命令駝隊在湖邊紮營，並築起簡單的聖壇，潘泰雅點燃起熊熊聖火，她盯著火焰，告訴眾人，前方的路雖然艱難，但卻並不危險，他們的神——明王已經告訴了她一切。儘管丁約對波斯人所拜的神還不是非常了解，但是一路上跟隨來，他也知道了個大概。波斯人所信奉的，稱為拜火教，他們的最高神稱之為明王，然而明王不是唯一的神，還有代表黑暗的神安格拉，他是一個罪惡的精靈，曾經與明王交戰長達九千年之久，最終明王獲得了勝利。不過，潘泰雅卻告訴他，安格拉，也就是阿里曼，並未被徹底殺死，而是躲在黑暗的某個地方，它會在某個時候跳出來繼續與明王作戰，光明終將戰勝黑暗。然而黑暗不會徹底消失，因為黑暗是光明的另一面，他們是二元的存在。

後半夜的時候，天空飄起雪花，然而只落了一會兒，雪就停了，月亮出來，掛在山頂上，輝映著祁連山峰頂上的冰雪閃閃發亮。天氣變得特別寒冷，帳篷裡的丁約幾乎被凍僵了。他們是次日下午進入甘州城的，奇怪的是並未迎來回鶻人的攻擊，他們決定在這裡補充一些給養，然而每當他們試圖進入一家店鋪，店鋪就趕緊關上了門，甚至他們一出現在街口，整條街的店鋪都關門了。原來，甘州城裡謠傳，有波斯魔女入城，凡是和魔女接觸，會被吸走魂魄。不過，這一切並未難倒他們，丁約換上漢家衣裝，很快就置辦齊了一切。後面在肅州城發生的一切，和甘州一模一樣，原來謠言也傳到了肅州。過了肅州，穿過大戈壁，就到了當地豪族，歸義軍節度使張氏控制的沙州了，只要到了那裡，商隊的安全就又有了保障。

　　丁約決定加入拜火教，因為每一次舉行拜火的儀式，他都被排除在外。他意識到，如果不加入，即便是到了波斯，他仍舊是個外人。他向卡萬承諾過，要將潘泰雅公主安全的護送到波斯。潘泰雅對丁約的請求絲毫不感到驚訝，她的族人們也接受了他，為他舉行了入教的儀式。在後來的旅程中，潘泰雅甚至將他們的經典《阿維斯塔》也傳授給了他，這本來是祭司家族才擁有的特權。潘泰雅告訴他，她的家族既是波斯的王族，同時也是拜火教的祭司家族，他們擁有一些神祕的術法，而她毫無保留的將這些術法傳給了丁約。她還告訴丁約，早在他來到長安城，入住義寧坊的第一天，她就注意到了他，並喜歡上了他。他們在波斯胡寺門口相撞的那一瞬間，她就知道他身上發生了什麼，杯子是她故意扔在地上摔碎的，那時候他們已經決定離開長安，她不知道該如何向這個從未交談過的人告別，只好出此下策。她並未給他下過迷藥，事實上波斯人也並不用迷藥，那不過是她的催眠術而已。她本想出了長安城就放了他，可是兩個人一路拌起

嘴來，就放不下了。她說前方的路還很遠，她不知道自己能否活著回去。如果回不去，她希望他能將她手中的那把劍送回故國，那是波斯王國的象徵，沒有這把劍，哥哥的王位得不到貴族們的認可。

丁約覺得潘泰雅的話說的很奇怪，但也沒放在心上，荒漠旅途中的人，誰也不知道下一站會發生什麼。不過他向潘泰雅保證，他會按照她的話去做。同時他還保證，他會保護好她，因為他已經是一個合格的劍士了，雖然還不能和巴迪亞將軍匹敵，但是和商隊中的其他波斯勇士交手，並不落下風。

駝隊很順利的到了沙州，在哪裡休整了兩天後，又一次補充了給養，他們出發了。鳴沙山是沙州城外的一座小山，準確的說是一座大沙丘，沙丘的左近有一片段崖，崖壁上開鑿了很多洞窟。駝隊到鳴沙山下時，天色暗了下來，遮天蔽日的黃沙阻住了去路，在沙塵的背後，似乎有無數躍動的身影，早已見慣風沙的駱駝哀鳴起來，四散奔逃，不論駝夫們怎麼拉也拉不住，只能看著他們扯斷韁繩，逃入什麼也看不清的沙幕裡。沙陣襲來，眾人紛紛四散尋找避風處，忽聽得一陣嬌聲叱喝，似乎是潘泰雅的聲音。丁約循聲望去，見潘泰雅正和一個人纏鬥在一起，潘泰雅的劍術凌厲無比，然而那人卻像幽靈一樣，速度極快，不落下風。

另一邊，將軍巴迪亞也發出了獅子般的怒吼，似乎也加入了戰鬥，丁約顧不上太多，拔出長劍，去幫助潘泰雅。與她交手的人戴著灰色面紗，雖然看不清面容，但從身形上可以判斷出是個女子。丁約加入戰團，用波斯話問潘泰雅，敵人是誰。潘泰雅盪開蒙面女子的武器，說那女子是一名女巫。丁約見那蒙面女子的武器甚是奇特，彷彿兩根長長的翎羽，抖動時猶如利器破風，攻擊時交錯而進，有排山倒海之勢。他不敢大意，將巴迪

亞傳授自己的波斯劍法使的滴水不漏，潘泰雅見他暫時擋住了敵人，跳出圈子，從腰間的皮囊裡拿出了一盞燈點亮，她將燈舉過頭頂，燈影裡顯出一個紅色巨人，手持巨大的波斯彎劍，向那蒙面女子殺去。蒙面女子不慌不忙，一抖羽劍將丁約彈出戰團，向後一躍十步，席地而坐，從腰間解下一對小小的銅鈸，敲擊了起來，金光如山，將那紅色巨人撞得粉碎。潘泰雅一見，飛身而起，忽前忽後，燈光閃爍，變幻出四名黑色的武士，撕破了金色的光之山。丁約見她二人鬥法，絲毫插不上手。

　　兩個女子纏鬥了半個時辰，速度越來越快，丁約早已分不清誰是誰，手執明燈的潘泰雅在灰色的影子裡，彷彿夜色中的流螢。忽聽啊的一聲，燈光滅了，兩個影子急速分開。丁約趕緊朝燈滅處撲了上去，見潘泰雅仰面躺在沙子上，胸口插著一支短短的箭，而那灰衣人也倒在兩丈開外，已經氣絕。丁約顧不上太多，抱起潘泰雅朝附近的洞窟奔去，到了窟中，他將潘泰雅平放在地上，見她仍然緊緊握著那盞熄滅的燈，便為她點亮了。

　　潘泰雅臉色蒼白，眼瞼微睜，看清他的臉後，露出了一絲微笑，那是一抹慘淡的笑容，然而在燈光的輝映下，卻特別動人。她什麼話也沒說，瞪著大大的眼睛看著他，似乎十分不捨。

　　攻擊他們的是回鶻人的大祭司，也是一個非常高明的術士，她聽說了潘泰雅用光明之鳥嚇退千餘騎兵的故事，多日以前就帶著自己的侍從埋伏在了這裡。也許，潘泰雅早就知道了這一切，她知道自己回不去故國了。所以把一切都做了安排。回鶻人的祭司當天死了，從此波斯魔女的故事傳遍了整個大漠。

　　丁約將公主潘泰雅的遺物送歸波斯後，他得了一種遺忘症，連自己的名字也忘掉了。他在波斯流浪長達三年，被一支大唐商隊發現，善良的商

人們將他帶回了大唐，因不知他的籍貫，只好將他安置在涼州。自此之後，往來於河西的商隊就經常在大漠裡看到一個瘋子，他像野獸一樣爬行，奔跑。沙漠環境殘酷，單獨一人很難存活，因而對於失路的人，商隊都會想辦法收留並帶回。最初的時候，遇見他的商隊還將他一次又一次帶回涼州，但是時間久了，往來的商人們也習慣了，給他留下水和食物，任他自行其是了。

　　丁約不知道自己是怎樣一路走過涼州、甘州、肅州和沙州的，也許他將當年大漠中的那段路重新又走了一遍。總之，他在某個夜晚來到了鳴沙山下。是的，潘泰雅公主就是在這個地方死在了他的懷中。他想起了自己是誰，想起了故鄉汝州，想起了自己的父母，想起了兒時和母親去過的市集，想起了父親送他第一天上學堂，想起了考中解元的那天，也想起了那場沒有考完便被攆出來的考試。半生的過往，一件一件，一樁樁出現在他的腦海中，那是一種撥雲見日般的明亮，又像是從遙遠的往事中走過，由遠及近，直到撞上那令他魂飛魄散的某一天。是的，他想起來了，潘泰雅。他在某種力量的指引下，來到這裡，就是為了讓他重新和潘泰雅相遇，同時也讓他重新認清自己是誰。

丁約坐在鳴沙山下，隱隱約約還記得那種撕心裂肺般的疼痛，那是疼痛的記憶，並非疼痛本身。他的思慮漸入空境，聽覺變得極度靈敏，他聽到沙子和沙子之間在摩擦，彷彿在交談。沙子的上面，一隻沙漠蜥蜴快速奔跑，小小的足蹬飛了一枚沙粒，在空中畫了漂亮的弧，又重新落在了沙子上，就好像一滴水又重新回到了大海。在兩棵折斷的芨芨草之間，一隻沙蠅子棲息了下來，搓著兩隻腳，匝著嘴，彷彿對這夜色發出一聲嘆息。

　　丁約離開鳴沙山，進入了那排乾枯的眼睛一般的洞窟，他在一個乾爽的、避風的洞坐了下來。面對洞外的黃沙，他決定將自己的後半生留在這裡，說的更準確一點，他也許已經打定了將自己埋在這片黃沙中的主意。不過，人的生命充滿了不確定性，誰知道最終的結局呢。

　　隱居石窟的日子，丁約很少再回憶往事，鳴沙山下那夜的思索，似乎給所有的往事來了一個總的了結。有些事徹底想透了，就不必再想。當然，這並不意味著他忘了潘泰雅，事實上，回憶起潘泰雅的時候，他的心中仍舊會湧動起那種奇異的感覺，也許這也是他選擇繼續活下去的原因，也是他留在這個洞窟的原因。

　　他在石窟中度過了一年又一年，從沙漠邊緣的草木泛青，到百草盡折的寒秋到來，再到大風怒號的荒冬來臨，他似乎也成了石窟中的一尊雕像。表面上看，他真的將一切都忘掉了，不過潘泰雅就像是一枚石子，偶爾會墜入幾百年沒有泛起波瀾的古井，聲音在井壁間迴盪，水面上蕩起層層漣漪，隨著石頭慢慢沉到底部，一切又平靜了下來。

　　那已不是世俗之人對情人的情感記憶，而是解脫者遲遲不肯抹去的懷念。

西域駝行記

　　唐朝時，大唐與西域、中亞等國往來密切，波斯的商貿之旅頻繁
的往來於大漠。《新唐書》、《舊唐書》都有記載，波斯王子卑路斯流
亡長安，與波斯商人居住在醴泉坊等處，並建造了波斯胡寺。卑路斯
曾請求唐高宗幫助自己復國，但並未獲得支持。這個故事就是根據波
斯王子的故事所創，只是將時代放在了安史之亂後。

神與人，仙與凡——神話傳說奇譚：

張羽為何煮海？孟姜女因何哭倒長城？為什麼喜鵲要為牛郎
織女搭橋？……跳脫傳統故事的框架，新演繹神話細節

作　　　者：白羽
插　　　圖：壹橙，眼鏡設
發　行　人：黃振庭
出　版　者：崧燁文化事業有限公司
發　行　者：崧燁文化事業有限公司
E - m a i l：sonbookservice@gmail.
　　　　　　com
粉　絲　頁：https://www.facebook.
　　　　　　com/sonbookss/
網　　　址：https://sonbook.net/
地　　　址：台北市中正區重慶南路一段
　　　　　　61 號 8 樓
8F., No.61, Sec. 1, Chongqing S. Rd.,
Zhongzheng Dist., Taipei City 100, Taiwan

電　　　話：(02)2370-3310
傳　　　真：(02)2388-1990
印　　　刷：京峯數位服務有限公司
律 師 顧 問：廣華律師事務所 張珮琦律師

定　　　價：420 元
發 行 日 期：2024 年 07 月第一版
◎本書以 POD 印製
Design Assets from Freepik.com

國家圖書館出版品預行編目資料

神與人，仙與凡——神話傳說奇譚：
張羽為何煮海？孟姜女因何哭倒長
城？為什麼喜鵲要為牛郎織女搭
橋？……跳脫傳統故事的框架，新
演繹神話細節 / 白羽 著；壹橙，眼
鏡設 插圖 . -- 第一版 . -- 臺北市：崧
燁文化事業有限公司 , 2024.07
面；　公分
POD 版
ISBN 978-626-394-529-6(平裝)
857.63　113009880

電子書購買

爽讀 APP

臉書